HEYNE BÜCHER



SCIENCE FICTION

Herausgegeben
von Wolfgang Jeschke

KIRILL BULYČOV

# EIN TAKAN FÜR DIE KINDER DER ERDE

*Science Fiction-Erzählungen*

WILHELM HEYNE VERLAG
MÜNCHEN

HEYNE-BUCH Nr. 3798
im Wilhelm Heyne Verlag, München

Titel der russischen Originalausgabe
Такан для детей земли
Deutsche Übersetzung von Gisela Frankenberg
und Leonore Weist

Das Umschlagbild schuf Karel Thole
Die Illustrationen im Text zeichnete Günter Lück

Redaktion: Wolfgang Jeschke

Genehmigte, ungekürzte Taschenbuchausgabe im
Wilhelm Heyne Verlag, München
Printed in Germany 1981
Umschlaggestaltung: Atelier Heinrichs & Schütz, München
Gesamtherstellung: Mohndruck, Graphische Betriebe GmbH,
Gütersloh
ISBN 3-453-30700-3

# INHALT

## Quellen und Copyrightvermerke

Teile mit mir (Поделись со мной)
Ein Takan für die Kinder der Erde (Такан для детей земли)
Hochwasser kommt (Так начинаются наводнения)
Defekt in der Leitung (Поломка на линии)
Persönliche Beziehungen (Связи личного характера)
Wie ihn erkennen? (Как его узнать?)
Born der Weisheit (Кладезь мудрости)
Goldfische eingetroffen (Поступили в продажу золотые рыбки)

aus dem Sammelband
Kirill Bulytschow: WUNDER IN GUSLAR
(Кирилл Булычев: ЧУДЕСА В ГУСЛЯРЕ).
Verlag «Молодая гвардия», Moskau 1972.
Übersetzt von Leonore Weist.

Das leere Haus (Пустой дом)
Ich habe euch zuerst entdeckt! (Я вас первым обнаружил!)
Gegenliebe (Ответное чувство)

aus dem Sammelband
Kirill Bulytschow: WUNDER IN GUSLAR.
Übersetzt von Gisela Frankenberg.

Die Geschichte vom häßlichen Bioform (О некрасивом биоформе)

aus der Zeitschrift
CHEMIE UND LEBEN, Nr. 7/1974.

Übersetzt von Gisela Frankenberg.

Die Kunst, den Ball zu werfen (Умение кидать мяч)

aus der Anthologie
DIE WELT DER ABENTEUER
(МИР ПРИКЛЮЧЕНИЙ).

Übersetzt von Gisela Frankenberg.

# Kosmische Begegnungen

## Teile mit mir

Ich möchte dorthin zurück. Doch ich werde es niemals können. Und so plagt Verlangen mich wohl bis ans Ende meiner Tage . . . Aber damals ahnte ich nichts. Es klickten und surrten die Fahrstuhltüren. Über die abschüssige Schräge stieg ich auf die bunten Platten des Kosmodroms und blieb stehen, in Gedanken denjenigen aus der Menge wählend, der mir als Begleiter bestimmt war.

Der Mann, der auf mich zukam, war hünenhaft, aber hager. Er hatte lange, vom ständigen Umgang mit Gerselium gelblichgrüne Finger, und schon daran erkannte ich, bevor er den Mund auftat, den Kollegen.

»Wie war der Flug?« fragte er, als der Wagen mit uns davonfuhr.

»Danke«, antwortete ich. »Normal.«

Hinter meinen Worten verbarg sich höfliche Lüge, denn lange, lange war ich geflogen, Stunde um Stunde in ungemütlichen, nach Metall und erhitztem Kunststoff riechenden Flughäfen verwartend, fast ohnmächtig vom Beschleunigungsandruck, der von Fluggästen aus diesen Gefilden der Galaxis als harmlos empfunden wurde. Mein Begleiter schwieg. Nur verzog er ein wenig das Gesicht, als litte er an chronischem Zahnschmerz, auf den er gefaßt war wie auf eine lästige, doch unvermeidliche Spritze. Noch drei Minuten verrannen, ehe er wieder etwas sagte.

»Die Reise in unserem Schiff ist Ihnen sicher schwergefallen.«

»Ja«, gab ich zu.

»Tut Ihnen der Kopf weh?« fragte er.

Ich antwortete nicht, denn wieder sah ich Schmerzen in seinem Gesicht.

»Tut Ihnen der Kopf weh?« fragte er und setzte wie eine Entschuldigung hinzu: »Leider kommen Ihre Raumschiffe selten her.«

Erst jetzt, Kilometer vom Kosmodrom entfernt, fühlte ich mich in ein neues Land versetzt. Bis dahin war Flughafen gewesen, und die sind in der ganzen Galaxis gleich, ohne Gesicht wie alle Verkehrshöfe, ob nun Züge von ihnen abgehen, Flugzeuge oder Raumschiffe.

Und je weiter wir kamen, desto unverwechselbarer wurde die Welt, weil hier, außerhalb der Großstadt, die leicht die Moden der Galaxis annimmt, die Entwicklung eigene Wege geht und nur im Detail an früher Wahrgenommenes erinnert. Aber wie immer, halten gerade die Augen die Details fest.

Es war merkwürdig, Kopfschmerz und Übelkeit schienen vergessen, ich lebte auf, und die Luft, die ins offene Wagenfenster strich, roch frisch, nach Gras und Häuserwärme.

Am Stadtrand, zwischen grünumkränzten Villen, drosselte mein Begleiter die Geschwindigkeit.

»Es geht Ihnen doch hoffentlich besser?« fragte er.

»Danke, wesentlich. Mir gefällt's hier. Lesen, Bilder ansehen ist eben noch lange nicht Farben, Gerüche, Entfernungen wahrnehmen.«

»Versteht sich«, stimmte mein Begleiter zu. »Sie bleiben vorläufig bei mir. Das ist bequemer als im Hotel.«

»Warum denn?« sagte ich. »Ich möchte keine Umstände bereiten.«

»Das tun Sie nicht.«

Das Auto bog in eine Allee, die um einen steilen Hügel führte, und bald kamen wir an einen Garten, in dem sich ein Einfamilienhaus versteckt hielt.

»Warten Sie hier«, sagte mein Begleiter. »Ich bin gleich wieder da.«

Ich wartete und besah Blumen und Bäume. In fremdes Leben zu treten, das meine Gegenwart nicht benötigt, war mir peinlich.

Im ersten Stock tat sich ein Fenster auf. Ein schmales Mädchen sah heraus und suchte mich mit schnellem, gründlichem Blick, nickte jemandem hinter sich ihr Einverständnis zu und war wieder weg.

Mit einemmal wurde mir leicht ums Herz. Irgend etwas im Gesicht des Mädchens, in den Bewegungen der Hände, die das Fenster geöffnet, in dem Blick, der mich gestreift hatte, löschte die Misere der Reise aus, die Enttäuschung über den müden Empfang und über die weiß der Himmel was verheißenden zwei, drei Monate bis zum Antritt meiner Rückreise.

Ich war sicher, das Mädchen würde zu mir kommen, und ich brauchte nicht lange zu warten. Urplötzlich tauchte sie aus dem Gezweig, das auseinanderrückte, um ihr Platz zu machen.

»Langweilen Sie sich so allein?« fragte sie lächelnd.

»Nein«, sagte ich. »Ihr Garten ist wundervoll.«

Das Mädchen ging leicht gekleidet, ihre Gebärden waren ein wenig spröde, fast schroff.

»Ich heiße Lina«, sagte sie. »Ich zeig' Ihnen, wo Sie wohnen werden. Mein Vater hat zu tun. Großmama ist krank.«

»Verzeihen Sie«, sagte ich. »Ihr Vater hat mir nichts davon gesagt. Ich fahre ins Hotel . . .«

»Kommt nicht in Frage«, entgegnete Lina. Ihre Augen waren von einer seltenen Farbe, der Farbe alten Silbers. »Im Hotel kümmert sich niemand um Sie. Und uns beengen Sie überhaupt nicht.«

Ich hätte darauf bestehen sollen, ins Hotel zu gehen. Aber ich war machtlos, besessen von dem unanfechtbaren Gefühl, Lina, Haus und Garten seit eh und je zu kennen, ja selber dahin zu gehören, und mein Innerstes sträubte sich gegen die Vorstellung, das alles gegen die Einsamkeit in einem unpersönlichen, gleichgültigen Hotel zu vertauschen.

»Na, großartig«, sagte Lina. »Reichen Sie mir den Arm.«

Lina zeigte mir das Zimmer, in dem ich wohnen sollte, half beim Auspacken meiner Habseligkeiten, führte mich an ein Bassin mit warmem, sprudelndem Wasser. Das Bassin lag im Schatten, darüber zusammenschlagendes Geäst.

Dann brachte sie mich auf das flache Dach des Hauses, wo ein lärmender Tierpark eingerichtet war, gestreifte, sprechende Grashüpfer, sechsflüglige Vögel, dunkelblaue, in Blüten schlummernde Fische und eine ganz und gar ordinäre, hier aber höchst seltene Erdenkatze. Die Katze würdigte mich keines Blickes, und Linda sagte: »Und ich dachte, sie würde sich freuen. Richtig ärgerlich.«

Bis zum Abend blieb Lina bei mir, außer ihr bekam ich kaum jemanden zu Gesicht. Manchmal zog sich Lina unter Entschuldigungen zurück. Ich sagte: »Sicher haben Sie viel zu tun. Kümmern Sie sich nicht um mich.« Aber sobald ich allein war, kehrte das drückende Gefühl körperlichen Unwohlseins, der Einsamkeit und der Trauer wieder. Ich trat an die Bücherwand, zog ein Buch heraus und stellte es sogleich an seinen Platz; ich ging in den Garten, kehrte ins Haus zurück und lauschte die ganze Zeit auf Linas Schritte. Sie kam, berührte mich mit den Fingerspitzen und fragte: »Fühlen Sie sich auch nicht allein?« Und ich antwortete: »Ein bißchen schon.«

Einmal faßte ich mir ein Herz und beichtete, daß ihre Gegenwart Unpäßlichkeit und Trübsinn kuriere. Lina lächelte und sagte, daß zum Abendbrot ihr Bruder nach Hause käme, mit Medizin, die mich von den Folgen des Fluges befreien würde.

»Morgen früh sind Sie wieder nagelneu. Alles weg.«

»Und Sie?«

»Wieso ich?«

»Sind Sie dann auch weg? Wie die gute Fee?«

»Nein«, sagte Lina voller Überzeugung. »Ich bin morgen da.«

Beim Abendbrot war, mit Ausnahme der kranken Großmutter, die ganze Familie um einen langen Tisch versammelt. Verblüfft stellte ich fest, daß das Haus, welches mir vollkommen leer erschienen war, zumindest zehn Personen beherbergte. Blaß und mitgenommen saß der Hausherr neben mir und achtete darauf, daß ich die gesamte von seinem Sohn, dem Medizinstudenten, mitgebrachte Arznei schluckte. Sie schmeckte gebührend bitter, aber ich fügte mich drein und verriet keiner Menschenseele, daß ich Linda für die einzig wahre und wirkungsvolle Medizin hielt. Lina bekundete mir ihr Mitgefühl, das bis zum Schneiden schmerzlicher Grimassen ging, wenn im Verlauf des Heilverfahrens eine besonders widerliche Pille anfiel.

Der Hausherr teilte mit, daß sich seiner Mutter Zustand gebessert habe. Sie sei eingeschlafen. Trotz Müdigkeit und Blässe war er zu Gesprächen und Gelächter aufgelegt, das ganze Gegenteil von jenem unfrohen Gesellen, der mich am Kosmodrom empfangen hatte.

»Sie ist aufgewacht«, sagte der Hausherr plötzlich.

Unwillkürlich horchte ich auf. Kein Husten, kein Räuspern, absolute Stille im Haus.

»Ich geh' rauf«, sagte der Sohn. »Du bist müde, Vater.«

»Wo denkst du hin«, entgegnete der Hausherr. »Du hast morgen Vorlesung.«

»Hast du etwa nichts zu tun?«

»Wir gehen zusammen«, sagte der Vater. »Entschuldigen Sie.«

Lina brachte mich in mein Zimmer und sagte: »Ich hoffe, Sie werden schlafen.«

»Bestimmt«, sagte ich. »Gute Nacht.« Und in der Tat schlief ich rasch ein.

Am nächsten Tag stand ich auf und war völlig gesund.

Ich eilte in den Garten, in der Hoffnung, Lina anzutreffen. Sie erwartete mich am Bassin. Und ich wollte ihr schon erzählen, wie gut ich geschlafen hatte, wie froh ich über diesen aromatischen

Morgen und die Begegnung mit ihr war, aber Lina ließ mich nicht zu Worte kommen.

»Na, wunderbar«, sagte sie. »Großmama geht's auch besser. Gleich nimmt Vater Sie mit ins Institut. Und heut abend erzählen Sie mir, was es auf der Arbeit Interessantes gab.«

»Sie können Gedanken lesen.«

»Wieso?«

»Sie wußten, was ich sagen wollte. Und gestern hat Ihr Vater gemerkt, daß die Großmutter aufgewacht war, obwohl er nichts gehört haben konnte.«

»Wozu Gedanken lesen?« sagte Lina. »Dazu noch Ihre.«

»Finde ich auch«, pflichtete ich bei. Und ich war fast ein bißchen traurig, daß Lina mit meinen für sie so schmeichelhaften Gedanken nichts im Sinn zu haben schien.

»Guten Morgen«, sagte Linas Vater, der in den Garten trat. »Heute sind Sie ganz gesund. Das freut mich.«

»Und ich habe doch recht«, flüsterte ich Lina zu, ehe ich ihrem Vater folgte.

»Wozu Gedanken lesen?« beharrte sie. »Ihnen steht alles im Gesicht geschrieben.«

»Alles?«

»Zuviel sogar.«

Wochen vergingen. Tagsüber ging ich meiner Arbeit nach, und abends wanderte ich, allein oder mit Lina, durch die Straßen der Stadt, durch die Felder, in den Wald, ans Ufer eines riesigen Salzsees, in dem Panzerfische hausten. Meinen Wirtsleuten hing ich mit der Treue der Gewohnheit an. Und ich schloß die Bekanntschaft von zwei, drei anderen Ingenieuren. Aber bei aller Durchschnittlichkeit dieser Alltagswelt verließ mich keine Minute das Gefühl für das wahrhaft Ungewöhnliche der mich umgebenden Personen. Von ihren telepathischen Fähigkeiten war ich so gut wie überzeugt.

Bisweilen war mir nicht recht wohl in Linas Gegenwart, denn ich ertappte mich bei Gedanken, die ich nicht sehr gern mit ihr geteilt hätte. Mir war, als vernehme sie jedes ungesprochene Wort, und ich kam mir lächerlich vor.

Einmal ging ich durch eine Straße. Eine Straße, baumbestanden und gewunden wie alle in dieser Stadt. Vor mir jagte eine Horde Jungs einen Ball, ich trottete hinterdrein und kämpfte mit dem ungeheuren Drang, sie einzuholen und den Ball zu kicken.

Ich sah die Wurzel nicht, die aus der Erde ragte. Ich stolperte, fiel, stieß mir das Knie an einem Stein, und der Schmerz kam so unerwartet, so spitz, daß ich aufschrie. Wie von meinem Schrei getroffen, blieben die Jungen stehen.

Einsam rollte der Ball in die Gosse. Ich versuchte ein Lächeln und winkte ihnen zu, macht nur, jagt euren Ball, es ist nichts weiter. Aber sie standen da und sahen mich an.

Ich richtete mich auf, konnte aber nicht stehen. Wie es aussah, eine Sehnenzerrung. Da kamen sie angerannt. Einer, schon ein wenig älter, fragte: »Tut's sehr weh?«

»Nein, nein.«

»Ich lauf' zum Arzt«, erbot sich ein anderer.

»Mach zu«, meinte der Ältere. »Wir warten inzwischen hier.«

»Wo denkt ihr hin, Kinder«, sagte ich. »Eine Sehnenzerrung. Wem passiert das nicht? Es ist gleich vorbei.«

»Natürlich«, antwortete der Ältere.

Und wie auf Kommando legte sich der Schmerz. Die Jungen sahen mich an und schwiegen. Lediglich der Kleinste von ihnen fing plötzlich an zu weinen, und der Älteste sagte: »Geh nach Haus.« Der Kleine rannte los.

Dann kam ein Arzt. Er wohnte, wie sich zeigte, im Nachbarhaus, untersuchte das Bein, gab eine Spritze, und im Handumdrehen waren die Jungs auf und davon, nur das Aufschlagen des Balles erinnerte noch an ihre Gegenwart. Der Arzt half mir, sosehr ich mich auch widersetzte, nach Hause.

»Es tut gar nicht mehr weh. Nur zuerst hat es weh getan. Die Jungs sind Zeuge.«

»Sind Sie hier zu Gast?« fragte der Arzt.

»Ja.«

»Ach so«, sagte er.

Zu Hause war trotz der frühen Stunde alles auf den Beinen. Der Zustand der Großmutter hatte sich verschlechtert. So sehr, daß sie sofort ins Krankenhaus mußte, um operiert zu werden. Ich trat zu Lina. Sie hatte Ringe um die Augen und Falten in der Stirn.

»Es wird gut werden«, sagte ich.

Sie sah mich an, als kenne sie mich nicht.

»Alles wird gut«, sagte ich.

»Danke. Sind Sie gestürzt?«

»Nichts Schlimmeres. Tut schon nicht mehr weh.«

»Aber Großmutter hat große Schmerzen.«

»Und warum gibt man ihr keine Spritze?«

»Das hilft nicht mehr.«

»Ich möchte gern irgendwie helfen.«

»Dann gehen Sie fort«, sagte sie, offensichtlich nicht, um mich zu kränken, mit unbewegter Stimme, so als bäte sie um ein Glas Wasser. »Möglichst weit fort. Sie stören.«

Ich lief in den Garten. Ich war überflüssig. Und ich gab mir redliche Mühe, nicht gekränkt zu sein. Es ging ihr ja miserabel. Ihnen allen ging es miserabel.

Ich sah sie fortfahren und blieb allein in dem Haus.

Ich stieg aufs Dach, in den Zoo. Die Katze erkannte mich, kam ans Netz und rieb daran ihren steilen Schwanz. Eine Hauskatze sollte nicht im Käfig leben, aber hier stellte sie das exotische Exemplar, die Rarität dar. Genau wie ich, der ich nicht mitbekam, was vor sich ging, und auch auf kein Verständnis hoffen durfte. Dabei waren mir diese Menschen wie Verwandte vorgekommen.

Meine Unzulänglichkeit zeigte sich im unpassendsten Augenblick. Aber worin bestand sie? Ich begriff, daß ich ins Krankenhaus mußte, dort würde ich etwas Wichtiges erfahren. Niemand hatte mich zwar geladen, und höchstwahrscheinlich würde meine Gegenwart unerwünscht sein. Und doch konnte ich nicht anders. Ich mußte hin.

Sie hielten mich am Eingang auf. Nur das Mädchen am grauen Schreibpult bot mir seine Hilfe an. Ich nannte den Namen der Großmutter, und das Mädchen brachte mich zum Fahrstuhl.

Ich passierte einen langen, merkwürdigen Korridor, der gar nicht nach Krankenhaus aussah. An den Wänden standen Sessel, dicht an dicht. Darin saßen offensichtlich kerngesunde Leute. Saßen da und schwiegen, und man sah, daß sie Schmerzen litten.

An der Milchglastür zum Operationssaal entdeckte ich meine Freunde: Lina, ihren Vater, ihre Brüder, daneben auch unsere gemeinsamen Bekannten, Kollegen und Nachbarn. Lina sah mich an. Ihre Blicke glitten über mein Gesicht. Ich las Schmerzen darin.

Ich setzte mich in einen freien Sessel.

Personen gegenüberzusitzen, mit denen man nichts zu schaffen hat, ist wenig reizvoll. Ich wußte bereits, was vor einer Stunde noch Geheimnis gewesen war.

Plötzlich, als habe ein unsichtbarer Zauberer über ihnen seine Hand, lebten sie auf, bekamen helle Gesichter, gerieten in Bewegung. Jemand sagte: »Sie hat Narkose bekommen.« Sie kamen überein, wer hierbleiben solle, um zu wachen, und wer nach der

Operation wiederzukommen habe, wenn die Narkose ihre Wirkung verlor.

Lina kam auf mich zu. Ich stand auf.

»Ich habe ein ganz schlechtes Gewissen«, sagte sie. »Verzeihen Sie, aber . . . wissen Sie . . .«

»Ich weiß. Warum sollte ich böse sein? Traurig bin ich nur, daß ich hier fremd bin.«

»Nicht doch. Es ist nicht Ihre Schuld.«

»Wissen Sie, als ich heute gestürzt bin, kamen Jungs zu mir gelaufen. Und blieben bei mir, bis der Arzt kam.«

»Was ist daran verwunderlich?«

Zu uns gesellte sich ihr Vater. »Danke, daß Sie gekommen sind«, sagte er. »Nehmen Sie bitte Lina mit. Wir kommen hier ohne sie aus. Der Professor hat mir versichert, daß die Operation ungefährlich ist.«

»Ich bleibe, Vater«, sagte Lina.

»Wie du meinst.«

»Wissen Sie«, sagte Lina, als der Vater zurückgetreten war, »es wäre schwierig gewesen, Erklärungen abzugeben. Für uns ist das so selbstverständlich wie Essen, Trinken, Schlafen. Die Kinder lernen es vom ersten Tage an.«

»War das schon immer so?«

»Nein, wir haben diese Gabe vor einigen Generationen erworben. Aber potentiell gab es sie schon immer. Vielleicht ist sie auch in Ihnen verborgen, irgendwo tief im Gehirn. Es ist ganz merkwürdig, wenn man bedenkt, daß andere Welten das nicht haben. In jedem vernunftbegabten Wesen lebt doch der Wunsch, diese Gabe zu besitzen. Nicht wahr?«

»Ja«, sagte ich. »Wenn es jemandem neben dir schlechtgeht, wenn er dir nahesteht, dann möchtest du den Schmerz teilen.«

»Nicht nur den Schmerz«, entgegnete Lina. »Auch die Freude. Erinnerst du dich an den ersten Tag? Als du ankamst? Du hast dich gräßlich elend gefühlt. Vater konnte dir kaum helfen — die Hauptlast an Großmamas Schmerzen entfällt auf ihn, er ist der Sohn. Selbst beim Empfang auf dem Flugplatz mußte er für Großmama dasein. Und das ist um so schwerer, je weiter man von dem Menschen entfernt ist, dem man hilft. Und du hast geglaubt, Vater sei unfreundlich, stimmt's?«

»Nicht ganz, aber . . .«

»Und dabei mußte er auch noch deine Unpäßlichkeit übernehmen. Du warst der Gast — und hattest Kopfschmerzen.«

»Und was für schreckliche.«

»Ich staune bloß, wie Vater dabei nach Hause gefahren ist. Er hat mich dann an Großmamas Bett abgelöst. Ich sah dich durchs Fenster, du hattest es mir gleich angetan, und deinetwegen war mir den ganzen Tag, als ob der Schädel platzt.«

»Verzeih«, sagte ich. »Das wußte ich doch nicht.«

Mir fiel ein, daß wir hier im Krankenhaus unbemerkt zum »Du« übergegangen waren. Wir hätten es eher tun sollen.

»Verzeih«, wiederholte ich.

»Aber so ist es doch sogar besser. Ich kann mir vorstellen, wie es dich mitgenommen hätte, wenn du's gewußt hättest.«

»Ich wäre abgefahren.«

»Ich weiß. Gut, daß du es nicht getan hast. Und jetzt geh. Ich komme morgen früh und klopf' an deine Tür. Dann reden wir weiter.«

Wieder passierte ich den langen Krankenhauskorridor, wo die Verwandten und Freunde derer saßen, die zu leiden hatten. Sie waren gekommen, um den Schmerz zu teilen. Und nichts von Telepathie. Die Leute wußten einfach, daß sie einander brauchten.

Ich schlenderte zu Fuß nach Hause. Nur eine Spur von Schmerz im Bein, den ich nicht zur Kenntnis nahm. Manchmal erhob er sich und wollte über mich herfallen. Und von den Vorübergehenden sah sich nach mir um, wer mir am nächsten war, sah mich an, und mir wurde gleich wieder besser. Aber dann legte ich, um die Leute nicht zu belästigen, einen Schritt zu. Etliche junge Mädchen kamen mir entgegen, jede mit einem Armvoll Blumen. Sie kicherten inmitten fröhlichen Geschwätzes. Als sie mein miesepetriges Gesicht entdeckten, schenkten sie mir ihre Fröhlichkeit. Die fremde Freude hüllte mich ein wie duftender Sprühregen. Ein alter Mann mit Stock, der auf einer Bank saß, spendete mir seine Ruhe. Das war mir früher schon passiert, aber ich hatte die Verbindung zwischen meinen Empfindungen und diesen Menschen nicht zu ziehen gewußt.

Sie haben es schwerer und zugleich leichter als wir. Sie können geben und nehmen, vielmehr: sie müssen. Niemand kann sich dort fernhalten von anderen, weil sie, wo wir Tränen sehen, diese fühlen. Und Sehen ist nichts gegen Fühlen.

An jenem Tag bin ich neidisch geworden. Ich beneide sie, und manchmal bin ich ihnen fast ein wenig gram. Ich werde bei ihnen immer wie ein Fremder sein, ein Bettler, der die Almosen der Reichen empfängt. Ich kann nehmen, aber nicht geben.

Als die Zeit gekommen war, flog ich ab. Zum Flugplatz brachte mich nur Lina. Von den anderen hatte ich mich in der Stadt verabschiedet. So war es zuvor abgesprochen.

»Wie gern würde ich mit dir zur Erde fliegen«, sagte Lina.

»Nein«, sagte ich. »Du weißt doch. Es ist zu schwer für dich. Du kannst das gar nicht, nur *meinen* Schmerz teilen und *meine* Freude.«

»Du hast recht, das kann ich nicht«, gestand Lina. »Aber es ist so traurig.«

»Und ich kann nicht mit dir zusammen leben, während ich weiß, wie allein du bist und daß ich nicht die Kraft habe, dir zu helfen, wenn du meine Hilfe brauchst.«

»Vielleicht bleibst du doch lieber bei uns? Bei mir?« In ihrer Stimme war keine Sicherheit.

»Denk an den Tag«, sagte ich, »als deine Großmutter operiert wurde. Ich kam zu euch, aber ich war ein Blinder unter Sehenden. Ich kann nicht bleiben.«

Das war alles schon gesagt worden, gestern, vorgestern. Wir wiederholten nur einen Dialog, von dem wir wußten, wie er enden würde, aber wir mußten es tun, weil immer wieder so eine dumme Hoffnung aufkam, als gäbe es einen Kompromiß, als sei irgend etwas denkbar, das den Abschied von uns nähme.

Als ich schon an der Gangway stand, kam Lina ganz nahe heran, so daß ich die schwarzen Punkte in ihren silbernen Augen sah, und sagte: »Vergiß nicht, wie mir zumute ist.« Und in meine Trauer mischte sich ihre Trauer, es wurde mir schwarz vor Augen, und um nicht zu fallen, faßte ich nach ihrer Hand. Aber niemand der vorübergehenden Passagiere half mir, teilte diese Trauer, weil es Augenblicke gibt, in denen man Hilfe versagen muß.

Dann kam der Flug, die Beschleunigungen und Erschütterungen, Aufenthalte in ungemütlichen, nach Metall und erhitztem Kunststoff riechenden Flughäfen, gesichtslose Hotels und flaue Frühstücke an einförmig blinkenden Büfetts. Aber ich war vollkommen gesund und fühlte mich blendend. Ich wußte, warum. Weit, weit weg saß Lina in ihrem Stübchen unterm Dach und hielt sich vor Übelkeit die Schläfen. Und ich wurde richtig böse, versuchte ihr einzureden: Vergiß mich, Dummchen, Liebchen, nimm mir nicht diesen Schmerz ... Ich möchte so gern dorthin zurück, doch ich werde es niemals können.

Vor dem Fenster trieben Wolken. So was hatte ich noch nie gesehen. Unten waren sie blank und glatt und spiegelten die ganze Stadt: Dächer, grün und violett, mit wunderlich geschnitztem First; verwinkelte, mit Hexaedern aus Quarz gepflasterte Gassen, darin Helm und Zylinder tragende Männer, altertümliche Automobile und Polizisten an den Kreuzungen.

In der Fensterecke, hart am Rahmen, saß mein liebstes Spiegelbild: ein Stück Hafenmauer, Angler, Pärchen auf Geländern hokkend, Mütter mit ihren Kleinen. Sowohl Häuser als auch Leute auf den Wolken waren winzig, und ich mußte mir oft hinzudenken, was ich beim besten Willen nicht zu erkennen vermochte.

Der Doktor kam stets nach dem Frühstück und setzte sich an mein Bett. Er seufzte schwer und klagte mir seine zahlreichen Gebrechen. Wahrscheinlich meinte er, ein Mensch in meiner Lage höre mit Vergnügen, nicht der einzig Leidende zu sein. Ich fühlte mit ihm. Die Namen seiner Krankheiten waren oft ganz und gar unverständlich und kamen mir daher sehr gefährlich vor. Ein Wunder, daß er da noch durch die Korridore des Krankenhauses fegte und mit seinen Nagelschuhen die Treppen hoch- und runterklapperte. Sein Gebaren gab mir zu verstehen: Was? Sie wollen Verbrennungen haben? Ich habe jedenfalls Zahnschmerzen, jawohl! Ist doch keine Dosis — tausend Röntgen! Ich habe das Reißen — hier, in meinem Knie . . . Was sind schon zweiunddreißig Brüche? Ich habe . . .

Anfangs hatte ich bewußtlos gelegen. Und er war es gewesen, der mich dem ersten klinischen Tod entriß. Dem zweiten auch. Dann war ich zu mir gekommen und bereute es sofort. Gewiß, sie haben wundervolle Medikamente, allein ich wußte, mit tausend Röntgen würden sie nicht fertig werden. Reine Philanthropie. Sonst nichts.

»Heute früh hat ein Alter einen riesigen Fisch aus dem Fluß geholt«, sagte ich, um den Doktor von seinen Krankheiten abzulenken.

»Einen riesigen?«

»Armlang.«

»Haben Sie das in den Wolken gelesen?«

»Ja. Was sind das überhaupt für welche?«

»Das kann man so schnell nicht sagen. Ich schon gar nicht.

Werden Sie mal schön gesund, dann konsultieren Sie die Experten. Die Wolken bleiben nicht das ganze Jahr. Vor Ihrer Ankunft hatten wir zwei Monate Sonnenschein. Dann ist es anders hier.«

»Was ist anders?«

»Alles. Es landen Raumschiffe. Aber nur kurze Zeit.«

»Kommt hier selten jemand?«

»Passagierverkehr gibt es nicht. Woher auch.«

Wieso? wollte ich fragen, aber die Schwester kam. Demzufolge sagte ich: »Guten Morgen, liebster Folterknecht.« Und vergaß den Doktor sofort. Die Schwester. Also Prozeduren.

Tagsüber schlief ich ein. Ich träumte wieder von der Katastrophe. Ich träumte, ich wäre ganz und gar ergraut. Vermutlich würde ich niemals erfahren, ob es stimmte. Mein Kopf war dick umwickelt, nur die Augen sahen raus.

»Wir haben uns mit der Erde in Verbindung gesetzt«, sagte der Doktor, als er abends zu mir hereinschaute.

Er tat ziemlich fidel, obwohl uns beiden klar war, daß man von der Erde bis hierher ein halbes Jahr brauchte.

»Na ja«, sagte ich höflich und starrte die Decke an.

»Hören Sie mal. Man hat uns informiert, daß die ›Kolibri‹ auf Basis 12—45 betankt wird und morgen startet. Ist es weit?«

Ich wollte den Doktor nicht ängstigen, aber erfahren würde er es ja doch.

Ich sagte also: »Reichlich vierzig Tage.«

»Großartig«, erwiderte er, ohne sein dickes Lächeln zu lassen. Aber seine Laune war angekratzt. Er begriff nun, daß ich es auch vierzig Tage nicht mehr mitmachen würde.

Allein er war Mediziner, und deshalb mußte er etwas sagen.

»Sie haben einen Arzt und Präparate an Bord. Die bringen Sie in drei Stunden auf die Beine.«

»Da ist dann keiner mehr auf die Beine zu bringen . . .«

In den Wolken fuhr flußaufwärts ein riesenlanger Dampfer, mit dem Schornstein nach unten, und seine weiße Rauchfahne hing von der Wolke bis ins Fenster.

»Kopf hoch«, sagte der Doktor.

Ich sagte nichts, ich wollte keinen Streit.

Die Nacht war lang. Ich wartete auf den Morgen, aber der kam nicht. Wie lange dauern hier Tag und Nacht? Wenn ich nicht irre, zweiundzwanzig Stunden und etliche Minuten. Und eingeteilt sind sie in Perioden und Partikel. Das habe ich einem Handbuch entnommen. Noch auf der Basis.

Endlich wurde es hell. Ich wunderte mich, daß, wie mir die Wolken verrieten, die Straßen voller Menschen waren. Gewöhnlich tauchten die ersten Passanten etwa in anderthalb Stunden, nachdem es hell wurde, auf.

Die Tür ging auf. Der Doktor kam.

»Haben Sie schon gefrühstückt?« fragte er.

»Es ist noch zu früh.«

»Aber nein«, sagte er.

»Wie spät?« fragte ich.

»Dreizehn Partikel der dritten Periode«, sagte der Doktor.

Mit dieser Auskunft begnügte ich mich. Dritte Periode also, da kann man nichts machen.

»Ich muß Sie allein lassen«, sagte der Doktor. »Ich habe zu tun.«

Nach einer Stunde kam er wieder und inspizierte mein Krankenblatt mit Temperaturkurve, Blutdruck, Puls und anderen Sachen, die davon zeugten, daß ich noch am Leben war. Offensichtlich behagten sie ihm nicht, deshalb begann er scheinmunter zu pfeifen.

»Nun, wie steht's?«

»Gar nicht übel. Schade nur, daß da einer Ihr Tagesregime über den Haufen geworfen hat. Dafür müßte man ihm den Kopf abreißen!«

»Warum?«

»Wegen totalen Mangels an Verantwortung. Er konnte sich nicht von ihr trennen, wissen Sie. Na ja, das erkläre ich später. Übrigens haben Sie doch nichts dagegen, wenn wir Ihnen heute abend eine Blutübertragung machen?«

»Wird denn von einem Einwand meinerseits Notiz genommen?«

Der Doktor lächelte höflich und ging.

Am anderen Tag verschlechterte sich mein Zustand. Der Doktor hockte auf dem Schemel, und nichts von seinen Gebrechen.

Vor dem Fenster Schneegestöber. Gestern war es noch warm gewesen. Die ausgelegten Angelruten waren wie Spinnenbeine auf dem Wasser. Und heute Schneegestöber.

»In einer halben Stunde ist das vorbei«, sagte der Doktor. »Ein Versehen.«

»Sie steuern das Klima?« fragte ich.

»I wo«, seufzte der Doktor. »Glatter Unfug. Wenn bloß die Wolken erst weg wären.«

»Sie sagten gestern was von Verantwortungslosigkeit.«

»Ach, Sie meinen den kleinen Zwischenfall? So was ist unvermeidlich. Ein junger Mann ... was ist Ihnen?«

Mir war speiübel. Ich hörte den Doktor noch reden, konnte mich aber nicht mehr an der Oberfläche des Daseins halten. Mir war, als klammerte ich mich an seine Worte wie an dünne, glitschige Planken, doch siehe, die Worte rutschten weg, trieben übers Wasser, und ich sackte ab und wagte nicht, den Mund zu öffnen, um tief durchzuatmen ...

Ich kam zu mir. Sie hatten es nicht gemerkt. Und ich hörte, was sie sagten. Der Doktor und ein anderer Arzt, ein Spezialist für Strahlenkrankheiten.

»Zwei, drei Tage, länger nicht«, sagte der Spezialist. »Es steht miserabel.«

Ich wußte, sie sagten das von mir, wünschte aber sehr, die Worte möchten keine Beziehung zu mir haben.

Zum zweiten Mal erwachte ich nachts. Der Doktor hockte auf dem Schemel und hatte auf dem Schoß so was wie eine Patience aus briefmarkenähnlichen Karten ausgebreitet. Mir kam er alt und eingefallen vor. Ich war ihm dankbar, dankbar dafür, daß er nicht nach Hause ging, dafür, daß er an meinem Bett saß, und selbst dafür, daß er alt und eingefallen aussah, weil auf seiner Station ein Mensch von der Erde starb, von einem völlig fremden und sehr fernen Planeten.

»Schlafen Sie«, sagte der Doktor, als er merkte, daß ich die Augen offen hatte.

»Ich mag nicht«, sagte ich. »Dazu komme ich noch genug.«

»Machen Sie keine Dummheiten«, sagte der Doktor. »Ausweglose Situationen gibt es nicht.«

»Gibt es nicht?«

»Noch ein Wort, und ich verpasse Ihnen ein Schlafmittel.«

»Nicht doch, Doktor. Wissen Sie, was erstaunlich ist? Ich habe gelesen, daß den Leuten vor dem Tod ihre Kindheit einfällt, das Vaterhaus, sonnenflammende Wiesen ... Aber mir steht immerzu so ein Kyber vor Augen, den ich repariere und den ich nicht gebrauchen kann.«

»Das besagt also, daß Sie am Leben bleiben.«

Ich schlummerte ein, wissend, daß der Doktor immer noch an meinem Bett hockte und Patiencen legte. Und wie zum Hohn träumte ich von einer sonnenflammenden Wiese, von der Wiese, über die ich als Kind gesprungen war. Sie war warm und duftig, mit Blumen übersät, voll Honiggeruch und Bienengesang ... Dem Doktor sagte ich nichts davon. Wozu ihm die Laune verderben?

Die Schwester trat ein.

»Alles in Ordnung, Herr Doktor«, sagte sie. »Die Abstimmung hat stattgefunden.«

»Nun, und?«

»Hundertsiebzehn dafür, drei Stimmenthaltungen.«

»Na wunderbar«, sagte der Doktor. »Hab' ich's doch gewußt.«

Er sprang auf, und die briefmarkenähnlichen Karten flatterten auf den Fußboden.

»Aber Herr Doktor!«

»Das Leben ist herrlich, junger Mann. Und die Menschen, sie sind herrlich! Spüren Sie das nicht? Autsch, mein Zahn! Sie haben ja keine Ahnung ... Hatten Sie jemals Zahnschmerzen? Sie kommen noch auf Ihre Wiese. Haben Sie von ihr geträumt?«

»Ja.«

»Sie kehren zurück, aber mit mir. Mein Leben lang wollte ich auf die Erde, und es hat nie geklappt. Wenn wir noch zwei Tage durchhalten, dann können Sie sich darauf verlassen, dann haben wir's geschafft.«

Das war keine Lüge. Keine Beruhigungspille. Er hätte Gift darauf genommen, daß es stimmte. Merkwürdig, wo es doch keine Quelle gab, seinen Optimismus zu nähren.

»Schwester, bereiten Sie die Spritzen vor.«

Der Doktor blickte auf die Uhr.

»Wann kann es losgehen?«

»In fünf Minuten.«

Durch die dicken Fensterscheiben drang Sirenengeheul.

»In fünf Minuten. Wissen Sie schon?« sagte, den Kopf ins Zimmer steckend, ein unbekannter Arzt.

»Ziehen Sie die Gardine zu«, wies der Doktor die Schwester an.

Die Schwester trat ans Fenster, und ich sah ein letztes Mal die silberne Unterseite der Wolken. Ich wollte darum bitten, die Gardine nicht zuzuziehen, wollte ihnen klarmachen, daß ich die Wolken brauche, aber ein unerbittlicher Brechreiz brandete mir in die Gurgel, und ehe ich mich an die girrende Doktorstimme geklammert hatte, ging ich japsend im Strudel meiner Übelheit unter.

»Dem geht's schlecht!«

»Tja«, sagte jemand auf russisch. »Dem geht's schlecht!«

Ich wußte nicht, zu welchem der bruchstückhaften Gesichter die Stimme gehörte. Sie ließ mich nicht zurücktauchen ins Vergessen, sondern fuhr fort, laut und lärmend zu dröhnen. Mit der Stimme verband sich ein in mir wachsender Schmerz.

»Noch zwei Kubik«, befahl die Stimme. »Anfassen tun wir ihn vorläufig nicht. Gleb, schick uns das dritte Infusionsbesteck. Gleich kommt er zu sich.«

Ich beschloß, mich nicht zu widersetzen, und kam zu mir. Über mir zottelte ein schwarzer Rauschebart samt strubbeligem Schnauz und struppigen Brauen. Aus dem Haarwust spähten hellblaue Äuglein.

»Na also, er ist aufgewacht«, sagte der Bartmensch.

»Öfter lassen wir dich nicht einschlafen. Sonst gewöhnst du dich zu sehr daran . . .«

»Sie sind . . .«

»Doktor Brodski von der ›Kolibri‹.«

Brodski richtete sich auf. Er schien größer als alle im Zimmer.

»Kollege«, wechselt er in die Kosmolingua. »Gestatten Sie einen Blick in die Krankengeschichte.«

Mein Doktor ergriff einen Haufen Kassetten mit Schriftbändern.

»Soso«, brummte Brodski. »Elfter Tag . . . vierzehnter Tag . . . Und wie geht es weiter?«

»Das ist alles.«

»Nein, ich wollte fragen, wo die zweite Monatshälfte ist. Er war doch nicht nur vierzehn Tage krank.«

»Doch«, sagte der Doktor, und seine Stimme kicherte.

»Vor dreiundvierzig Tagen sind wir von der Basis gestartet«, dröhnte indessen Brodski. »Drei Tage haben wir unterwegs eingespart, weil wir mehr nicht einsparen konnten . . .«

»Ihr Assistent ist gekommen . . .«, sagte der Doktor.

Sechs Stunden später lag ich im allergewöhnlichsten Bett, ungeschient und unverbunden. Die neue Haut juckte ein bißchen, und ich war so schlapp, daß ich Mühe hatte, die Hand zu heben. Aber zum Rauchen verspürte ich Lust; brach sogar einen wenn auch ziemlich matten Streit vom Zaune mit Brodski, der mir noch am folgenden Tag das Rauchen verbot.

»Also los, fitzen wir uns da durch«, sagte Brodski, über meine Krankengeschichte gebeugt. »Wie lange sind wir nun geflogen, und wie lange hat der Patient bei Ihnen gelegen?«

Brodski zog eine Riesenpfeife aus der Tasche und steckte sie in Brand.

»Dann rauchen *Sie* aber auch nicht«, sagte ich. »Sonst stehle ich Ihnen den Rotzkocher. Für einen einzigen Zug bin ich willens, ein Verbrechen zu begehen.«

»Patient«, sagte Brodski eisig. »Was dem Jupiter erlaubt ist, ist noch lange nicht wem erlaubt?«

»Dem Ochsen, den Patienten und den Kosmonauten«, erwiderte ich. »Ich habe Hochschulbildung.«

Mit vor Rührung schief gehaltenem Kopf lauschte mein Doktor unserem Dialog. Er hatte den Blick des Großvaters, dessen Enkel eine Gabel verschluckt und es fertigbringt, sie dank eines herbeigeeilten Medizinmannes auf den letzten Drücker in der Kantine wieder abzuliefern.

»Ich weiß nicht, wo beginnen«, meinte schließlich der Doktor. »Die Sache ist nämlich die, daß unser Planet ein überaus absurdes galaktisches Gebilde darstellt. Meistens ist er vollkommen mit diesen Silberwolken bedeckt, die uns total von der Außenwelt abschneiden.«

»Ja, aber wir sind doch hergekommen . . .«

»Raumschiffe sind in der Lage, die Wolkenschicht zu durchbrechen, doch das möchte für gewöhnlich niemand tun. Und zwar aus folgendem Grunde: Die Wolken werfen bei uns gewissermaßen die Kausalbeziehungen über den Haufen. Sie erinnern sich, daß es vor einigen Tagen in der Stadt später hell wurde als sonst?«

»Ja, ich weiß«, sagte ich. »Ich vermeinte anfangs, zu früh aufgewacht zu sein.«

»Nein, das war der verspätete Morgen. Ein verliebter junger Mann wollte nicht von seiner Angebeteten lassen. Und was macht er? Er kletterte auf den Turm, der die Hauptuhr beherbergt, und knotet ein Gewicht an den großen Zeiger. Die Uhr fängt an nachzugehen. An jedem anderen Ort der Galaxis wäre daraufhin gar nichts passiert. Na, allenfalls käme jemand zu spät zur Arbeit. Das wär's aber auch. Auf unserem Planeten verzögert sich in der ›Silberwolkenperiode‹ der Zeitablauf. Und der junge Tag stellt sich später ein.«

Der Doktor weidete sich zur Genüge an unserer Verwunderung, ehe er fortfuhr: »Und das Schlimme ist, daß die Uhren der einen Stadt vorgehen können und der anderen nach, daß der junge Tag an verschiedenen Orten zu verschiedenen Zeiten an-

brechen kann. Was wir nicht alles unternommen haben! Das Verbot erlassen, Privatuhren in Gebrauch zu nehmen. Hängt doch die Zeit auch von ihnen ab. Einen obligatorischen Uhrenvergleich auf dem gesamten Planeten eingeführt . . . Doch dann sind wir von Maßregeln dieser Art abgekommen. Jeder Planetenbewohner ist ja im Besitz einer Uhr. Und da den Planeten einhundertzwanzig Millionen Menschen bewohnen, so stimmt die von den einhundertzwanzig Millionen Uhren angezeigte Durchschnittszeit. Einige Uhren gehen vor, andere nach, die dritten richtig. Klar?«

»Das heißt also«, fragte ich, »wenn Sie Ihre Uhr vorstellen, läuft die Zeit schneller?«

»Na ja, in einem so geringen Maße, daß es niemand merkt. Und wenn die Abweichung gar zu groß wird, genügt es, die Zeiger der Hauptuhr ein ganz klein wenig zu verrücken — und alles kommt wieder ins Lot.«

»Und euer Verliebter wußte das?« fragte Brodski.

»Leider ja. Alle wissen das.«

»Passiert so was oft?«

»Selten. Wir wahren wohl oder übel Disziplin. Andererseits wissen wir, daß wir notfalls die Zeit zu steuern vermögen. So war es auch bei unserem Patienten. Der Rat des Planeten hatte den Beschluß gefaßt, den Gast zu retten. Wir wußten, er würde noch zwei, höchstens drei Tage leben. Das Raumschiff brauchte vierzig Tage. Wissen Sie noch, wie ich die Schwester bat, die Gardinen zuzuziehen?«

»Ja.«

»Damit Sie das Vorüberflimmern von Tag und Nacht nicht irritierte.«

»Aber diese Maßnahme ist für den Planeten außerordentlich abträglich!«

»Wir haben bewußt Schwierigkeiten in Kauf genommen; mehr noch, wie sich herausgestellt hat, ist die ›Kolibri‹ fünf Stunden früher als vorgesehen angekommen. Das bedeutet, daß viele Einwohner der Stadt Armbanduhren und Wecker von sich aus vorgestellt haben.«

Drei Tage später fuhren wir zum Kosmodrom. Der Doktor war mit von der Partie. Ich fühlte mich noch nicht bei Kräften und benutzte einen Stock. Leichter Schnee wirbelte aus den silbernen Wolken und trübte ihre glatte Unterseite. Zum ersten Mal erblickte ich mein eigenes Spiegelbild. Wenn ich die Augen hob, warf auch dort ein kleines Männchen mit Stock den Kopf zurück und maß mich mit meinem Blick.

Der Abschied zog sich in die Länge, und müde geworden, suchte ich Halt an einer Stange an der Wand der Wartehalle. Brodski hielt eine verdammt lange Dankesrede an den Planeten.

»Es ist Zeit«, sagte der Kommandant der »Kolibri« neben mir. »In fünfzehn Minuten starten wir.«

Ich umarmte und entließ meine Freunde . . .

Und da sprang in der Ferne ein undeutliches, unheilvolles Dröhnen auf, so als spielte jemand einen Riesenkontrabaß. Das Geräusch schwoll an, zerfiel in einzelne Töne und kam näher.

Die Leute unterbrachen ihre Gespräche und blickten um sich. Eine Frauenstimme zitterte: »Krümel, wo bist du? Komm her.«

Mir war, als stieg am Horizont, fern bei den Bergen, eine Nebelwand hoch.

»Was ist denn?« eiferte der Doktor. »Was ist passiert?«

Die zur Verabschiedung Gekommenen, die offensichtlich Bescheid wußten, flüchteten in den Schutz des Kosmodroms. Wie ein Vogel drehte der Doktor seinen Kopf und stieß seinen Blick in meinen. »Nehmen Sie sofort die Hand weg!« schrie er. »Was haben Sie angerichtet!«

Ich zog die Hand weg und sah, mich umdrehend, die Stange, an der ich mich festgehalten hatte. Es war ein gewöhnliches Quecksilberthermometer.

»Das ist doch keine Uhr«, scherzte ich linkisch, »sondern ein Thermometer.«

»Ja eben!« kreischte der Doktor, der mich am Arm gepackt hatte und zum Ausgang des Gebäudes schleifte. »Sie haben die Kausalbeziehungen außer acht gelassen.«

Brodski stampfte hinterdrein, blickte sich aber dauernd nach der schon nahen Nebelwand um.

Da ging mir ein Licht auf, und immer noch hoffend, es möge nicht wahr sein, fragte ich unsicher: »Was ist passiert, Doktor? Was habe ich getan?«

»Begreifen Sie denn nicht? Gucken Sie das Thermometer an. Sie haben es erwärmt und damit die Temperatur um etliche Grad angehoben. In der ganzen Stadt! Und der Schnee ist geschmolzen . . . Wir haben keine Zeit zu verlieren. Schnell in die Maschine! Es kommt Hochwasser!«

Wir gleichen den Seefahrern aus dem siebzehnten Jahrhundert. Uferlos und voller Geheimnisse sind die Ozeane, die Karten weiße Flecke, hier und dort durchkreuzt von den Reiserouten der Kapitäne, die sich vor zehn, vor hundert Jahren in diesen Breiten einmal aufgehalten haben. Die üppige Fantasie der Kartographen hat die weißen Flecke mit doppelköpfigen Ungeheuern, mit Seeschlangen, feuerspeienden Bergen und Sirenen ausgeschmückt.

Vielleicht morgen schon lacht dem Seemann das Glück: Am Bugspriet fliegt ein grüner Papagei vorüber, auf den Wellen schaukelt die Schale einer Kokosnuß, eine unbekannte Insel hängt als Nebelwolke am Horizont.

»Auf der Insel wird's keine doppelköpfigen Ungeheuer und dunkelhäutigen Schönheiten geben. Und Geheimnisse auch nicht. Die Insel sieht genauso aus wie die hundert Inseln davor«, sagte Gussew.

»Schwerkraft — Achtung, Meteoritenkrater und Basaltaufschlüsse«, sagte Bauer.

»Ihr ödet mich an«, sagte ich. »Schon lange. Es gibt keine Meteoritenkrater. In so dichter Atmosphäre würde sogar der Arizonameteorit verbrennen, ohne Spuren zu hinterlassen.«

»Dort ist schon alles verbrannt.« Gussew gab nicht nach. »Die Temperatur an der Oberfläche liegt bei plus dreihundert. Glaub meinen Erfahrungen.«

Janson trat in die Messe und brachte die entschlüsselten Angaben der Sonde mit. Die Oberflächentemperatur am Äquator betrug minus 44 Grad Celsius. Die Atmosphäre war praktisch normal. Palmen nickten freundlich am fernen Ufer.

»Gräßliche Winde«, sagte der Kapitän, als wir auf die Brücke stiegen. »Ein widerliches Klima. Läßt sich aber leben dort.«

Auf dem Bildschirm verdichtete sich das Schneegestöber, in den hellen Wolkenstreifen blitzten von Zeit zu Zeit fleckige Lichtungen auf. Bauer breitete auf dem Steuermannstisch die Fotos aus, die die Sonde mitgebracht hatte. Er ähnelte einem Großväterchen, das seine Lieblingspatience »Newski-Prospekt« legt.

»Da hätten wir ja eine Stadt«, sagte Bauer und reichte dem Kapitän eine verschwommene Aufnahme. Das Foto war vom Schneegestöber gestrichelt. Wenn man wollte, konnte man dahinter gerade Linien und Kreise erkennen.

Wir ließen das Schiff auf der Umlaufbahn zurück. Setzten uns bescheiden in den Kutter. Bei der Landung wurde der Kutter vom Wind geschüttelt und zu den zerklüfteten Felsen abgetrieben. »Ein tropisches Himmelreich«, sagte Bauer und schloß seinen Skaphander.

Hätten wir Pelze an Bord gehabt, wären wir ohne Skaphander ausgekommen, aber Pelze hatten wir nicht mitgenommen.

»Später, wenn wir uns vorgestellt haben, pumpen wir uns Filzstiefel von ihnen«, entgegnete ich.

»Jedem nach seinem Geschmack«, sagte Bauer. »Mir werden sie Skier geben. Hier wird Wintersport getrieben.«

Die Temperatur sank draußen auf 53 Grad. Der Schneesturm tobte und schaukelte den Kutter hin und her.

»Die haben anderes im Kopf als Wintersport«, sagte Gussew ernst und machte das Geländefahrzeug startklar. »Die gucken lieber fern.«

»In so einer Umgebung wird kein Fernseher erfunden«, sagte Bauer. »Da klettert keiner aufs Dach, die Antenne festzumachen.«

»Steigt ihr bald aus?« fragte der Kapitän über Funk.

»Wir sind soweit«, sagte Bauer.

»Ist Gussew im Kutter?«

»Ja.«

Das war schon im Schiff ausgemacht. Gussew grinste bloß. Bauer und ich stiegen in das Geländefahrzeug um. Das Fahrzeug bebte, als der Schnee in die Windschutzscheibe stach. Die Räder versanken halb in der körnigen Pampe.

Die Stadt tauchte in dem Augenblick aus dem Nichts auf, als wir mit dem ersten Haus auf gleicher Höhe lagen. Die geduckten Kuppeln krochen unter dem Schnee hervor wie die Kappen von Steinpilzen unter Herbstlaub. Langsam schwamm das Geländefahrzeug, bis zu den Ohren im Schnee, schnaufte, keuchte, wurde langsamer, wenn der Schneesturm über die Augen peitschte. Die höchste Kuppel war halb durchsichtig. Unter ihr verbarg sich ein Platz, umgeben von niedrigen Gebäuden. Der Schnee hielt sich nicht an den glitschigen Seiten der Kuppel, Bächlein rannen nieder, wurden auf halbem Wege aber wieder von Windhosen aufgewirbelt, sie stoben an dem Hindernis auseinander und schlugen mit kleinen Fäusten dagegen.

Der Platz war leer.

»Warum schweigt ihr?« fragte der Kapitän.

»Sie sind nicht zu Hause«, sagte Bauer.

Ich seilte mich an und stieg aus. Der Wind stieß mir heftig in den Rücken, ich suchte hinter einer abschüssigen Mauer Schutz. Die Augen eins weißen, zottigen Tieres, etwas größer als ein Schäferhund, starrten mich an. Es setzte sich auf die Hinterläufe und fletschte sein Krokodilsgebiß.

»Warte mal«, sagte ich zu dem Vieh. »Wohin des Weges?«

Das Tier warf seinen langen Schwanz nach hinten und verschwand im Schneesturm.

»Mit wem redest du da?« fragte Bauer.

»Mit einem Wolf«, sagte ich. »Er ist ausgerückt.«

Eine Mauer kroch aus dem Schnee hervor. Sie zeigte ein Mosaik: gelbes und violettes Lächeln ohne Gesichter, Spiralen und Ovale in unterschiedlicher Färbung. Jenseits der Mauer war der Schnee vom Pflaster aus grauen Platten geweht worden.

»Im Sommer ist es hier warm«, sagte ich.

»Ja, im Sommer ist es warm«, antwortete Bauer. »Im Sommer kehrt der Planet zu seiner Sonne zurück.«

Wir fanden den Eingang zum Platz. Die Doppeltüren am Ende eines kurzen Tunnels ließen das Geländefahrzeug ein und schlossen sich lautlos, dem wilden Sturm den Weg abschneidend. Der Schnee, der hinter uns aufgewirbelt war, taute nicht, sondern legte sich wie ein Fächer auf die Platten. Ich stampfte mit den Füßen, schüttelte den Schnee von den Pantoffeln und nahm den Helm ab. Auf dem Platz war es still und kalt, das Pflaster mit einer feinen Staubschicht gepudert. Die Fenster der Häuser waren geschlossen. Bauer jagte das Geländefahrzeug zu einer großen verglasten Tür und sprang hinaus.

»Wenn wenigstens eine Fliege vorüberflöge«, sagte ich.

»Hundekälte«, schimpfte Bauer. »Setz den Helm auf, sonst erkältest du dich.«

Ich legte den Kopf zurück. Über die Kuppel rannen, eine Spalte suchend, Schneerinnsale. Bauer trat an mich heran, und seine Pantoffeln klapperten geräuschvoll über die Platten. Es schien, als befänden wir uns auf der Bühne eines großen Theaters, auf der die Möbel aufgestellt und die Dekorationen für das Stück fertig waren. Doch weder Schauspieler noch Zuschauer waren da, nur wir irrten ohne Eintrittskarten durch die Sperrholzkulissen, die Pfosten, Türen und Fenster darstellten, hinter denen es keine Zimmer gab.

Bauer hämmerte mit dem Absatz auf eine Platte.

»Da unten ist es leer«, sagte er.

»Wir sollten in ein Haus gehen«, sagte ich.

Bauer nickte. Eine Weile rührten wir uns nicht von der Stelle. Selbstverständlich mußten wir irgend etwas unternehmen, konnten schließlich nicht eine Ewigkeit auf dem verödeten Platz stehen. Der erste Schritt ginge sich leichter, wäre die Stadt zerstört, aufgefressen von den Winden, tot.

Aber sie war nicht tot. Die Stadt verstellte sich. Als hätte sie ein seltsames Spiel ersonnen, als wäre sie nur für uns gebaut, keine Stadt, sondern eine Vision, die Stimme einer Sirene, eine Fata Morgana, als würde sich dort unter den Platten der Minotaurus verstecken und auf sein Opfer lauern.

Bauer dachte genauso. Auf dem langen Flug beginnt man ähnlich zu denken und sich auch ähnlich zu verhalten. Bauer sagte: »Gleich kommt ein Bewohner der Stadt um die Ecke und sagt: ›Da wäre ich.‹«

»Gehen wir?« fragte ich.

»Vorsichtiger«, ertönte eine Stimme.

Ich zuckte zusammen. Der Kapitän hatte unser Gespräch mit angehört.

»Vielleicht hält sich dort allerhand Viehzeug verborgen.«

Die Tür quietschte. Das Zimmer dahinter war geräumig, widerhallend und finster. Ein abgetretener Läufer schlängelte sich zwischen zwei Reihen runder Tische. Die Tische sahen gleich aus, nur auf einem lag eine umgekippte Vase mit abgebrochenem Henkel.

Wir gingen durch die Reihen, es wurde immer finsterer, und die grauen Fenster hinter uns verwandelten sich in Augen, deren Blicke bohrten und stachen. Bauer knipste die Helmleuchte an und drückte auf den Knopf an seiner Pistolentasche. Der Deckel sprang auf, und der Pistolenknauf glänzte matt und unheilvoll. Der Lichtstrahl glitt über eine lange Barriere, die den Weg versperrte. Bauer senkte den Kopf, und der Lichtstrahl kreiste einen dunklen Fleck auf der Barriere ein. Jemand hatte dort ein Tintenfaß umgekippt oder ein Fläschchen mit Farbe. In dem dunklen Fleck war der Abdruck einer Menschenhand zu erkennen. Bauer fuhr mit dem Finger über den Fleck, die Tinte war längst eingetrocknet.

»Vielleicht macht ihr kehrt?« fragte Gussew über Funk.

»Hier führt eine Treppe nach unten«, sagte Bauer. »Gehen wir runter. Zu spät, um wegzulaufen.«

Die Tür am Ende der schmalen Treppe war geschlossen. Bauer

drückte auf die Klinke. Und im gleichen Augenblick wurde alles ringsum in Licht getaucht. Fahles, ruhiges, gelbliches Licht. Quietschend ging das Gitter auseinander. Wir standen in einem Speicher. Bis zur Decke waren Kästen, Container, kugelförmige Gefäße, Schachteln und Kisten aufgestapelt. Der Speicher erwartete seine Besitzer. Sie aber kamen nicht, und er war bereit, seine Reichtümer großzügig mit uns zu teilen.

»Wenn wenigstens eine einzige Leiche . . .«, sagte Gussew und wanderte durch die Messe. Er zog die Beine an und schritt über Kiepen mit Fotos, Tabellen und Berichten. »Wenigstens eine einzige lebende Seele . . . Wie haben sie es bloß fertiggebracht, sich umzubringen, ohne Spuren zu hinterlassen. Könnt ihr mir das verraten?«

»Nein.«

»Was mag das für ein Unglück gewesen sein, das alle Menschen des Planeten ausgerottet hat? Wir haben immerhin schon etliche Städte durchsucht, Biosonden ins Meer versenkt, sind durch Gebirge gestreift. Was ist das? Eine perfekte Waffe?«

»Eine perfekte Waffe hätte auch Wölfe, Hirsche und Vögel vernichtet«, entgegnete der Kapitän. »Die Tiere aber leben. Die meisten sind zwar im Winterschlaf, aber sie leben. Sie warten auf den Sommer.«

»Oder haben sie sich in unterirdische Höhlen verkrochen? Doch warum? Wir hätten die Höhlen natürlich gefunden, in denen sich anderthalb Milliarden vernunftbegabte Wesen verstekken können.«

Bauer saß auf dem Fußboden, die langen Beine ausgestreckt, und sah Gussew von unten an. Er sagte: »Eine klassische Situation. Das Geheimnis der ›Maria Celesta‹.«

»Was?«

»Erinnerst du dich nicht?«

»Nein, ich erinnere mich nicht.«

»Vor zweihundert Jahren wurde im Ozean ein Schiff entdeckt, die ›Maria Celesta‹. Weiße, windgeblähte Segel und so weiter. Alles absolut in Ordnung, keine Spur von Wassereinbruch oder Brand. Aber nicht ein einziger Mensch an Bord. Das leere, unversehrte Schiff trieb einsam und verlassen auf dem Meer. Auf der Herdplatte in der Kombüse eine Kasserolle, ein Kinderspielzeug auf dem Deck. Die Rettungsboote heil und unversehrt. Bis heute ist das Geheimnis nicht gelüftet.«

»Was sollte das Kinderspielzeug?« fragte der Kapitän.

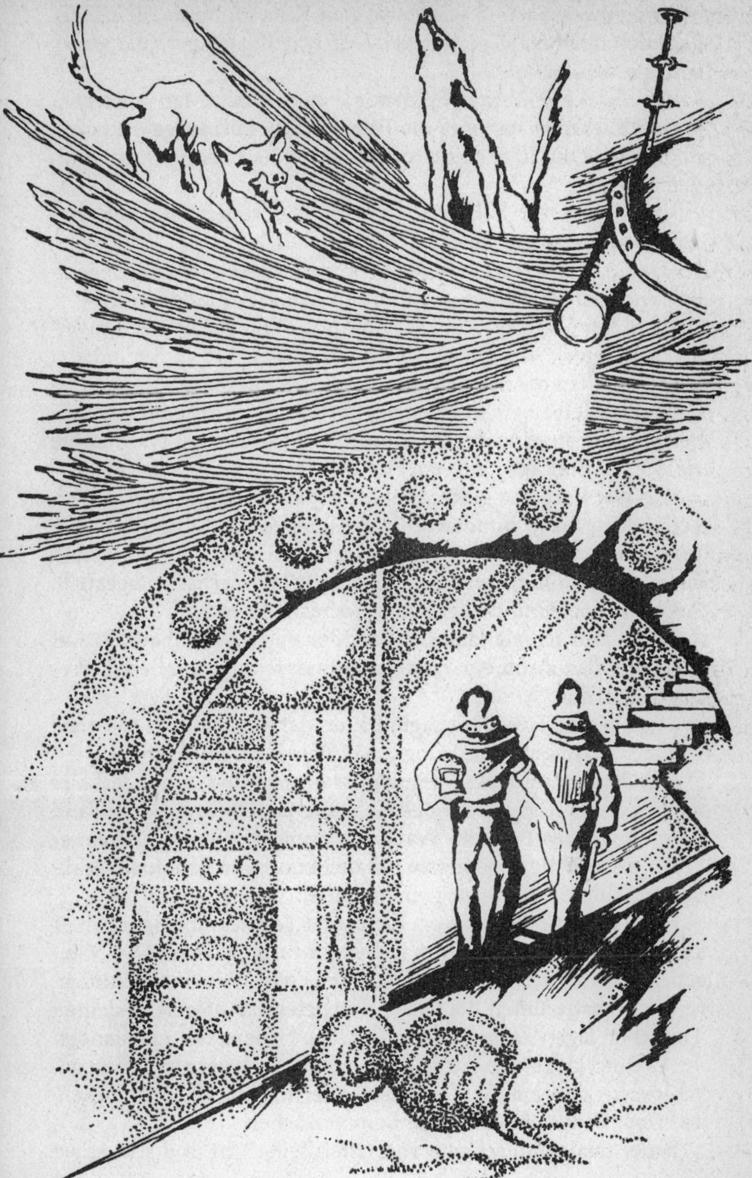

»Irgendwessen Frau war mit einem Kind an Bord. Für Details kann ich mich nicht verbürgen. Das wichtigste aber, alle waren spurlos verschwunden.«

»Wie wär's mit einer Epidemie?« sagte ich. »Man muß alles einkalkulieren, selbst, daß die Toten sich in Luft aufgelöst haben und die wilden Tiere nicht von der Krankheit heimgesucht wurden.«

»A propos, sie hatten Haustiere. Die sind aber auch verschwunden«, sagte Bauer.

»Da ist noch eine Kleinigkeit«, sagte Gussew, der angelegentlich ein Foto betrachtete, »sie haben keine Winterkleidung.«

»Und kein Heizsystem, das mit dem Winter hätte fertig werden können.«

Der Kapitän rekelte sich und schnippte mit den Fingern. »Das heißt, wir bleiben einstweilen bei unserer Arbeitshypothese. Früher kannten sie eine derartige Kälte nicht. Der Frost überraschte sie wie der Blitz aus heiterem Himmel, und dann geschah etwas.«

»Ich war übrigens gestern im Museum«, sagte Gussew. »In einer großen Stadt, hundertfünfzig Kilometer von unserer ersten Landestelle entfernt. Dort sind in der historischen Abteilung eine Menge Bilder mit Menschen in Wintersachen ausgestellt. Auch Halbpelze und allerhand anderes Pelzwerk.«

Bauer und ich standen im Korridor eines Wohnhauses. Auf unserem Plan stand ein Wohnhaus: messen, fotografieren, Proben sammeln.

»Tritt dir die Füße ab«, sagte Bauer, der schon durch das erste Zimmer gegangen war. »Guck mal, hier liegt ein Abtreter.«

Die Außenwand des Zimmers war abgerundet, wiederholte die Form der Kuppel, die das Gebäude bedeckte. An der Wand hing ein großes Bild, ein Wald. Ein üppiger, grüner, blühender Wald, der nicht das geringste mit den knorrigen Knüppeln draußen im Tal vor der Stadt gemein hatte.

Auf dem Fußboden lag ein hellblauer Teppich. Im Haus sah es aus, als wäre der Besitzer erst gestern fortgegangen. Die Menschen hatten es zwar geschafft, vom Platz alles fortzuräumen, hier aber hatte ihnen die Zeit dafür gefehlt. Auf einem kleinen Tischchen lagen Zeitschriften, zierliche Hauspantoffeln standen unter einer Liege, die Türen des Schrankes waren nicht ganz geschlossen, und am Garderobenständer hingen Kleider, Jacken, Tunikas, Capes. Alles leichte Sommersachen.

Bauer pustete den Staub von einer Zeitschrift und schlug sie auf. »Merkwürdig, trotz allem«, sagte er, »daß unser Computer bis heute nicht die Sprache ausgetüftelt hat. Möglicherweise steht ausgerechnet in dieser Zeitschrift: ›Die Kälte kommt, packt eure Klamotten und verduftet.‹«

»Nein«, sagte ich und trat in das angrenzende Zimmer. »Sie ist überrascht worden, sie ist nicht einmal dazu gekommen, das Bett zu machen.«

»Warum sie?«

»Hier hat eine Frau gewohnt.«

Ich trat in die Küche, der Kühlschrank war leer. Ich zog die Vorhänge auf. Draußen toste immer noch der Schneesturm, heulten die weißen Wölfe, die sich um das Geländefahrzeug tummelten und seine Räder neugierig beschnupperten.

»Du hast recht«, sagte Bauer.

»Womit?«

»Mit der Frau.«

Ich hob ein Handtuch auf, die Hausfrau hatte es sorglos auf den Tisch geworfen, und es hing bis zum Fußboden herunter.

»Der Rattenfänger«, sagte ich.

»Was?« rief Bauer.

»Der Rattenfänger blies auf seiner Flöte, und sie rannte auf die Straße.«

»Die Tür hat sie aber abgeschlossen. Komm her, guck mal, wie sie aussah.«

Bauer hielt ein dickes Album auf den Knien. Es enthielt Zeichnungen, Laienarbeiten, schüchterne Versuche, einige Fotos, Überschriften in bunter Tinte, Blumen mit Augen und sechsfüßige Tierchen an den Ecken der Seiten.

»Sie hat am Smolny-Institut studiert«, sagte Bauer und schlug das Album auf der ersten Seite auf, wo das Aquarell-Porträt eines Mädchens mit verwunderten Brauen, einer zarten, kleinen Nase und vollen, deutlich konturierten Lippen eingeklebt war. Die Augen waren dunkelblau, mit schwarzen Rändern. »Tochter nicht reicher, doch edler Eltern.«

»Du bist ein ungebetener Gast in diesem Haus«, sagte ich. »Niemand hat dir erlaubt, das Album zu nehmen.«

»Ich kann doch nicht dafür, daß die Hausherren nicht auf mich warten wollten.«

Ich nahm das Album an mich. Niemand brauchte es mehr.

»Du erfährst nicht einmal ihren Namen«, sagte Bauer, als wir zu unserem Boot zurückkehrten.

»Unwichtig«, sagte ich. »Ich werde sie Christina nennen; ich wollte schon immer ein Mädchen kennenlernen, das Christina heißt.«

Ich war wirklich traurig darüber, daß ich sie nie sehen werde. Mir fiel ein, vor langer Zeit, vor zehn Jahren wohl, in einem alten Album das Foto einer gotischen Statue gesehen zu haben, die im Kölner oder Naumburger Dom steht. Ich weiß es nicht mehr genau. Die Statue zeigte eine grazile, geschmeidige, sehr traurige Frau. Etwas Schöneres hatte ich noch nicht gesehen. Ich glaube, sie hieß Uta und starb vor achthundert Jahren. Der Meister hatte es zustande gebracht, ihre lebendigen, feinnervigen Hände zu modellieren und die Trauer in ihren Augen. Neben Uta stand die Statue ihres Mannes, eines satten, kräftigen Grafen. Ich war überzeugt davon, daß er Uta grob behandelt hatte. Mehrere Tage quälte ich mich, dumm und albern, wie ich war, deshalb, weil ich sie nicht vor diesem Grafen beschützen, sie niemals nach Moskau oder Lunograd entführen und dazu überreden konnte, einen Lehrgang für Bioniker oder Programmierer zu besuchen, weil ich nicht nach jeder Reise zu ihr fahren und sie nach Kalkutta, Rio de Janero oder irgendeinem anderen Ort bringen konnte.

»Wir bleiben bis zum Frühjahr hier«, sagte der Kapitän. »Ich habe Verbindung zur Erde aufgenommen. Morgen startet eine Expedition von dort. Wir werden gebeten, einstweilen Informationen zu sammeln.«

Für die zwei Wochen bis zur Ankunft der Expedition siedelte ich in die Stadt über. In der Stadt drohte mir keine Gefahr, und der Kapitän erlaubte mir, in Christinas Haus zu wohnen. Bauer machte sich lustig über mich, doch manchmal, wenn wir uns einen Tag abgeplagt hatten, um unterirdische Garagen, Betriebe im Nachbartal und die Energieanlagen zu durchstöbern oder um den Eingang zu den Blauen Türmen zu finden, die wie Kerzen am Rande der Stadt emporragten, haute er sich auf die zweite Liege oder braute uns einen kräftigen Tee. Janson hatte uns ein großes Paket mitgegeben. Bis Mitternacht unterhielten wir uns über die Stadt, die uns vertraut und fremd zugleich war, fremd, solange wir nicht ihr Geheimnis erraten, ihre Sprache verstanden hatten.

Christins Bild hatte ich auf ein Tischchen neben der Liege gestellt. Daneben einen weißen Spielzeugwolf, den ich in der unterirdischen Garage des Hauses aus ihrem Wagen genommen hatte. Ich träumte oft ein und denselben Traum. Vielleicht, weil ich ihn träumen wollte. Es ist, als wachte ich auf. Morgen. In der Diele leichte Schritte. Jemand tritt ins Zimmer, zieht die Vorhänge auf, die Sonne bricht durchs Fenster. Ich schlage die Augen auf. Christina steht an der Liege und sagt: »Steh auf, du verschläfst alles auf der Welt.«

Aber die Morgen waren immer trübe, windig und ohne Leben.

Allmählich näherte sich der Planet der Sonne. Es wurde wärmer. Die Sonnenstrahlen brachen hin und wieder schon durch die graublauen Wolken. Dann sackten die Schneewehen vor unseren Augen zusammen, legte sich der Schneesturm für eine Minute. Gleich darauf stürzte er sich jedoch wieder wütend auf die Stadt, wenn nur ein paar Wolken die Sonne bedeckten. Gleb Bauer hatte einen Zweig mit dick geschwollenen Knospen mitgebracht, er versicherte mir, der Zweig würde noch vor unserer Abreise aufblühen.

»Morgen oder übermorgen«, sagte er und machte es sich auf dem Teppich bequem, »wird der Computer hinter ihre Sprache gekommen sein.«

»Woher willst du das wissen?«

»Von ihm selbst.«

»Übermorgen geht unsere Wache zu Ende.«

»Macht nichts, dann kommen andere. Für uns ist es höchste Zeit, wieder eine ordentliche Tätigkeit aufzunehmen. Wir sind schließlich keine Archäologen, sondern Seefahrer. Mir lassen die Blauen Türme keine Ruhe. Für mein Leben gern möchte ich wissen, was sich in ihrem Innern verbirgt. Das einzige Bauwerk auf dem Planeten, das wir nicht öffnen konnten.«

»Ich antworte mit deinen Worten: ›Andere kommen. Wir sind schließlich keine Archäologen, sondern Seefahrer.‹ Übrigens — und wenn sich die Menschen in ihnen verborgen haben?«

»Du fragst, weißt aber selbst, daß das Blödsinn ist.«

»Na schön, ich weiß es. Trinkst du einen Tee?«

»Ich brühe gleich welchen.«

Er kam aber nicht dazu. Der Lautsprecher schaltete sich ein, und der Kapitän sagte: »Vom Äquator kommt eine Wärmewelle, in zwei Stunden wird bei euch weiß der Teufel was los sein. Solch einen Sturm haben wir noch nicht mitgemacht. Ist der Kutter sicher vertäut?«

»Ich kontrolliere es gleich«, antwortete Gleb und hangelte nach seinen Pantoffeln. »Wahrscheinlich sollte ich lieber zum Schiff rauf.«

»Ich bleibe hier«, sagte ich. »In dem Haus droht mir keine Gefahr. Die Kamera habe ich bei mir. Ich werde den Sturm filmen.«

»Nun bricht das Frühjahr an«, bemerkte Bauer. »Wo habe ich bloß meinen Helm hingelegt?«

Eine Stunde später tobte der Sturm los. Bauer war es mit knapper Mühe gelungen, vom Planeten abzuheben. Der Sturm ließ bis zum Morgen nicht nach. Die Windgeschwindigkeit erreichte achtzig Meter. Die Temperatur stieg vor meinen Augen, und über den Schnee rannen, Kerben bildend, tosende Bächlein. Wasserspritzer vermischten sich mit aufgewirbeltem Schnee. Gegen Abend des zweiten Tages ertrank die Stadt. Das Wasser stieg bis zu den Fenstern, und die Ströme brausten nieder zu den Seen und zum Meer. Bis spät in der Nacht saß ich über Listen und Tabellen. Ich schlief schlecht und wachte zwischendurch auf. In der Nacht rief Bauer mich aus irgendeinem Grunde. Er jubelte. Der Computer hatte endlich ihre Sprache entschlüsselt. Er wußte jetzt alles, Geheimnisse gab es keine mehr. Ich aber wollte nichts als schlafen, bat ihn relativ höflich, mir morgen zu berichten, und hörte einfach nicht weiter zu. Ich stellte die Funkverbindung ab, verletzte damit die wichtigste Verhaltensregel auf unerforschten Planeten. Ich wollte so gerne schlafen.

Morgen. Ich lag und lauschte wie immer auf die Geräusche im Haus. An der Tür erklangen Stimmen. Jemand lachte. Christina lachte. Ich schlug die Augen nicht auf, denn ich wußte nicht, ob es vielleicht nur ein Traum war. Christina war nach Hause gekommen. Ich wartete, bis in der Diele ihre leichten Schritte ertönten. Eine Tür wurde ins Schloß geworfen. Christina kramte im Korridor herum. Natürlich. Dort hing mein Skaphander. Ich wollte etwas sagen, damit Christina keinen Schreck bekam, doch mir fiel ein, daß sie ja kein Wort verstand. So lag ich, ohne die Augen zu öffnen. Christina trat ins Zimmer und blieb an der Tür stehen. Jetzt erblickte sie den kleinen weißen Wolf und ihr Bild auf dem Tischchen. Christina machte keine Bewegung. Surren. Sie zog die Gardinen auf. Es wurde heller. Durch die geschlossenen Lider schlug mir die Sonne in die Augen. Und da begriff ich, daß es kein Traum war.

Christina stand an der Tür. Ich öffnete die Augen und versuchte ihr zuzulächeln, die Fenster standen offen, und der blaue Himmel zeigte sich. Der Zweig auf dem Tisch war aufgeblüht. Die Blumen hatten die Farbe von Christinas Augen.

»Guten Morgen«, sagte ich. »Seien Sie nicht böse, daß ich mich in Ihrem Haus eingenistet habe.«

»Guten Morgen«, sagte Christina. »Ich bin nicht böse.«

Erst in diesem Augenblick bemerkte ich, daß sie einen Kassetten-Linguisten umhatte.

Hinter ihr tauchte plötzlich Gleb auf.

»Wir haben die ganze Nacht nicht geschlafen«, sagte er. »Du hast die Funkverbindung außer Betrieb gesetzt, dafür wird dir der Kapitän bei erstbester Gelegenheit ein paar Takte sagen.«

»Bitte«, sagte ich, ohne Christina aus den Augen zu lassen.

Am Tag des Abfluges fragte ich Christina: »Was machst du heute?«

»Ich arbeite«, sagte Christina. »Das weißt du doch. In der ersten Woche bringen wir die Stadt in Ordnung, da arbeiten wir alle.« Der Linguist übersetzt genau den Sinn der Worte, doch Intonation und Emotion vermag er nicht wiederzugeben.

»Wenn du hierbliebest«, sagte Christina, »würde ich Russisch lernen.«

Der Linguist übersetzte nur den formalen Gehalt ihrer Worte.

»Ich kann nicht«, sagte ich. »Aber ich komme so bald wie möglich.«

»Ich glaube es nicht«, sagte Christina.

»Kann ich dein Bild zur Erinnerung mitnehmen und den kleinen weißen Wolf?«

»Warum?«

»Einfach so.«

»Wie du willst.«

Wir standen am Freilichtcafé. Einige Leute halfen einer Maschine, das Café mit einer gestreiften Markise zu überdachen. Es roch nach frischer Farbe. Bauer überholte tollkühn einen Bus und bremste neben uns.

»Ich wußte, wo ich dich finden würde«, sagte er. »Guten Morgen, Deli.«

»Christina«, korrigierte sie.

»Wir fahren zu den Blauen Türmen«, sagte Gleb. »Kommst du mit?«

»Wozu?« Christina wunderte sich. »Ich war doch erst dort. Ich kann diese Türme nicht ausstehen. Sie sind so beengend.«

»Heute kommen die letzten. Die, die im Herbst aufgehalten wurden, als sie das Energiewerk konservierten.«

»Du hast mir von der ›Maria Celesta‹ erzählt«, sagte Christina. »Vielleicht war es dort genauso wie bei uns?«

»Kaum. Zufällig geschieht so etwas nicht.«

»Zu Anfang war es bei uns Zufall. Erst später gab es die Theorie und die ersten Zeitmaschinen.«

»Jede Entdeckung wird von einer Notwendigkeit ausgelöst. Auf der Erde existiert bislang so eine Notwendigkeit nicht.«

»Bei uns hingegen ja.«

»Natürlich«, bestätigte Bauer. »Der Winter raubt euch die Hälfte des Lebens, für sechs Monate ist der Planet ausgestorben, Frost läßt sich ertragen, da kann man warme Filzstiefel erfinden. Doch das ist letztlich nur ein Schutz, kein Angriff.«

»Wir haben den Winter angegriffen«, sagte Christina. »Entschuldigt, für mich ist es höchste Zeit.«

»Wir bringen dich«, sagte Bauer.

»Ich habe es nicht weit, danke. Wir sehen uns vor dem Abflug.«

Christina knöpfte ihren Umhang zu und lief davon.

Wir schafften es noch zu den Blauen Türmen. Ein Techniker geleitete uns zu den Zeitkammern, die die Arbeiter des Energiewerkes gerade verließen.

Merkwürdig anzusehen, wie sich die Türen zum Nichts öffnen, die Türen zur Zeit, zum vergangenen Herbst. Und merkwürdig der Gedanke, daß in den letzten drei Tagen die Bevölkerung der ganzen Stadt durch die Turmtüren gegangen ist. Jetzt kommen die letzten, und der Turm hält Sommerschlaf bis zum nächsten Herbst. Im Herbst, wenn die Regenzeit beginnt, der erste Schnee aus den grauen Wolken spritzt und die Winde den Bäumen die braunen Blätter abstreifen, flammen die Kontrollgeräte wieder auf, tösen die Generatoren, die das Zeitfeld erzeugen. Und die Bewohner der Stadt räumen ihre Häuser auf, schließen die Türen ab, schmieren die Werkbänke, bringen die Autos in die Garagen, sie schalten das Licht aus, nehmen ihre Haustiere und versammeln sich vor den Blauen Türmen. Sie werfen einen letzten Blick auf den düsteren, verhangenen Himmel und betreten die Zeitkammern. Für einen Augenblick trübt sich das Bewußtsein, ergreift die Menschen Übelkeit, dann flammen die Lampen an der Decke auf, und die Leute können ins Freie treten.

Im Leben der Menschen ist eine Minute vergangen. Im Leben des Planeten ein halbes Jahr. Die Menschen werden eine Minute älter, der Planet ein halbes Jahr. Winter gibt es nicht, keine im

Kamp mit einer bösen Natur vergeudeten Monate, an warmen Sachen und Brennstoff besteht kein Bedarf.

Einige Tage kostet im Frühling die Säuberung der Stadt, das Streichen der Häuser, deren Farbe im Schneesturm abgeblättert ist. Dann geht das Leben seinen Gang. Bis zum Herbst. Im Herbst begibt sich der Planet wieder in die Zeitkammern, um den Winter auszulöschen. Und auf dem verödeten Planeten herrschen für sechs Monate Eis und Kälte, und in den verlassenen Städten sind weiße Wölfe und Schneesturm Hausherr.

Ein älterer Mann in weißer Arbeitskleidung mit einem blauen Blitz am Ärmel, der als letzter aus der Tür getreten war, überreichte dem Techniker ein viereckiges Kärtchen. Der verglich es mit einem anderen von demselben Aussehen.

»Gut«, sagte er. »Sie können gehen.«

Die Menschen, die den Turm verlassen hatten, blieben stehen, ordneten ihr Haar, kniffen die Augen zusammen, blinzelten wie nach einem kurzen Nickerchen. Einer von ihnen hockte sich hin, riß einen feinen Grashalm aus, der sich durch die noch kalte Erde hindurchgezwängt hatte.

»Ich kann und kann mich nicht daran gewöhnen«, sagte er und hob den Kopf. »Ich kann es nicht.«

Jemand lachte kurz auf.

Die Techniker machten sich am Eingang zu schaffen. Kurze Kommandos ertönten über den Lautsprecher oberhalb der Turmtür.

In fünf Minuten war alles vorbei: Eine schwere Stahltür senkte sich und trennte den vergangenen Herbst vom heutigen Tag.

Christina war nicht gekommen, uns zu begleiten.

Macht nichts. Ich komme im nächsten Frühjahr wieder, gehe ohne Aufforderung in ihr einsames Haus, lege mich auf die Liege im ersten Zimmer und warte auf den Morgen, an dem in der Diele die leichten Schritte ertönen. Christina wird ins Zimmer treten, die Vorhänge zurückziehen, damit die Sonnenstrahlen ins Haus dringen.

## Ein Takan für die Kinder der Erde

Das Takan wurde am Rande des Großen Hochlands eingefangen, dort, wo der fahle, undurchdringliche Dschungel dem spärlichen Strauchwerk der Fliederbäume Platz macht, die einen scharfen

Äthergeruch verströmen. Die Fliederbäume haben lange, giftige Stacheln, und wenn ein unachtsamer Wanderer einhält, um im Gesträuch sein Nachtlager aufzuschlagen, erblickt er das Licht des Tages gewiß nicht mehr. Hierher, aufs Hochland, dringen kaum die feuchten grauen Nebel, und die schneebedeckten Gipfel des »Wolkenrückens« sind bei jedem Wetter sichtbar.

Das Takan haben Kansker Jäger gefangen und, die Füße an biegsame Stangen gebunden, ins Dörfchen am Wasserfall gebracht. Es konnte noch nicht fliegen. Getötet haben sie es nicht, weil in einer Winternacht der Vorsteher aus Dark im Dorf erschienen war und verkündet hatte, daß man für ein lebendiges Takan eine Menge Geld einhandeln könne.

Die Wunde in der Schulter des Takans verheilte schnell, aber es floh nicht in die Berge. Noch kein Jahr alt, weidete es auf dem Dorfanger bei den Langbeinern, und abends kehrte es ins Gatter heim. Die Tochter des Dorfältesten steckte ihm Salz zu und gab acht, daß die Langbeiner ihm nichts zuleide taten. Der Dorfälteste spannte den springenden Wurm an und fuhr nach Dark. Dort tat er kund, daß die Jäger ein Takan gefangen hätten und nunmehr große Gelder erwarteten. Der Vorsteher der Niederlassung schickte eine Mitteilung in die Hauptstadt. So erfuhr ich von der Sache.

Es war das erste Takan, das lebend gefangen wurde. Zehn Jahre zuvor hatte der Botaniker Guljajew beim Streifzug durch das Große Hochland in einem Höhlentempel der Blau-Sonnen-Sekte das Fell eines unbekannten Tieres entdeckt. Das Fell war alt gewesen und die dichte, goldflimmernde Behaarung stellenweise gelichtet. Es ziert den Thron des Oberpriesters. Guljajew hatte sich für die Ox-Orchidee interessiert, eine unansehnliche Pflanze mit weißen fünfblättrigen Blüten, deren Wurzeln Paulin enthalten. Paulin ersetzt bis zu einem Monat Schlaf, ohne schädliche Nebenwirkungen. Die Blau-Sonnen-Sekte ist denn auch für Tage und Nächte währende rituelle Feste bekannt, und in Dark war Guljajew geraten worden, sich an ihren Oberpriester zu wenden.

Der Oberpriester tat, als wüßte er von keiner Orchidee, dafür unterrichtete er aber den Botaniker, daß das Tier, dessen Fell es dem Erdengast angetan zu haben schien, hoch in den Bergen zu Hause sei und sich nicht bei lebendigem Leibe fangen ließe. Takan werde es genannt und von den bösen Berggeistern bewacht.

Daraufhin wandte sich der Oberpriester an einen Novizen, und dieser brachte eine durchsichtige dünne Scheibe herbei und sagte, das sei ein Stück Takanflügel. Mit Einbruch der Wärme begännen die Takane zu fliegen, und im Herbst würfen sie die Flügel ab. Guljajew ließ Orchidee Orchidee sein und veranschlagte für Fell und Flügelstück einen hohen Preis. Aber der Oberpriester wollte sich nicht davon trennen, obschon er die Fotoerlaubnis erteilte.

Das Stereofoto von Fell und Flügel habe ich bereits auf der Erde zu Gesicht bekommen. Guljajew hatte es in unseren Zoo gebracht. Der Novize hält das durchsichtige Zeug, in dem sich das Licht der Sonne fängt, in der Hand, und meine Tochter Alice sagte: »Daraus machen sie bestimmt ihre Fensterscheiben.«

Auf der Sija brachte ich eine nette Kollektion zusammen, meistenteils springende Würmer, und im Museum versicherte man mir, daß diese als lastentragendes Verkehrsmittel unersetzlich seien und sich auf der Erde ausgezeichnet akklimatisierten. Aber ich habe etwas gegen das Reiten auf Gewürm, und ich hegte die Befürchtung, meine Landsleute würden diese Antipathie teilen. Über das Takan brachte ich in Erfahrung, was ich konnte. Viel war es nicht. Es kam wirklich in keiner einzigen Sammlung des Planeten vor, und viele Zoologen hielten es für eine Sage. Man half mir, in den Gebirgsgegenden bekanntzumachen, daß eine hohe Summe für ein eingefangenes Tier ausgesetzt war. Und zwei Monate später traf dann die Nachricht vom wohlgelungenen Fang eines jungen Takans ein. Ein ausgesprochener Glücksfall.

Ins Dorf geleitete mich der Vorsteher aus Dark. Der Dorfälteste kam zur Begrüßung an den Zaun. Seine vier Arme waren mit Armbändern aus bunten Steinen geschmückt. Ihm folgten Jäger mit kurzen Speeren.

In dem einen Monat war das Takan herangewachsen und hatte seine Altersgenossen unter den Langbeinern eingeholt. Es erkannte den Dorfältesten und kam auf Anruf heran. Es hob den Kopf und blickte uns mit großflimmernden Augen an. Ein allerliebstes Tier. Mir tat richtig leid, daß jenes Märchen auf der Sija unbekannt war. Aber wie sich gezeigt hat, existiert es 16 Parsek fern der Erde doch.

Ich streckte die Hand aus, um das Takan zu streicheln, und der Älteste sagte: »Ein gutes Tier.« Er wünschte sehr, daß mir das Tier gefiel.

Bis zum anderen Morgen blieben wir im Dorf. Nachts befiel mich Atemnot, so daß ich erwachte. Ich schleppte mich zu meinem Koffer und griff mir die Sauerstoffmaske. Als ich damit fertig war, war mir der Schlaf vergangen, und ich trat auf die Straße. Sie endete an einer Viehhürde, und ich erblickte das Tarkan. Es stand da, an die Umzäunung gelehnt, und starrte auf die blauen Berge in der Morgendämmerung. Auf seinem Fell lag eine Spur von Glanz. Es hatte mich kommen gehört und wandte den Kopf. Ich blieb stehen, in der festen Überzeugung, das Takan werde jeden Augenblick zu sprechen beginnen. Aber es schwieg. Mit einemmal schämte ich mich, daß ich ihm die Berge genommen hatte und im Begriff stand, es in ein enges Raumschiff zu verfrachten, um es auf die Erde zu entführen. Doch diesen Gedanken verscheuchte ich. Im Zoo leben die Tiere ja länger als in der Freiheit.

»Schlafe«, sagte ich zu ihm. »Wir haben eine lange Reise vor uns. Du wirst erwartet.«

Das Takan seufzte und trat von einem Bein aufs andere.

Wir zahlten dem Ältesten einen Tausender. Gerade soviel, wie er verlangt hatte. Und viertausend spendierten wir der Darker Obrigkeit. Der Älteste bedauerte, nicht mehr gefordert zu haben. Er hatte nicht erwartet, daß sich Wesen finden würden, die solche Summen für ein Takan aufbrächten.

An diesem Tag konnten wir das Takan nicht mehr nach Dark bringen. Der Geländewagen war zu klein. So fuhren alle fort, nur ich blieb im Dorf zurück, um auf ein größeres Gefährt zu warten. Ich hatte eine Kamera bei mir, und den ganzen Tag filmte ich das Takan, die kleinen Jungs, die keinen Schritt von mir wichen, und den alten Sopa. Der Alte hatte zwei Hände mehr als die anderen Jäger dieses Stammes, und er erinnerte mich an den sechsarmigen Schiwa. Er saß vor seiner Hütte und blinzelte gleichmütig ins Objektiv. Ich war froh, in der Gegend verblieben zu sein. Überm Dorf hingen die blauen Berge, unter einer Kiefer am Dorfplatz stand ein fettbeschmiertes, hölzernes Göttertier, dessen einer Flügel angebrochen und mit einem schmutzigen Strick festgebunden war.

Ich wurde schnell müde, aber des Sauerstoffs brauchte ich mich kaum zu bedienen. Nachts quälte mich ein Traum. Das Takan ist in die Berge entwischt, und ich klettere ihm nach, durch giftiges Dornengestrüpp zum verschneiten Gebirgspaß, und ich kann und kann es nicht einholen. Die Augen tun mir richtig weh, so glänzt sein Fell. Dann steigt das Takan zu den Wolken auf, und seine Libellenflügel schimmern in der Ferne wie bläulicher Dunst.

Die Jäger nahmen mich mit in den Wald auf Schlangenjagd. Der Wald war herbstlich leer und still. Geregnet hatte es seit Wochen nicht. Unter den Füßen raschelte das trockene Gras. Ich pflückte einen Strauß rosa Blüten, sie rochen faulig und faßten sich feucht an. Ich wollte sie trocknen und zur Erinnerung aufheben, aber abends waren sie weggeschmolzen.

Zwei Tage später kam ein großes Fahrzeug mit einem Käfig. Eine halbe Stunde, bevor es auf dem Dorfplatz auftauchte, war das Keuchen des Motors zu hören, der die Steigung nahm. Am liebsten wäre ich im Dorf geblieben, und ich wünschte, der Motor möge versagen. Ich wollte jeden Morgen die blauen Berge sehen. Aber ich ging zum Takan, um es vor der Abreise einer Untersuchung zu unterziehen. Die Ältestentochter, die mich nicht leiden konnte, weil ich das Takan entführte, winkte, als der Geländewagen um das letzte Haus gebogen war. Der Käfig schwankte in den Kurven, und um das Gleichgewicht zu halten, trippelte das Takan hin und her.

Im Flugzeug stand das Takan, den warmen Kopf auf meinem Knie, und seine Augen blickten traurig. Es verzog die Lippen, als flüstere es mir etwas zu, und ich kraulte ihm zum Trost die hohe Stirn.

In der Hauptstadt empfing uns auf dem Flughafen unerwartet viel Volk. Hochgestellte Beamte, Interplanetarier und simple Gaffer. Als erster kam der Zoodirektor auf das Flugzeug zu. Er konnte es nicht mehr erwarten, das Takan in Augenschein zu nehmen. Am liebsten hätte er es wohl bei sich behalten, aber die Darker Behörden hatten es an die Erde verkauft, und die Regierung hatte keinen Einspruch erhoben.

Über die Gangway führte ich das Tier auf den Plastbelag des Flughafens, und die Umstehenden traten näher und streichelten seine warme, seidige Flanke. Geduldig wartete das Takan auf Kühle. Das Tal war ihm zu schwül, und seine Flanken hoben und senkten sich schwer.

Das Takan wurde in einem klimatisierten Raum des Kosmosservice untergebracht. Es sollte sich vor der neuen Reise akklimatisieren und Kräfte sammeln.

Das Takan hatte Heimweh. Fremdes Gras lehnte es ab. Tagtäglich fiel ich den Chemikern auf die Nerven, die auf der Suche nach passender Nahrung für unseren Gefangenen waren. Abends drängten sich die Besucher vor dem Raum. In der Hauptstadt war es Mode geworden, zum Takan zu gehen. Ich versuchte aber, niemanden hereinzulassen. Das Takan hatte die Leute satt. Ich hatte es liebgewonnen. Mir war, als träumte es gleichfalls von den blauen Bergen und den Schneewolken.

In der Hauptstadt war es heiß. Gegen Morgen tauten die Federwölkchen, und vor den Fenstern hing feiner, grauer Staub. Ich hatte mich daran gewöhnt, im Zimmer des Takans zu arbeiten. Dort herrschte Kühle. Hin und wieder verließ das Takan seine brüchige Streu, trat, um mich nicht zu stören, von hinten an mich heran und sah mir beim Maschineschreiben zu.

Das Raumschiff von der Erde hatte Verspätung. Ich verschickte panisch Depeschen mit der Kunde vom kritischen Zustand wertvoller Tiere. Die Fernmeldetechniker kannten mich schon und meinten, ich habe Geld wie Heu. Die Quittungen verstaute ich in meiner Hosentasche und wartete die Samstagsprechstunde in unserer Vertretung ab, wo ein schweißgebadeter, gereizter Buchhalter die Devisen für den Aufenthalt der Tiere wie des Zoologen — das war ich — abrechnete. Den Buchhalter schockierten springende Würmer auf den Tod, und nach Möglichkeit mied er die Straße, aus Angst, es würde ihn einer anspringen. Ich wollte ihn überreden, sich das Takan doch einmal anzusehen, doch er lehnte ab, mit der glaubhaften Versicherung, Kindermärchen ein für allemal aus seinem Leben gestrichen zu haben.

Manchmal, abends, redeten wir miteinander, das Takan und ich. Vielmehr, ich redete, und das Takan stimmte zu. Oder auch nicht.

»Hör mal«, sagte ich. »Wir müssen die Menschen glücklich machen. Das ist unsere Aufgabe. Deine und meine.«

Das Takan neigte den Kopf zur Seite. Es glaubte mir nicht. Seine Wimpern, die so lang und gerade wie Degen waren, fielen über Kreuz, wenn es die Augen zukniff.

»Kinder müssen an Märchen glauben«, sagte ich. »Sie warten auf dich, weil du ein Märchen bist. Du bist für sie die Güte und die Treue. Komm mit mir zur Erde. Ich bitte dich.«

»Ist gut«, sagte es einmal. Seine Flügel waren durchgekommen. Sie juckten, und es zerkratzte mit ihren Spitzen die Zimmerwände.

»Stell dir vor«, sagte ich, »alle Fernsehsender verkünden deine Ankunft. Und alle Leute kommen, dich zu sehen.«

Das Takan legte mir seinen schweren, warmen Kopf aufs Knie.

»Unser Gras wird dir gefallen. Ganz genau solches wie in den Bergen.«

Heiße Nebel drückten auf die Stadt. Sie benahmen den Atem. Bei mir meldete sich der Zoodirektor. Er trank ein Glas Limonade von der Erde und hörte nicht auf, sich über die Mühen seiner Arbeit, die Krankheiten der Raubpflanzen und den Nachwuchs dreiköpfiger Schlangen auszulassen. Nur mit halbem Ohr hörte ich hin, dachte daran, das Takan in den Zoo zu geben. Befristet.

Noch zwei Blitztelegramme sandte ich zur Erde. Unsere Vertretung ließ telefonisch ausrichten, daß die Passagierrakete »Orion« ihren Kurs geändert habe, um uns an Bord zu nehmen. Frühestens in vierzehn Tagen sei sie in der Hauptstadt zu erwarten. Bis dahin müsse man sich gedulden.

Ein Brief von der Ältestentochter traf ein. Von einem Schriftkundigen auf dem Basar in Dark aufgesetzt. Die Tochter schrieb, daß ihr Vater einen Hunderter unter die Jäger, die das Takan gefangen hätten, verteilt, neunhundert aber auf die Bank in Dark gebracht habe. Der Alte wußte das Geld zu schätzen. Auf jeden Jäger war ein Zwanziger entfallen. Sie hatten sie auf dem Basar verspielt. Außerdem schrieb die Tochter, die Jäger hätten Spuren ausgewachsener Takane gesichtet, aber die Takane selbst seien ihnen davongeflogen.

Ich beantwortete den Brief der Ältestentochter und schrieb, daß es dem Takan gut ginge und daß es ihm, wenn das Raumschiff von der Erde käme, noch besser gehen werde. Sie solle sich nicht sorgen, ich würde mich immer um das Takan kümmern.

Wir brachten das Takan in den Zoo. Es war ganz schwach auf den Beinen und schleppte sich mühsam bis zum Grünstreifen in der Hürde, wo die behaarten Vögel wohnten. Den Vögeln tut die Hitze nichts, sie stammen aus heißen, vulkanischen Sümpfen. Am Eingang hatte der Zoodirektor einen Anschlag aushängen lassen, der besagte, daß das einzige lebend gefangene Takan vor seiner Abreise zur Erde zur Besichtigung freigegeben sei.

In der Hürde wuchsen Bäume, und es gab einen Teich mit angewärmtem Wasser. Im Schlamm tummelten sich die behaarten Vögel, und manchmal hüpfte ein dreiarmiger Fisch aus dem Wasser. Kreischend balgten sich die Vögel.

Die Besucher kamen familienweise in den Zoo, mit Teppichen und Töpfen. Die Tragwürmer wurden am Eingangstor »geparkt«. Zuerst nahm man den goldflimmernden Fleck im Schatten der Bäume in Augenschein, doch dann neigte sich das Interesse den behaarten Vögeln zu, denn auf der Sija gibt es andere Märchen als auf der Erde. Ihre wichtigsten Helden sind Feuerschlangen und behaarte Vögel.

Der Zoodirektor war eitel Wonne. Gar zu gern hätte er gesehen, wenn das Takan für immer dort geblieben wäre. Er war ein Tierparkfanatiker und kein schlechter Zoologe.

Nach einem Picknick im Grase gingen die Besucher zu den singenden Schlangen, die sich hektisch und unmusikalisch gebärdeten. Die Schlangen äfften die Menschen nach, und die gaffende Menge suchte zu erraten, wem sie ähnlich seien. Manchmal bewarfen kleine Jungen das Takan mit Steinen, damit es aufstände und an den Zaun käme. Sie neckten es einen Langbeiner. Es stand nicht auf. Wenn ich zu ihm ging, seufzte es leise und versuchte, die im Schatten kaum sichtbaren Flügel anzuheben. Dann sammelte sich am Zaun die Menge, denn ich war eine weit größere Sensation als das Takan. Weil ich nur zwei Hände hatte und zwei Augen, kam ich den kleinen Jungen wie ein exotisches Tier vor, aber mit Steinen bewarfen sie mich nicht.

Das Telefon in meinem Zimmer läutete um drei Uhr nachts. Vor Aufregung stammelnd, unterrichtete mich der Zoodirektor, daß der Zustand des Takans bedenklich sei. Ich brüllte in den Hörer, daß ich sofort käme, knipste die Tischlampe an und verhedderte mich in meinen Hemdsärmeln.

Lange lief ich durch die nächtlichen Gassen, stolperte über Risse im Pflaster und schreckte, wenn ich in eine Pfütze rutschte, Eidechsen und Blindlinge auf. Am Eingang nahm mich ein Mitarbeiter in Empfang. Sein mittleres Auge war geschlossen, er war schläfrig. Ich begriff nicht, was er sagte, und rannte bergan, vorbei an Käfigen mit Wurm-Yaks und Gehegen, in denen, von meinen Schritten aus dem Schlaf gerissen, schwarze Schatten umhergeisterten.

Das Takan lag im Arbeitszimmer des Direktors, der, mit einem weißen Kittel angetan, am Tisch saß. Der Tisch war mit Flaschen, Ampullen, Schächtelchen vollgestellt. Dem Direktor war die Sache fatal, doch ich hatte keine Zeit, ihn zu trösten.

Die Augen des Takans waren, wie bei einem Vogel, mit wei-

ßen Häutchen überzogen. Sein Atem ging unregelmäßig, wie vereinzeltes Schluchzen, und manchmal lief ein Zucken durch seinen Körper. Dann schlug es ganz leise mit seinen kleinen weißen Hufen auf.

Ich dachte, daß das Takan im Sterben die blauen Berge vor Augen habe, ich es aber nicht mehr schaffen würde, es zurückzubringen.

Das Fell unter meiner Hand war so weich und warm wie immer, aber ich wußte, daß es noch vor Sonnenaufgang erkalten würde. Ich vermochte es nicht zu erschießen, denn es war mein Freund.

Mit einemmal öffnete das Takan die Augen, als wollte es von mir Abschied nehmen. Doch blickte es an mir vorbei, zur Tür. Dort stand die Ältestentochter.

»Da bin ich«, sagte sie. »Ich habe den Brief gelesen und begriffen, daß es dem Takan schlechtgeht. Ich habe Gras aus den Bergen mitgebracht. Wenn die Langbeiner krank werden, fressen sie das.« Das Mädchen nahm einen Sack von der Schulter, aus dem ein feines Aroma von Bergwiesen und Wind durchs Zimmer ging. Das Takan sagte etwas zu ihr, und das Mädchen holte eine Handvoll bergblauer Blüten aus dem Sack ...

Die Ältestentochter kam zum Abschied mit zum Kosmodrom. In den zwei Tagen, die wir am Krankenbett des Takans gesessen hatten, waren wir Freunde geworden, und nun glaubte sie mir, daß das Takan zur Erde mußte.

Das Takan war noch geschwächt, aber als die Stewardeß der »Orion« uns drei aufs Flugfeld kommen sah, quietschte sie vor Begeisterung, und ich sagte zum Takan: »Siehst du, ich hab's dir doch gesagt.«

»Ich wecke die Fluggäste«, sagte die Stewardeß. »Die werden staunen. Kann es auch fliegen?«

»Es wird fliegen können«, sagte ich. »Bitte nicht die Fluggäste wecken. Sie bekommen es noch genug zu sehen.«

Das Takan und ich verfolgten, wie unser »Zoo« verladen wurde, und dann begaben wir uns in die Kabine, wo uns der Kommandant erwartete und uns mitteilte, daß wir uns damit eines Verstoßes gegen die Flugregeln schuldig machten, daß er aber rein gar nichts dagegen habe.

Drei Wochen später kamen wir auf der Erde an. Inzwischen hatte das Takan mit den Fluggästen Bekanntschaft geschlossen und war mächtig stolz darauf, im Mittelpunkt der Aufmerksamkeit zu stehen. Seine Flügel waren schon so groß, daß es durch den langen Schiffskorridor fliegen und sogar ein zehnjähriges Mädchen auf sich reiten lassen konnte.

Dieses Mädchen hatte das Buch bei sich, das wir brauchten, und ich las dem Takan vor. Das Takan sprach mir die Verse nach und besah sich die Bilder, voller Verwunderung, daß es der Hauptfigur des Büchleins so ähnlich sah.

Wir waren übereingekommen, der Ankunft des Takans auf der Erde Schauwert zu verleihen. Dem Mädchen hatten wir rote Stiefel und einen roten Kittel und Gürtel nähen lassen. Dazu gestreifte Höschen. Das war kein leichtes Unternehmen gewesen. Drei Tage waren draufgegangen, um den entsprechenden Stoff ausfindig zu machen, und während die Stewardeß gemeinsam mit der Mutter des Mädchens im Schweiße ihres Angesichts Kittel samt Hose schneiderte, mußte ich die Stiefel selbst steppen. Ich stach mir die Finger wund und verschliß mehrere Meter roten Plastmaterials.

Das Takan bat darum, daß man das Mädchen ankleide, und war mit dem Ergebnis sehr zufrieden.

In der Nacht vor der Landung schlief es nicht und trommelte nervös mit dem Huf gegen die Trennwand.

»Reg' dich nicht auf«, sagte ich. »Schlaf. Morgen wird ein schwerer Tag.«

Als die »Orion« landete und die Fernsehkameras anrückten, trat das Takan an die Luke und sagte zu dem Mädchen: »Halt dich gut fest.«

»Mach' ich«, sagte das Mädchen.

Der Kommandant ließ die Luke öffnen. Die Kameras sirrten los, und alles, was da auf dem riesigen Flugfeld versammelt war, starrte auf das schwarze Loch in der Luke.

Daß die Nachricht von unserer Ankunft auf der Erde eine derartige Aufregung hervorrufen würde, hatte ich denn doch nicht gedacht. Zu Tausenden waren sie zum Kosmodrom gekommen, und die Telesputniks, die uns auf der Außenbahn empfangen und das Ehrengeleit gegeben hatten, umkreisten uns wie dicke Brummer.

Das Takan tat einen kleinen Sprung, hob ab und segelte langsam den weit aufgesperrten Augen der Fernsehkameras entgegen. Seine feinen, durchsichtigen Flügel waren nicht zu sehen. Die kleine Reiterin schien in Dunst gehüllt. Das Mädchen hob zum Gruß die Hand, und Millionen Kinder erhoben ein Geschrei: »Komm zu uns, höckriges Pferdchen!« Das höckrige Pferdchen posierte vor den Kameras, trieb auf sie zu, bremste dicht vor ihnen seinen Flug, wackelte mit den langen Ohren und stieg wieder zu den Wolken auf. Das Mädchen griff kräftig in die Mähne und gab dem Tier die roten Plastsporen.

»Wird es gar nicht müde?« fragte die Stewardeß.

»Nein«, antwortete ich. »Wie es scheint, entbehrt es nicht eines gewissen Geltungsdranges.«

## Ich habe euch zuerst entdeckt!

Gerassi kann morgens nicht schlafen. Um sechs Uhr, wenn es noch kühl ist, schaltet er den Lautsprecher ein und fragt Marta: »Bist du soweit?«

Wir hören seine durchdringende Stimme, vor der es kein Entrinnen gibt, weder unter der Decke noch unter dem Kissen. Die Stimme ist unerbittlich wie das Schicksal.

»Marta«, setzt Gerassi fort, »ich glaube, heute finden wir was außerordentlich Interessantes. Was meinst du?«

Marta möchte ausschlafen. Marta haßt Gerassi, genau wie wir. Sie sagt ihm das auch. Gerassi lacht, und der Lautsprecher verstärkt sein Lachen. Der Kapitän schaltet sich ein und sagt vorwurfsvoll: »Gerassi, bis zum Wecken dauert es noch eine halbe Stunde. Ich bin gerade erst von der Wachablösung gekommen.«

»Entschuldige, Kapitän«, sagt Gerassi. »Wir stehen schnell auf und gehen zum Objekt. Dann kannst du dich in aller Ruhe ausschlafen. Morgenstunde hat Gold im Munde. Wir müssen uns beeilen. Nicht wahr?«

Der Kapitän gibt keine Antwort. Ich stoße die Bettdecke beiseite und richte mich auf. Die Füße berühren den Boden. An dieser Stelle ist der Fußbodenbelag ein bißchen abgewetzt. Wie oft habe ich morgens schon draufgetreten? Zeit zum Aufstehen. Gerassi hat recht — Morgenstunde hat wirklich Gold im Munde.

Nach dem Frühstück verlassen wir den »Spartakus« durch die Frachtluke. Über die von den Loren zerschrammte Ponte. In der Nacht ist brauner Treibsand auf die Ponte angeweht worden, ein trockener Wind brachte ihn her. Wir sind ohne Skaphander. Bis Mittag, solange die Hitze nicht alles erschlägt, genügen die Masken und die leichten Flaschen auf dem Rücken.

Das trostlose braune, leicht wellige Tal zieht sich bis zum nahen Horizont. Eine Staubwolke hängt über ihm. Der Staub kriecht überall hinein: in die Kleiderfalten, in die Pantoffeln, sogar unter die Maske. Aber lieber Staub als Dreck. Kommt eine graue Wolke herangeflogen, prasselt ein kurzer, stürmischer Regenschauer auf das Tal. Dann muß die Arbeit hingeworfen und auf allen vieren durch die Pampe zum Schiff zurückgekrochen werden, um da zu warten, bis es wieder trocken ist. Nach so einem Guß sind selbst die Geländefahrzeuge machtlos.

Eines von ihnen erwartet uns an der Ponte. Wir könnten zu Fuß zu den Ausgrabungen geben. Zehn Minuten Weg. Wir verwenden aber die Minuten lieber für die Arbeit. Wir müssen bald fort. Die Vorräte reichen gerade noch für den Rückflug. Wir haben uns ohnehin verspätet, sind schon sechs Jahre auf der Suche. Der Rückflug nimmt fast fünf Jahre in Anspruch.

Sahir macht sich am zweiten Geländefahrzeug zu schaffen. Die Geologen sammeln sich zur Erkundung. Wir verabschieden uns von Sahir und nehmen im Wagen Platz. Die Plätze dort sind uns genauso vertraut wie die Plätze laut Havarieordnung. Ich hänge die Geräte rechts an einen Haken. Vor einem Monat sind wir in eine Grube geraten, und ich habe mir die Schulter an dem Haken zerschunden. Deraufhin habe ich ihn mit einem weichen Band umwickelt. Ich hänge die Tasche mit den Geräten auf, ohne hinzuschauen. Meine Hand findet die Stelle im Schlaf.

Gerassi streckt die langen Beine in den Gang und schließt die Augen. Merkwürdig, daß ein Mensch, der so gern schläft, als erster aufwacht und uns mit seiner widerwärtigen Stimme weckt.

»Gerassi«, sage ich. »Du hast eine widerwärtige Stimme.«

»Ich weiß«, sagt Gerassi, ohne die Augen zu öffnen. »Von Kindheit an. Eine durch Mark und Bein gehende Stimme. Veronika hatte aber nichts an ihr auszusetzen.«

Veronika, seine Frau, ist im vorigen Jahr gestorben. Sie hatte sich mit einer Viruskultur beschäftigt, die wir auf einem verirrten Asteroiden gefunden hatten.

Das Geländefahrzeug biegt in einen Hohlweg ein, der mit Plastschilden abgedeckt ist, damit der Staub die Ausgrabungsstätte nicht zuweht. Ich klettere als dritter hinaus. Nach Marta und Dolinski. Die Schutzschilde haben wenig geholfen. In der Nacht wurde der Staub kniehoch angeweht. Gerassi greift schon nach dem Rüssel des Staubsaugers, wirft ihn in die Grube, und der Rüssel schlängelt sich, als wäre er lebendig, über den Boden und frißt den Staub. Hier archäologische Arbeiten durchzuführen ist Wahnsinn. Die Sandstürme sind imstande, in drei Tagen einen Wolkenkratzer zuzuwehen, ohne daß eine Spur von ihm bleibt. Und in den nächsten drei Tagen können sie um ihn herum einen einhundert Meter tiefen Krater ausheben. Die Stürme bringen sogar Ruß und Holzkohleteilchen von den irrsinnig vielen Waldbränden heran, die jenseits der Sümpfe wüten. Das Ende vom Lied ist, daß wir bis jetzt nicht einen einzigen Stein zu datieren vermochten.

So wissen wir auch nicht, wer diese Siedlung gebaut, wer hier gelebt hat und wann. Wir wissen nicht, was mit den Bewohnern dieses Planeten geschehen ist, wohin sie gezogen oder weshalb sie ausgestorben sind. Wir tun jedenfalls alles, was wir tun können. Jetzt warten wir erst einmal, bis der Staubsauger sein Getänzel in der Grube beendet hat, dann klettern wir hinunter, bewaffnen uns mit Schabern und Pinseln und fangen an, uns die Augen auszugucken nach Knochen, nach den Scherben eines Topfes, nach einem Ohrgehänge oder nach etwas Organischem.

»Die haben stabil gebaut«, sagt Gerassi. »Offenbar haben die Stürme ihnen schon damals das Leben schwergemacht.«

An der Ausgrabungsstätte wurde gestern eine Felsschicht entdeckt. Das Fundament des Gebäudes oder der Gebärde, die wir ausgruben, bohrte sich in diesen Felsen.

»Die sind schon vor Urzeiten fortgezogen«, sagte Marta. »Wenn wir das Unterste der Wüste zuoberst kehrten, fänden wir bestimmt noch andere Bauten oder Spuren von ihnen.«

»Dann schon lieber die Berge jenseits der Sümpfe gründlicher untersuchen«, widerspreche ich. »Hier ist sowieso nichts zu holen, das könnt ihr mir glauben.«

»Und der Mast?« fragt Gerassi.

»Und die Pyramide«, sagt Marta.

Den Mast hatten wir bereits beim ersten Überfliegen entdeckt. Er wurde von einem der ständig tobenden Stürme davongetragen, ehe wir uns bis hier durchgeschlagen hatten. Jetzt liegt er im Schoß der Wüste begraben. Die Pyramide aber gruben wir aus. Wäre nicht die kleine Pyramide gewesen, würden wir uns nicht schon die dritte Woche mit dieser Ausgrabung abrackern. Die Pyramide stand vor uns, spiegelglatt, an den Felsen geschmiegt, quasi von ihm verstoßen. Wir nehmen sie mit nach Hause. Die übrigen Funde sind ein Steinkrümchen und die Kratzer am Fels. Keine Inschrift, kein Klümpchen Metall.

»In den Bergen jenseits der Sümpfe war kein Leben möglich. Selbst in den besten Zeiten gab es dort kein Wasser. Übrigens ist das einer der wenigen Orte . . .«

Gerassi hat wieder recht. Grundlos und unendlich die Sümpfe, auf denen haufenweise Baumstämme schwimmen, die Wurzeln ineinander verschlungen. Die Berge, geradezu absichtlich so erschaffen, daß sie unerreichbar sind. Und der Ozean, ein unendlicher Ozean, mit Sturm und primitivsten Organismen, nichts weiter. Das Leben hat sich davongeschlichen, ist vielleicht ausgestorben und beginnt jetzt von neuem, vom Urschleim an.

Wir klettern zur Ausgrabungsstätte hinab.

Dolinski ist neben mir.

»Zeit, nach Hause zu fliegen«, sagt er und säubert den Winkel einer quadratischen Vertiefung im Felsen. »Möchtest du gern nach Hause?«

»Natürlich«, sage ich.

»Ich weiß nicht. Wer braucht uns dort, wer wartet auf uns?«

»Du hast doch gewußt, worauf du dich einläßt«, antworte ich.

In der Spalte funkelt es.

»Ich habe es gewußt, und ich weiß es. Als wir losflogen, waren wir Helden. Aber was ist trauriger als die Gestalt eines vergessenen Helden. Er wandert durch die Straßen und fragt schüchtern: ›Erinnert ihr euch nicht zufällig an mich?‹ — ›Rein zufällig erinnern wir uns nicht.‹«

»Da hab' ich's leichter«, sagte ich. »Ich war nie ein Held.«

»Du kannst dir nicht vorstellen, wie die Welt sich verändert hat, in die wir nach zweihundert Jahren zurückkehren. Falls sie überhaupt noch existiert . . .«

»Guck mal, ich glaube, Metall«, sage ich.

Mir hängen Dolinskis Tiraden zum Halse heraus. Er hat aufgegeben. Wir alle haben aufgegeben, wir haben all die Jahre für das Ziel des Weges gelebt: das Planetensystem, das keiner vor uns je gesehen hatte, den Lauf der Gestirne, die Meteoritenschwärme, das Geheimnis einer großen Entdeckung. Und all das war verkörpert in Millionen von Symbolen, trockenen Zahlen, verborgen im Innern des Schiffscomputers, in den Speichern, auf den Labortischen . . . Das letzte Jahr streiften wir durch das Planetensystem, landeten auf Asteroiden und toten Planeten, bremsten und erhöhten die Geschwindigkeit. Die Zeit zur Rückkehr kam näher, die Weihnachtstanne war gewissermaßen schon geputzt, das Fest hatte seinen Höhepunkt erreicht und klang allmählich aus. Das Fest war, wie das bei Festen meist ist, wesentlich bescheidener als erwartet. Wir haben das Ziel erreicht, haben erledigt, was zu erledigen war, nicht mehr. Leider. Der Schiffscomputer war mit Informationen vollgestopft worden, doch unsere Träume, in all den langen Jahren gehegt, hatten sich nicht erfüllt.

Den letzten Planeten hatten wir einen Monat vor dem Start zur Erde erreicht. Ein einziger Monat war uns geblieben. Sonst würden wir nicht mehr zur Erde gelangen. Als wir die Erde verlassen hatten, waren wir achtzehn gewesen. Jetzt sind wir noch zwölf. Erst auf dem letzten, wenig menschenfreundlichen Planeten (die anderen waren überhaupt nicht für Menschen bewohnbar) fanden wir Spuren von der Tätigkeit vernunftbegabter Wesen. In den Pausen zwischen den Sandstürmen bissen wir uns in den Felsen fest und scharrten in Sand und Staub. Wir wollten alles wissen, was über dieses vernünftige Leben in Erfahrung zu bringen war. In zwei Tagen starten wir. Fast fünf Jahre Heimkehr, fünf Jahre Rückweg ...

Eine schwere kleine Kugel von der Größe einer Walnuß lag auf meiner Hand. Sie war nicht oxydiert. Sie war da, so offensichtlich wie der Sand, die Felsen und die Wolken über uns.

»Gerassi!« rief ich. »Eine Kugel.«

»Was?« Der aufkommende Wind trug die Worte davon. »Was für eine Kugel?«

Eine Staubladung stürzte auf uns herab.

»Pause?« fragte Marta und griff nach der Kugel. »Schwer.«

»Zum Geländefahrzeug!« befahl der Kapitän über Funk. »Ein heftiger Sturm.«

»Vielleicht sollten wir ihn hier abwarten?« fragte Dolinski.

»Wir haben eben eine Kugel gefunden, aus Metall.«

»Nein, zum Geländefahrzeug, ein heftiger Sturm.«

»Warte«, sagte Gerassi. »Wenn wirklich heftiger Sturm kommt, sollten wir lieber die Pyramide mitnehmen. Sie kann zugeweht werden, so daß wir es morgen nicht mehr schaffen, sie auszugraben. Dann müßten wir mit fast leeren Händen abfliegen.«

»Dann lassen wir sie eben hier«, sagte der Kapitän. »Wir haben sie fotografiert und gemessen. Beeilt euch, sonst werdet ihr noch zugeweht. Dann grab man ...«

Dolinski stieß ein Lachen aus. »Dafür halten wir uns an den Fundstücken fest, uns weht es nicht auf und davon.«

Eine neue Staubladung fiel über uns. Der Staub setzte sich langsam, kreiste um uns wie ein aufdringlicher Fliegenschwarm.

Gerassi sagte: »Machen wir uns an die Pyramide?«

Wir waren einverstanden.

»Dolinski, fahr das Geländefahrzeug heran. Da ist alles bereit.«

Tatsächlich. Das Geländefahrzeug war mit einem Aufzug ausgerüstet.

»Ich befehle, unverzüglich zum Schiff zurückzukehren!« sagte der Kapitän.

»Wo sind die Geologen?« fragte Gerassi.

»Bereits auf dem Rückweg.«

»Wir können die Pyramide nicht hierlassen.«

»Morgen ist auch noch ein Tag.«

»Der Sturm dauert gewöhnlich zwei, drei Tage.«

Während Gerassi das sagte, legte er eine Schlinge um die Pyramide. Ich griff nach dem Strahlschneider, um das Fundament der kleinen Pyramide abzutrennen. Der Strahlschneider surrte, der Stein wurde rotglühend, bebte im Kampf mit dem Strahl, widersetzte sich.

Eine Wolke — eine so dunkle Wolke hatte ich noch nie gesehen — hing direkt über uns. Es wurde stockfinster, der Staub kam in Flocken geflogen, der Wind stieß, wollte nach oben ziehen, Sandhosen schneidern. Ich schubste Marta zurück, die mir zu Hilfe gekommen war, schrie ihr zu, im Geländefahrzeug Zuflucht zu suchen. Aus den Augenwinkeln beobachtete ich sie. Ob sie gehört hatte? Der Wind kam von hinten und riß mich fast um. Der Strahlschneider in meiner Hand rutschte hin und her, ritzte der Pyramide ein feuerrotes Mal in die Seite.

»Halte durch!« schrie Gerassi. »Gleich ist es geschafft!«

Die Pyramide wollte sich nicht ergeben. Hatte Marta das Geländefahrzeug erreicht? Da oben war die Windgeschwindigkeit unvorstellbar. Das Seil spannte sich. Über Funk tönte zornig die Stimme des Kapitäns.

»Vielleicht sollten wir es wirklich lassen?«

Gerassi stand neben mir, den Rücken an die Wand der Ausgrabungsstätte gelehnt. Seine Augen blickten tollkühn. »Gib den Strahlschneider her!«

»Ich schaff' es allein!«

Die Pyramide schrie plötzlich auf, wie ein gefällter Baum aufschreit, wenn er sich vom Stumpf trennt, und schlug wie ein Pendel in die Luft aus. Das Pendel sauste zur entgegengesetzten Wand der Ausgrabungsstätte, wirbelte die Plastschilde herum und raste auf uns zu, um uns zu zerquetschen. Wir konnten gerade noch zur Seite springen, die Pyramide bohrte sich in die Wand, wirbelte eine Staubwolke auf, und ich verlor Gerassi aus den Augen.

Primitiver Selbsterhaltungstrieb leitete mich. Ich mußte um jeden Preis der Falle entrinnen, aus der Grube springen, in der das Pendel tobte und raste, kreiste, um sich aus den Fängen des Seils zu befreien.

Der Wind packte mich und trieb mich fort wie ein trockenes Blatt über den Sand. Ich versuchte mich festzukrallen, der Sand rann mir durch die Finger. Ich kam mir vor wie ein Schiff, das zu einem Felsen getrieben wird, dessen Anker über den Grund schleift und keinen Halt findet. Ich hatte Angst, von den Stößen und Schlägen das Bewußtsein zu verlieren. Ich glaubte dann noch hilfloser zu sein, zu den Sümpfen getragen zu werden, wo mich niemand mehr fände.

Mich rettete ein Felsen, ein aus dem Sand ragendes Splitterchen. Der Wind hob mich von der Erde, riß mich hoch, als wollte er mich zu den Wolken tragen, und in diesem Augenblick stellte sich der Felsen in den Weg und streckte sein spitzes Ende vor. Ich verlor schließlich doch das Bewußtsein.

Wahrscheinlich war ich schnell wieder zu mir gekommen, es war dunkel und still. Sand lastete auf meiner Brust, quetschte mir die Beine ab, und mir wurde angst und bange. Ich war lebendig begraben.

»Ruhe jetzt«, gebot ich mir. »Ruhe!«

»Spartakus«, rief ich laut. »Spartakus!«

Das Funkgerät schwieg. Das Fungerät war zerstört.

Da haben wir uns ja was eingebrockt, sagte ich zu mir. Ich hätte die Maske zerschlagen können und wäre erstickt. Bewegen wir mal die Finger. Das gelang. Eine Minute verging, zwei, eine Ewigkeit, und ich hatte mich davon überzeugt, daß ich die rechte Hand bewegen konnte. Eine weitere Ewigkeit, und ich berührte das Felsenende.

Als für mich feststand, daß ich trotz allem an die Oberfläche gelangte, als die Panik der ersten Sekunden vorüber war, kehrte alles andere zurück.

Zuerst der Schmerz. Ich hatte tüchtig eins abbekommen im Sturm und mich zu guter Letzt noch so am Felsen geschlagen,

daß es nicht bloß weh tat, die Seite anzutippen, sondern auch zu atmen. Wahrscheinlich hatte ich mir eine oder zwei Rippen gebrochen.

Zweitens die Luft. Ich blickte auf das Aerometer. Luft für eine Stunde. Seit Ausbruch des Sturmes waren also drei Stunden vergangen. Warum hatte ich auch keine Ersatzflasche aus dem Geländefahrzeug mitgenommen? Fünfzig Stück liegen dort auf Vorrat. Jede reicht für sechs Stunden. Laut Instruktion müßte jeder mindestens zwei bei sich haben. Doch eine zusätzliche Flasche stört bei den Ausgrabungsarbeiten, und darum ließen wir sie im Geländefahrzeug zurück.

Drittens, wie weit war es bis zum Schiff?

Und viertens, hatte der Sturm sich gelegt?

Fünftens hatten die anderen das Schiff erreicht, und wenn ja, wußten sie, in welcher Richtung sie mich suchen mußten?

Meine Hand griff ins Leere. Ich kroch wie ein Kaninchen aus dem Bau, und der Wind versuchte, mich zurück in das Loch zu stoßen. Damit wäre die vierte Frage verneinend beantwortet. Ich setzte mich unter den Felsen und schnappte nach Luft. Der Felsen war der einzige sichere Platz in dieser Hölle. Vom Raumschiff keine Spur. Selbst wenn es ganz in der Nähe stünde. Im Staub kann man nicht die Hand vor Augen sehen. Der Wind tobte nicht mehr so wild wie vorher. Vielleicht täuschte ich mich aber auch. Ich wartete, bis die nächste Bö den Staub auseinandertrieb und an die Erde preßte. Dann würde ich mich umsehen. Ich wollte gern daran glauben, daß der Wind den Staub niederdrückte und ich den »Spartakus« erblicken könnte.

Aber in welche Richtung blicken? In welche Richtung gehen?

Wahrscheinlich so, daß ich den Felsen im Rücken habe, er hat schließlich meinen rasanten Flug aufgehalten.

Ich wartete nicht, bis der Wind den Staub an die Erde gepreßt hatte. Ich ging dem Sturm entgegen. Luft war für vierundvierzig Minuten vorhanden, plus minus eine Minute.

Schließlich noch für dreißig Minuten. Ich fiel hin, und der Wind kullerte mich zurück. Ich verlor dabei fünf Minuten. Dann blieben noch fünfzehn. Danach hörte ich auf, auf den Zeiger zu sehen. Eine unverhoffte Verzögerung trat genau da ein, als nach meinen Berechnungen überhaupt keine Luft mehr vorhanden sein durfte. Ich irrte durch den sich langsam setzenden Staub, bemüht, nicht auf den Schmerz in der Seite zu achten, weil das ja eigentlich keine Rolle mehr spielte. Ich versuchte, ruhig zu atmen, der Atem kam aber stoßweise, und ich glaubte, daß es schon zu Ende ging.

Die Luft ging aus in dem Augenblick, als ich in dem sich setzenden Staub in weiter Ferne, am Ende der Welt, das Raumschiff entdeckte. Ich lief darauf zu. Im Ersticken riß ich mir die Maske runter, obwohl mich das auch nicht mehr retten konnte. Bitterer Staub und Ammoniak verbrannten mir die Lungen ...

Der Lokator hatte mich einige Minuten früher entdeckt.

Im Lazarett kam ich zu mir, in dem kleinen weißen Lazarett mit den zwei Pritschen, in dem jeder von uns in all den Jahren schon ein paarmal gelegen hatte, um Wunden auszuheilen, Erkältungen zu kurieren oder einfach eine Quarantäne zu überstehen. Ich kam zu mir und begriff sofort, daß das Raumschiff für den Start vorbereitet wurde.

»Prachtkerl«, sagte Dr. Grot zu mir. »Prachtkerl. Du hast dich hervorragend gehalten.«

»Starten wir?« fragte ich.

»Ja«, sagte Dr. Grot. »Du mußt in den Amortisator kriechen. Deine Knochen halten die Überbelastung nicht aus. Drei gebrochene Rippen und die Pleura eingerissen.«

»Was machen die anderen?« fragte ich. »Marta? Gerassi, Dolinski?«

»Marta geht's gut. Sie hat's noch zum Geländefahrzeug geschafft. Hat auf dich gehört.«

»Du willst sagen ...«

»Gerassi ist tot. Nach dem Sturm haben wir ihn gefunden. Stell dir vor, dreißig Schritte von der Ausgrabungsstelle entfernt. Er wurde gegen das Geländefahrzeug geschleudert, die Maske ist draufgegangen. Wir dachten, du wärst auch umgekommen.«

Weiter stellte ich keine Fragen. Der Doktor ging, um den Amortisator für mich vorzubereiten. Ich lag und erlebte noch einmal jede Sekunde an der Ausgrabungsstätte, und ich dachte: In dem Augenblick hätte ich Gerassi noch retten können. In dem ebenfalls ... Und hier hätte ich sagen müssen: Hol der Teufel die Pyramide, der Kapitän hat befohlen, kehrtzumachen, machen wir also kehrt ...

Am dritten Tag nach dem Start ging der »Spartakus« mit Kreuzergeschwindigkeit in Richtung Erde. Die Überbelastung nahm ab, und ich, aus dem Amortisator entlassen, hinkte zur Schiffsmesse.

»Ich habe mit dir die Schlaffolge getauscht«, sagte Dolinski. »Der Doktor meint, du solltest lieber erst einen Monat lang wach bleiben.«

»Ich weiß«, sagte ich.

»Hast du nichts dagegen?«

»Was solte ich dagegen haben? In einem Jahr sehen wir uns wieder.«

»Ich habe euch zugerufen, die Pyramide stehenzulassen und zum Geländefahrzeug zu laufen«, sagte Dolinski.

»Wir haben es nicht gehört. Übrigens spielt das auch keine Rolle. Wir glaubten, wir würden es schaffen.«

»Ich habe die Kugel zur Analyse gegeben.«

»Was für eine Kugel?«

»Die du gefunden hast. Du hast sie mir gegeben, als ich zum Geländefahrzeug ging.«

»Ach so. Hab' ich völlig vergessen. Und wo ist die Pyramide?«

»Im Geräteteil. Sie ist gespalten. Marta und Rano befassen sich mit ihr.«

»Das heißt, ich wache mit dem Kapitän?«

»Eben, mit dem Kapitän, Marta und Grot. Von uns sind nur noch wenig übriggeblieben.«

»Eine zusätzliche Wache.«

»Ja. Ein Jahr mehr für jeden.«

Grot trat ein. Der Doktor hielt ein Blatt in seiner Hand.

»Heller Wahnsinn«, sagte er. »Die Kugel ist fast neuesten Datums. Guten Tag, Dolinski. Ich habe es geahnt, die Kugel ist fast neu. Nur zwanzig Jahre alt.«

»Nein!« sagte Dolinski. »Wir haben doch so viele Tage mit den Ausgrabungen zugebracht, sie sind uralt wie die Welt und die Kugel auch.«

Der Kapitän stand in der Tür der Messe und hörte unser Gespräch an. »Und ein Irrtum ist ausgeschlossen, Grot?« fragte er.

»Jetzt müßte ich beleidigt sein«, sagte der Doktor. »Der Computer und ich haben viermal die Analyse wiederholt. Ich wollte es zuerst auch nicht glauben.«

»Vielleicht hat Gerassi sie verloren?« fragte der Kapitän, an mich gewandt.

»Dolinski ist Zeuge, daß ich sie aus der Gesteinsschicht geklaubt habe.«

»Dann bleibt immer noch eine Variante.«

»Sie ist wenig wahrcheinlich.«

»Warum?«

»Alle diese Zerstörungen konnten doch nicht in zwanzig Jahren entstehen.«

»Auf diesem Planeten doch. Denk dran, wie der Sturm dich fortgeweht hat. Und die giftigen Dämpfe in der Atmosphäre.«

»Das heißt, Sie glauben, jemand war schneller als wir?«

»Ja. Ich glaube es.«

Der Kapitän hatte recht. Am nächsten Tag fand Marta in der von ihr zerstückelten Pyramide eine Kapsel. Als sie sie im Labor auf den Tisch legte, drängten wir uns hinter Marta. Grot sagte: »Schade, daß wir zu spät gekommen sind. Zwanzig Jahre zu spät. Viele Generationen auf der Erde träumten von einem Kontakt, und wir sind zu spät gekommen.«

»Du redest unüberlegt, Grot«, erwiderte der Kapitän. »Kontakt ist doch da. Hier, vor uns. Wir haben uns dennoch getroffen.«

»Viel hängt davon ab, was in diesem Zylinder steckt.«

»Hoffentlich keine Viren!« sagte Dolinski.

»Wir öffnen ihn in der Kammer. Mit Manipulatoren.«

»Aber vielleicht warten wir auch ab, bis wir auf der Erde sind?«

»Fünf Jahre gedulden? Nein, bloß nicht«, sagte Rano.

Wir alle wußten, daß die Neugier stärker war als wir. Wir würden es nicht bis zur Erde aushalten können. Wir machen die Kapsel sofort auf.

»Trotzdem, Gerassi ist nicht umsonst gefallen«, sagte Marta leise. So, daß nur ich es hörte.

Ich nickte und faßte sie bei der Hand. Marta hatte eiskalte Finger ...

Die Greifer dcs Manipulators legten die eine Zylinderhälfte auf den Tisch und holten ein zusammengerolltes Blatt hervor. Das Blatt rollte sich elastisch auf. Unter dem Glas erkannten wir deutlich die Schrift.

»Galaxis-Schiff Saturn. Rufzeichen 36-14. Start von der Erde: 12. März 2167. Landung auf dem Planeten 6. Mai 2167.«

Dann folgte ein langer Text, doch niemand las ihn. Wir fühlten uns außerstande, ihn zu lesen. Immer wieder von neuem buchstabierten wir die ersten Zeilen: »Start von der Erde: 12. März 2167.« Vor zwanzig Jahren also. »Landung auf dem Planeten: 6. Mai 2167.« Ebenfalls vor zwanzig Jahren.

»Start von der Erde ... Landung ...« Im gleichen Jahr.

Und ein jeder von uns, mochten seine Nerven noch so stark, er selbst vernünftig und souverän sein, durchlebte in diesem

Moment seine ureigene unwiederholbare Tragödie, die Tragödie, daß die Sache, der er sein Leben geweiht hatte, sinnlos war, die Opfer, von niemandem gefordert, unsinnig waren. Vor hundert Jahren nach irdischer Zeitrechnung war unser Schiff in den Tiefen Kosmos vorgedrungen. Vor hundert Jahren hatten wir die Erde in der Überzeugung verlassen, keinen unserer Freunde und Angehörigen wiederzusehen. Wir waren in freiwillige Verbannung gegangen. Die Erde hatte keine längere gekannt. Wir wußten, die Erde würde ausgezeichnet ohne uns auskommen, aber wir wußten auch, daß sie unser Opfer brauchte, denn irgendwer müßte nun einmal die Kenntnisse und das Vermögen, in den Tiefen Kosmos vorzudringen, zu Welten, die erreichbar sind, anwenden. Das Opfer mußte sein. Der kosmische Wirbel hatte uns vom Kurs abgetrieben, ein Jahr nach dem anderen strebten wir dem Ziel entgegen. Wir verloren unsere Jahre und zählten die Jahre, die auf der Erde vergingen, nach Jahrzehnten.

»Das heißt also, sie haben gelernt, durch den Raum zu springen«, sagte schließlich der Kapitän.

Mir fiel auf, daß er »sie« sagte und nicht »wir«, obwohl er immer, wenn er von der Erde sprach, das Wort »wir« gebrauchte.

»Das ist gut«, sagte der Kapitän. »Einfach ausgezeichnet. Und sie waren hier. Vor uns.«

Das andere sprach er nicht aus. Das andere sagten wir uns selbst, im stillen, insgeheim. Sie sind hier gewesen, vor uns. Und sind hervorragend ohne uns ausgekommen. Nach viereinhalb Jahren unserer Zeitrechnung, nach hundert irdischen Jahren, werden wir auf dem Kosmodrom landen, falls wir nicht unterwegs zugrunde gehen. Der verblüffte Dispatcher wird seinem Kollegen zurufen: »Guck bloß, woher stammt dieser Brontosaurier? Er hat nicht einmal einen blassen Schimmer von ordentlicher Landung. Er zerstört uns das ganze Treibhaus rund um die Erde, er zersplittert die Spiegel der Observatorien! Gib Befehl, dieses Reptil wegzuschaffen, zur Müllkippe, zum Pluto.«

Wir gingen in unsere Kajüten, und keiner ließ sich beim Abendessen sehen. Abends kam der Doktor bei mir vorbei. Er sah sehr müde aus. »Ich weiß nicht«, sagte er, »wie wir jetzt nach Hause kommen, der Anreiz ist weg.«

»Wir kommen nach Hause«, antwortete ich. »Schließlich und endlich werden wir es schaffen, obwohl es schwer sein wird.«

»Achtung, an alle Besatzungsmitglieder!« erklang es über die Lautsprecheranlage. »Achtung, an alle Besatzungsmitglieder!«

Der Kapitän sprach, seine Stimme war heiser und ein bißchen unsicher, so als wüßte er nicht, was er weiter sagen sollte.

»Was jetzt noch?« Der Doktor war auf ein neues Unglück gefaßt.

»Achtung! Ich stelle Funkverbindung ein! Ein Ruf auf dem galaktischen Kanal.«

Der galaktische Kanal schwieg schon viele Jahre, und er mußte schweigen, denn von bewohnten Planeten trennte uns eine Entfernung, die Funkverbindung sinnlos machte.

Ich blickte den Doktor an. Er schloß die Augen und lehnte den Kopf zurück, als wollte er damit ausdrücken, daß alles, was jetzt geschah, ein Traum war, nicht mehr als ein Traum, daß es aber auch unmöglich war aufzuwachen, weil sonst die Hoffnung auf das erträumte Wunder zerbrach.

Raunen, Klingen von unsichtbaren Saiten, und eine sehr junge, eine verteufelt junge Stimme schrie, sich durch Millionen Kilometer bahnbrechend.

»Spartakus, Spartakus, hört ihr mich? Spartakus, ich habe euch zuerst entdeckt! Spartakus, setzt zum Bremsvorgang an. Wir kommen euch entgegen. Spartakus, hier spricht das Patrouillenschiff Olympia. Hier spricht das Patrouillenschiff Olympia. Wir halten in eurem Sektor Wache. Wir suchen euch seit zwanzig Jahren! Ich heiße Artur Chenault. Merkt euch den Namen Artur Chenault. Ich habe euch zuerst entdeckt! Ein unwahrscheinliches Glück! Ich habe euch zuerst entdeckt.«

Die Stimme brach skandierend ab. Artur Chenault hustete, und ich sah plötzlich deutlich, wie er sich nach vorn beugte, zum Mikrofon, in dem engen Kabäuschen des Patrouillenschiffes, wie er es nicht wagte, seine Augen von dem weißen Punkt auf dem Lokatorbildschirm zu lösen.

»Entschuldigt«, fuhr Chenault fort. »Hört ihr mich? Ihr könnt euch nicht vorstellen, wieviel Geschenke ich für euch habe. Den ganzen Frachtraum voll. Frische Gurken für Dolinski. Dolinski, hören Sie mich? Gerassi, Veronika, die Römer schicken euch eine Torte mit Sukkaden. Ihr mögt doch Sukkadentorte?«

Dann setzte lange Stille ein.

»Wir beginnen mit dem Bremsvorgang!« beendete sie der Kapitän.

# Irdische Begebenheiten

## Defekt in der Leitung

Unser Haus ist alt. So alt, daß sie es mehrmals schon auf die Liste für Denkmalsschutz gesetzt und ebensooft wieder heruntergenommen haben, teils auf Drängen des Rates der Stadt, der das Haus abreißen wollte, teils in Ermangelung eines historischen Wertes. Eines Tages werden sie es abreißen, bestimmt, aber doch wohl nicht so bald.

Vor rund dreihundert Jahren wohnte in diesem Haus eine einzige Familie, die Anverwandten eines Bojaren, der sich durch nichts hervorgetan hatte. Dann verstarb der Bojar, die Nachkommenschaft zerfiel, verarmte, und das Haus wanderte von Hand zu Hand. Gegen Ende des vorigen Jahrhunderts wurden Wohnungen daraus gemacht, aus jedem Stockwerk eine, und die Revolution stopfte das Haus mit Mietern voll.

Unsere Wohnung im Parterre beherbergt acht Zimmer und fünf Familien. Vorwiegend alte Herrschaften und mich, die Jugend hat es nach Chimki-Chowrino und Sjusino, in die neuen Wohnviertel, verschlagen. Mir ist mein Zimmer vollauf genug. Es hat dreiundzwanzig Quadratmeter und eine gewölbte Decke, drei dreißig hoch, und es hat einen Alkoven, in dem früher mein Bett stand, jetzt aber meine Bücher eingepfercht sind. Niemand ist da, auf meine Unordnung zu achten. Mutter ist zu meinem Stiefvater nach Nowosibirsk gezogen, und Galja hab' ich dann doch nicht geheiratet.

In jener Nacht ging ich spät schlafen. Ich las den letzten Roman Alexander Tschernjajews, der unvollendet geblieben ist, weil der Autor zweiundvierzig in Leningrad Hungers starb. Jetzt, wo seine gesammelten Werke erschienen sind, haben sie diesen Roman in den letzten Band gesteckt, zu den Briefen und den Kritiken.

So was ist schlimm. Du weißt, zehn Seiten noch, mehr nicht, und dabei fangen die Handlungsknoten gerade erst an, sich zu schürzen, sie schaffen's eben nicht mehr, und du kriegst nie heraus, was der alte Tschernjajew vorhatte mit seinen Helden, und niemand wird den Roman fertigschreiben, weil niemand die Welt so sieht, wie er sie sah. Ich legte den Band beiseite und ließ die Kritiken und Kommentare des renommierten Tschernjajew-Spezialisten aus. Der Fachmann stellte Vermutungen an, wie der Roman wohl enden sollte. Ich wußte, daß Tschernjajew bis zum letzten Atemzug an dem Roman geschrieben hat, ich wußte auch, daß auf einer der letzten Seiten an den Rand gekritzelt steht: »Letzten Stuhl verbrannt. Schwäche.« Kein Wort, das unnötig gewesen wäre. Er schrieb fort und fort. Schrieb noch drei Tage. Und starb. Das Manuskript haben sie gefunden, zwei Wochen später, als sie vom Rundfunk kamen, um nach ihm zu fragen.

Wie Sie sehen, strichen mir an jenem Abend recht betrübliche Gedanken durch den Sinn, und die Helden des Buches wichen nicht aus meinem Zimmer. Immerzu wollten sie mir etwas sagen ... Da machte es plötzlich klirr!

Unser Haus hat starke Wände. Wahrscheinlich hat der Baumeister, Ende siebzehntes Jahrhundert, die Stabilitätsreserve mit achthundert Prozent angesetzt. Selbst die Zwischenwände sind drei Ziegel dick. Und wenn meine Nachbarn Klavier spielen, höre ich so gut wie nichts. Deshalb zog ich nicht in Zweifel, daß es bei mir im Zimmer geklirrt hatte. So ein merkwürdiges Ping, so als habe jemand eine silberne Vase fallen lassen.

Ich streckte die Hand aus und machte Licht. Die Helden aus dem Buch waren verschwunden. Stille. Was konnte bei mir runtergefallen sein? Eine Zeitlang lag ich da, dann übermannte mich der Schlaf. Gerade konnte ich noch das Licht ausknipsen. Und so ziemlich gleich darauf ging das Gepolter los, dicht neben mir, kurz und eindringlich.

Das war mir unheimlich. Ich bin absolut frei von Aberglauben, aber wer warf da in meinem Zimmer Klimperkram umher?

Ich sprang aus dem Bett und machte wieder Licht. Ich schritt das ganze Zimmer ab, äugte sogar in den Alkoven. Und fand nichts. Aber als ich ihm den Rücken kehrte, ging es darin von vorne los. Mit einem Satz hatte ich mich um hundertachtzig Grad gedreht. Und wieder entdeckte ich nicht das geringste.

Das Klirren hörte nicht mehr auf. Alle zehn Sekunden ging es: ping! Pause. Ich zählte los, eins und zwei und ... Nach zehn Sekunden kam todsicher dieses Ping!

Ich war, ehrlich gesagt, nahe daran, den Verstand zu verlieren. Bei dir im Zimmer scheppert es, und du hast keine Ahnung, was da los ist. Ich startete eine systematische Untersuchung, wartete, bis das Geräusch kam, und tat einen Schritt in die Richtung, aus der es kam. Ich tippte auf das glatte Stückchen Wand zwischen Alkoven und Tür. Nach dem vierten Schritt legte ich mein Ohr an die Wand. Eins und zwei und . . ., zählte ich. Zehn Sekunden später: ein heller Ton, dicht an meinem Ohr.

So, und jetzt Köpfchen, um hinter dieses Phänomen zu steigen. Auf der anderen Seite, im Korridor, war das Mauerwerk zu einer tiefen Nische ausgespart, in der früher zwei Fahrräder gestanden haben, und als die Fahrräder nach Chimki-Chowrino gezogen sind, hat Oma Kaplan dort einen Mahagonischrank untergebracht. Dieser Schrank bewahrt, nach Übereinkunft der Mieter, den alten Krempel aus der ganzen Wohnung vor der Vernichtung.

Klar. In den Korridor und nachgesehen, was da vorgeht in dem Schrank. Ich erwartete ja gar nicht, etwas zu entdecken, bei der dicken Wand und dem Klirren dicht an meinem Ohr. Trotzdem schlüpfte ich in meine Latschen und trat hinaus. Alles schlief. Im Korridor herrschte Finsternis, ich machte Licht und vergewisserte mich, daß hier jedenfalls niemand war. Ich trat an den Schrank und öffnete die Tür. Eine Babybadewanne flog mir entgegen, mit Vorkriegszeitschriften vollgestopft. Mit der Linken bekam ich einen leeren Goldrahmen zu fassen, und das übrige Zeug wälzte sich an meinen Bauch. So gegen das Gerümpel gestemmt, verharrte ich wohl an die zwei Minuten. Schließlich war mir, als hörte ich ein fernes Ping. Vielleicht, daß es mir nur so vorkam, spitzte ich doch gewaltig die Ohren. Auf keinen Fall aber drang das Geräusch aus dem Schrank. Ich schloß ihn zu und begab mich zurück ins Zimmer. Kaum war ich eingetreten, da machte es auch schon klirr!

Wohl eine geschlagene Stunde lang legte ich mein Ohr an die verschiedensten Stellen der Wand, bis ich felsenfest überzeugt war, daß das Geräusch unter dem grauen Fleck auf der Tapete entstand, in Brusthöhe, achtzig Zentimeter vom Alkoven entfernt. Der theoretische Teil meiner Deutung war somit abgeschlossen. Jetzt war es an der Zeit, ins Experiment einzusteigen.

Der Schlaf war mir vergangen. Ich rückte einen Stuhl an die Wand und fing an nachzudenken, ob ich die Tapete abreißen sollte oder nicht. Zu welchem Schluß ich gelangt wäre, hätte ich sicherlich erfahren, wäre nicht der scharfe Knall eingetreten, fast ein Donnerschlag, der das regelmäßige Klirren unterbrach. Und dann war Ruhe.

Das Messer holte ich aus der Küche. Von Oma Kaplans Tisch. Es war lang, scharf geschliffen (mein Werk) und vorne spitz. Genau das, was ich brauchte. Und einen Hammer nahm ich noch. Die Wand abzuklopfen. Komisch, daß ich nicht eher auf die Idee gekommen bin, aber vielleicht haben Sie dafür Verständnis, spukt es doch bei Ihnen auch nicht täglich in der Wohnung. Ich behämmerte also die Wand, nicht allzu lärmend. Immerhin schliefen die Nachbarn. Jetzt hob sich deutlich ein Quadrat ab, siebzig mal siebzig, hinter dem offensichtlich ein Hohlraum war. Es gab keinen Zweifel mehr. Ich ergriff das Messer und schnitt mitten aus dem Quadrat ein Stück Tapete. Die Tapete löste sich mit sanftem Knistern und legte Zeitungsfetzen bloß und ein Stück blaue Wand. Mit einemmal fiel mir ein, daß so die Wand während des Krieges ausgesehen hatte, und auch, was für Möbel damals bei uns standen und daß wir Verdunklung hatten, einen schwarzen Papiervorhang mit winzigen Löchern wie das Sternenzelt. Und ich habe ihn nicht Verdunklung genannt, sondern Erleuchtung, und Mutter hat jedesmal gelacht.

Wieder schepperte es vor meiner Nase. Mit dem spitzen Hammerende bearbeitete ich die blaue Farbe und lockerte ein Stück Putz. Aus dem Putz blickte ein rosa Ziegelstein mit gelbem Mörtelrand. Der Stein saß fest, und an die zehn Minuten schlug ich mich mit ihm herum, bis er zu wackeln anfing und seinen gewohnten Platz verließ.

Dahinter war ein schwarzes Loch. Ich zündete ein Streichholz an und leuchtete hinein. Die Flamme fiel auf einen Ziegel auf der Rückseite des Geheimfaches und auf etwas Blankes in der Tiefe. Vorsichtig steckte ich meine Hand hinein und hatte Mühe, den Boden des Hohlraumes zu erreichen. Meine Finger faßten Metall. Runde Plättchen, die ich zutage förderte. Es waren alte Silbermünzen. Sie fühlten sich warm an.

So ein Ding! Im eigenen Zimmer einen Schatz zu haben! Erstaunlich. Andererseits, gibt's nicht genügend Schätze in alten Häusermauern? Freilich, wenn man es in der Zeitung liest oder in Büchern, ja dann ... aber wenn's einem selbst passiert ...

Abermals schickte ich meine Finger nach einer zweiten Handvoll hinab. Da lag noch etwas anderes, ein größerer Gegenstand, aber um seiner habhaft zu werden, mußte man die Öffnung vergrößern. Ich sah mir die Münzen genauer an, sie waren sehr alt und nichtrussischen Ursprungs. Köpfe alter Könige trugen sie, in deren Gesichtern unenträtselbare Zeichen standen. Etwas in der Art eines Reiters mit Speer.

Ich war von oben bis unten beschmiert, und nur durch ein Wunder riß ich das Haus nicht aus dem Schlaf, als ich noch eine Ladung Ziegelsteine aus der Wand holte. Jetzt hätte ich den Kopf hineinstecken können. Ich ließ es aber sein, nahm die Lampe vom Tisch und stellte sie auf einen Stuhl, den ich heranrückte. Daneben stellte ich einen zweiten Stuhl. Jetzt hatte ich alle Chancen, das Loch auf wissenschaftlicher Basis zu erforschen. Ich schüttelte den Kalk von mir, setzte einen ordentlichen Stapel Bücher unter die Lampe, damit das Licht in die Tiefe fiel, und dann blickte ich hinab.

Was ich sah, war dies: Die Schatzhöhle stellte sich als ein ins Mauerwerk gelassener würfelförmiger Hohlraum dar. Die Rückwand war, wie wenn gestern erst gemauert, glatt und nagelneu und mit Eisenstäben armiert. Die Seitenwände konnte ich leider nicht ausmachen, denn meine Augen spielten mir einen Streich. Anstatt den Raum systematisch zu durchkämmen, klebten sie am münzenstrotzenden Boden. Mehr noch, dort, auf dem Boden, lagen ein Kelch aus Edelmetall und höchst merkwürdigerweise eine Eisenhand. Wahrscheinlich Teil einer Ritterrüstung.

Ich griff mir die Hand. Sie war schwer, ihre Finger waren eine Spur gekrümmt, um Schwert und Lanze besser halten zu können. Durch die Riemen zur Befestigung wirkte sie wie ein Damenhandschuh mit Stulpe. Behutsam legte ich die Hand auf den Stuhl und bückte mich nach dem Kelch, da geschah etwas sehr Merkwürdiges. Von oben fiel eine Münze auf meine Hand, eine warme Silbermünze. Als hätte sie sich von der Decke des Verlieses gelöst. Die Münze kullerte über meinen Handrücken, rollte auf das Häuflein mit den anderen Münzen zu und klimperte traulich: ping! Ich war fassungslos.

Hatte ich denn ganz und gar vergessen, daß ich in das Loch gekrochen war, eben weil es darin klimperte? Wie konnte ich, kaum der Münzen ansichtig geworden, diese zum alten Schatz erklären?

Mit der Lampe leuchtete ich die Decke ab. Schwarzglänzend war sie, ohne einen einzigen Riß, und strahlte Kühle aus. Da konnte keine Münze dran kleben.

Ich wartete ab, ob nicht noch irgendwas passierte. Da sich aber nichts tat, hob ich den gesamten Schatz und breitete ihn auf einem Stuhl aus. Und schlief ein, im Sitzen, über dem Gedanken, ob ich nun am nächsten Morgen ins Museum eilen oder erst mal herausfinden sollte, daß ich auch kein Kroppzeug aufgelesen hatte. Ich machte mich noch zum Gespött der Leute!

Gegen Morgen, ich weiß selbst nicht wie, siedelte ich in mein Bett über und erwachte, weil der Wecker klingelte. Augenblicklich suchte ich dahinterzukommen, was sich des Nachts so Wunderliches zugetragen hatte, und erst als ich das schwarze Loch in der Wand entdeckte und auf dem Fußboden den Haufen Kalk, Ziegelbröckel und Tapetenfetzen, ging mir auf, daß das kein Traum gewesen war. Wahr und wahrhaftig, ich hatte in meiner Zimmerwand einen Schatz gefunden! Dazu noch einen von höchst absonderlicher Art. Was aber das Absonderliche daran ausmachte, das fiel mir so schnell nicht ein, denn es klopfte an der Tür, und Oma Kaplan erkundigte sich angelegentlich, ob ich vielleicht ihr Messer in Besitz genommen hätte.

Dann startete die gewohnte morgendliche Hast, weil Opa Kaplan in der Badewanne hockte und mir einfiel, daß eine Frühbesprechung beim Haupttechnologen angesetzt war, auf der ich unbedingt zu erscheinen hatte, und weil das Butterschmalz alle war und Lina Grigorjewna angepumpt werden mußte.

Allerdings konnte ich, bevor ich aus der Tür eilte, das Loch gerade noch mittels eines Bücherbordes tarnen, mir ein paar Münzen einstecken und die eiserne Hand in die Aktentasche werfen.

Auf der Sitzung verschwendete ich keinen Gedanken an meinen Fund, aber sowie sie vorüber war, stürzte ich zu Mitin. Er sammelte Münzen. Ich zeigte ihm eine von meinen und fragte ihn nach dem Ursprungsland.

Mitin stellte seine Aktentasche weg, streichelte seine Glatze und sagte, daß die Münze Käse sei. Er fragte, woher ich sie hätte, wohl von der Großmutter oder wie? Und ob ich sie ihm womöglich vermachen würde? Nun muß man den Mitin kennen. Mitin ist nämlich ein Sammler, und obschon er sich fortwährend beklagt, jemand habe ihn übers Ohr gehauen, hat er noch jeden hereingelegt. Allein schon, wie er die Münze in der Hand wog, drehte und wendete, zeigte an, daß sie so simpel nicht war.

»Egal woher«, sagte ich. »Ich brauch' sie selbst.«

»Du hattest mich doch gebeten, den einbändigen Bulgakow zu besorgen«, sagte Mitin. »Ich besitze zwar nur ein Exemplar, aber wenn du willst, kannst du's haben. Es ist fast neu . . .«

»Nanu«, sagte ich. »Das rückst du doch sonst um keinen Preis der Welt heraus.«

»Ja, weißt du . . .« Dann hatte er wohl begriffen, daß ich den Braten roch, und sagte: »Mir fehlt diese Münze in meiner Sammlung. Ich brauch' sie aber, auch als Kopie.«

»Wieso denn Kopie?« fragte ich.

»Na, eine Neuprägung. Sieh mal, wie nagelneu sie aussieht. Wie gestern aus der Präge gekommen.«

»Aha«, sagte ich. »Gestern erst. Also Eigenfabrikat. Und wie heißt sie?«

Voller Bedauern trennte sich Mitin von der Münze und sagte: »Jefimok. Russischer Jefimok.«

»Und warum ist da ein nichtrussischer Kopf drauf?«

»Das ist umständlich zu erklären. Na ja, ganz allgemein, als wir noch nicht genügend eigene Rubel hatten, haben wir ausländische genommen, europäische Taler, das war noch vor Peter dem Großen, und haben sie mit russischen Prägestempeln versehen. Die hießen Jefimoks. Und jetzt sag mir, wo du sie herhast.«

»Später, Jura, später«, antwortete ich. »Vielleicht findet sich noch eine für dich. Vor Peter dem Großen, sagst du?«

»Ja.«

Ich dachte daran, sie ins Museum zu bringen und für Mitin eine übrigzulassen. Schließlich war er bereit, mir seinen Bulgakow abzutreten.

Im Labor präsentierte ich — der Schalk saß mir im Nacken — wie von ungefähr die eiserne Hand. Und sagte, als die Burschen zusammenströmten: »Die war schon lange fällig. Ich hab' nämlich so ein weiches Herz. Und jetzt hab' ich eine eiserne Hand. Also, Kolleginnen und Kollegen, nehmt euch in acht.«

Die Mädchen lachten, und Tartakowski fragte: »Bringst du uns auch noch einen ganzen Ritter angeschleppt?«

»Wenn's sein muß, morgen«, sagte ich.

In Wirklichkeit ging mir die Arbeit an diesem Tag nicht von der Hand. Zuletzt hielt ich's nicht mehr aus, lief zu Usjanow und bat ihn, mir nach dem Essen freizugeben. Daß ich die Stunden einarbeiten würde, sagte ich, und daß es wirklich dringend sei. Und er sah offenbar die Dringlichkeit meiner Bitte ein, denn er antwortete: »Na, geh schon.«

Die Wohnungstür öffnete ich mit dem Schlüssel — klingeln wollte ich nicht — und verschwand eilends in meinem Zimmer.

Hinter mir schloß ich ab — wozu Oma Kaplan ängstigen, falls sie unverhofft ihren Kopf hereinstecken sollte? Dann rückte ich das Bücherbord zur Seite, um nach meinem Geheimfach zu sehen. Es befand sich an Ort und Stelle. Also nicht geträumt. Man kann nämlich, wissen Sie, trotz einer eisernen Hand in der Aktentasche, manchmal auch an sich selber zweifeln. In dem Wandfach war es finster. Ich knipste die Lampe an und hielt sie hinein. Und da staunte ich wie schon lange nicht mehr. In dem Verlies lag so verschiedenes herum, was morgens noch nicht dagelegen hatte. Da waren (ich erinnere mich der Reihe nach, weil ich die Sachen einzeln so herausgenommen habe) ein Dolch in der Scheide, zwei Papierrollen mit roten, hängenden Siegeln, Kettenfesseln, ein Helm, ein Tintenfaß (womöglich auch ein Salznapf), allerlei Schmuck und zwei saffianlederne Stiefel. Das sah nicht mehr nach Schatz aus. Das war eine glatte Unverschämtheit. Ein übler Scherz.

Halt, stopp! Warum eigentlich ein Scherz? Wer sollte ihn sich erlauben? Oma Kaplan? Die schlief des Nachts, und überdies atrophierte mit zunehmendem Alter auch ihr Humor. Vielleicht ein anderer Nachbar? Oder hatte ich etwa den Verstand verloren? Dann mußte aber auch Mitin nicht mehr ganz bei sich sein. Und der war dazu eigentlich zu nüchtern.

Ich nahm einen Stiefel zur Hand. Das Leder roch noch ganz frisch und schmiegte sich willfährig an meine Finger. Ich probierte den Helm auf. Mühselig quälte er sich auf meinen Schädel. Er war schwer, eben echt, kein Blechdeckel für »Mosfilm«.

Ich saß also da, den Helm auf dem Kopf, den Stiefel in der Hand. Und träumte Illusionen. Aus meiner Erinnerung kramte ich alle Ereignisse der Nacht heraus. Das Geklimper und die Donnerschläge in der Wand, die warmen Münzen, die eiserne Hand. Dann sah ich wieder die Münze über meine Hand kullern. Ich grübelte mir ein Loch ins Hirn. Vergebens.

In völliger Verwirrung steckte ich meine Hand abermals ins Verlies, um die Decke zu betasten. Glatt wie ein Spiegel war sie und reflektierte pure Nacht.

Um ein bequemeres Arbeiten zu erzielen, entfernte ich noch einige Ziegelsteine, und eine Stunde später war das Geheimfach einer Vorderwand beraubt. Jetzt konnte ich es in aller Gründlichkeit ausspähen. Die Eisenstangen in der Rückwand waren mit einemmal nicht mehr aus Eisen, sondern aus jenem blanken schwarzen Zeug wie die Decke, und eine Seitenwand wurde von weißen Streifen in Quadrate geteilt. Über die untere Hälfte zogen sich wirre Linien und dazwischen feine Risse. Mit ihnen wollte ich mich nun eingehend befassen. Zwecks größerer Bewegungsfreiheit kroch ich mit dem ganzen Oberkörper ins Dunkle und erhielt augenblicklich einen Schlag vor den Schädel, und zwar so unsanft, daß es fast zu einer Gehirnerschütterung gereicht hätte. Ich riß den Kopf heraus. Schmerzhaft meine Nasenspitze rammend, fiel eine altertümliche Pistole zu Boden. Ich blickte hoch. Die Decke war genauso blank und schwarz wie zuvor. Teufelei! Mußte ich also sechsundzwanzig Jahre Sowjetmacht erleben, um am eigenen Leib übernatürliche Kräfte zu verspüren?

Wenn's sie aber doch nicht gibt? dachte ich plötzlich, während ich die Pistole in der Hand wog. Wenn für die ganze Teufelei eine Erklärung da ist? Aber welche bloß?

Worauf deutet das alles hin? dachte ich und starrte in den schwarzen Schlund. Welche mir bekannten Erscheinungen assoziiere ich dabei? Ich gedachte nämlich, wissen Sie, eine Lösung des Problems durch Analogieschluß zu finden.

So zwanzig Minuten sann ich düster, bis ich die Analogie beim Wickel hatte. Der Streich rief mir einen Briefkasten vor Augen. Jawohl, einen ganz gewöhnlichen Briefkasten, in den der Absender durch einen Schlitz die Sachen einwirft. So. Weiter. Wenn dies nur ein Briefkasten war, und zwar besonderer Art, mußte er auch eine Öffnung enthalten, eine Öffnung für den Empfänger. Da aber steckte der Haken. Es gab keinen Empfänger, jedenfalls solange ich die Wand nicht aufgebrochen hatte. Alles, was hineingefallen war, war drinnen liegengeblieben.

Gehen wir das Problem von einer anderen Seite an. *Wer* könnte *was* in diesen Briefkasten stecken? *Wer* ist bisher unbekannt. Aber *was,* weiß ich bereits. Alle möglichen Gegenstände aus dem Rußland der Epoche vor Peter dem Ersten. Woher stammen sie? Aus dem Museum? Gestohlen? Unwahrscheinlich.

Und drittens: Bis gestern abend hat nie jemand etwas in den Briefkasten getan. Heute zum ersten Mal. Wenn das früher schon passiert wäre, sagen wir, in den letzten zwanzig Jahren, so hätte ich was gehört. Oder meine Mutter, die bestimmt, mit ihren scharfen Ohren. Das heißt also, daß der Briefkasten erst gestern in Funktion getreten ist. Aber vielleicht . . .

Und hier kam mir eine ganz verrückte Idee, die nur dadurch zu erklären ist, daß ich mich in einer ganz verrückten Situation befand. Also, ich habe einen Briefkasten, der keinen Ausgang besitzt, und jemand tut Dinge aus längst vergangenen Zeiten hinein. Und bis zum heutigen Tag tat er das nicht.

Was ist nun, wenn die Öffnung heute nicht mehr existiert, früher aber da war? Verstehen Sie? Damals, als man die Dinge hineintat? Vor dreihundert Jahren. Als das Haus neu war. Und was ist, wenn diese Öffnung erst existieren wird, wenn man die Dinge rauszunehmen gedenkt? In der Zukunft? In hundert Jahren. Oder in zweihundert. Wenn diejenigen Leute dran sind, die durch die Jahrhunderte zu reisen vermögen?

Wenn diese verrückte Idee stimmt, so wird verständlich, warum die Sachen gestern erst in Erscheinung getreten sind. Nicht weil der Briefkasten seit gestern funktioniert, sondern weil er seit gestern kaputt ist. Jawohl, kaputt! In der Leitung »Vergangenheit—Zukunft« ist irgendein Transistor in die Brüche gegangen. Und nun ist da ein Loch. Womöglich ist auch die Isolierung defekt. Kann doch alles passieren. Und es fallen in mein Zimmer, in meine Zeit, Sachen, die Archäologen aus der Zukunft in einer fernen Vergangenheit ausgegraben haben.

Mir behagte die Idee. Aber welche Rolle fiel mir bei der Geschichte zu? Sollte ich einen Elektriker holen, um das Wandgelaß zu überprüfen? Dann steckten sie mich noch ins Irrenhaus. Oder die Gelegenheit benutzen, um die Früchte fremder Arbeit zu ernten? Mitin um die gesamte Bibliothek zu bringen? Unsinn.

Ich postierte die brennende Lampe im Geheimfach und bearbeitete die eine Seitenwand mit dem Taschentuch. Dann tastete ich sie mit den Fingern ab und steckte die Spitze von Oma Kaplans Messer in einen schmalen Spalt. Mit aller Behutsamkeit ging ich zu Werke, denn ich fürchtete, die Apparatur vollends zu zerstören. Und plötzlich — solche Glücksfälle soll es geben — sprang die Wand auf. Dahinter offenbarte sich ein Schaltpult, und damit war die Sache klar. Ich hatte recht.

Das Zentrum des Schaltpults nahm eine Zeitskala ein, von Leuchtpunkten gesäumt. Einer davon, etwa bei 1667, funkelte heller als die anderen, und eben dort stand der Zeiger. Die Skala endete im Jahr 2056.

Unten wucherte wirres Kabelwerk unter einer Menge von Knöpfen unbekannter Bestimmung. Plötzlich blitzte Punkt 1667 noch heller auf, und im gleichen Moment spürte ich über meinem Kopf ein Surren. Diesmal ahnte ich, was so etwas zu bedeuten hat, und zog den Kopf ein. Ein Buch mäßigen Umfangs, mit Ledereinband und Schraubverschluß, schlug dumpf auf den Boden des Wandgelasses auf. Gerade hatte ich noch Gelegenheit zu entdecken, daß in dem Augenblick, als es fiel, in der Decke eine Öffnung, so groß wie das Buch selbst, erschien.

Alles klar. Meine Vermutung war eingetroffen. Für einen Augenblick flammte Punkt 1967 rot auf. Die Empfangsstation quittierte nicht. Nun ja, offenbar hatten sie den Schaden noch nicht bemerkt und sendeten ergebnislos weiter. Wie ihnen ein Zeichen geben? Möglicherweise sahen sie das Flackern 1967 gar nicht. Vorerst nahm ich jedenfalls einen Schraubenzieher und fing an, die Kontakte zu prüfen. Das nahm weitere zwei Stunden in Anspruch. Ich handelte beinahe aufs Geratewohl.

Mit dem Schaltschema kam ich überhaupt nicht zurecht, obschon ich von Kindesbeinen an zu den Radiobastlern zähle. Ich vergrub mich in die Sache und grübelte darüber nach, wie interessant ein Aufenthalt in der Zukunft wäre, um zu erfahren, wie man dort lebt, ob ich etwas Vernünftiges im Leben zustande bringe und woran ich sterbe. Und dann dachte ich noch, daß es auch keineswegs von Übel wäre, in die Vergangenheit zu reisen, zum Beispiel zu dem Schriftsteller Alexander Tschernjajew, um herauszubekommen, wie er seinen Roman zu Ende zu führen gedachte.

Da entdeckte ich den Schaden. Sie sind durchaus berechtigt, lieber Leser, mir keinen Glauben zu schenken. Ich erwarte es nicht anders. Und dennoch, ich umwickelte die defekte Stelle mit Folie — einen Lötkolben hatte ich nicht — und beschloß, den weiteren Verlauf zu beobachten. Schrecklich stolz war ich, daß ich den verfluchten Kontakt doch noch gefunden hatte. Und da leuchtete plötzlich wieder das Lämpchen von 1667 auf, und über meinem Kopf ertönte ein schwaches Summen. Aber ich sah nichts, und nichts fiel von oben runter, nur ein zweites Lämpchen blinkte mich an, nun nicht mehr mein Jahr, sondern das von 2056. Alles in Ordnung. Sie haben ihre Sendung erhalten. Ich kann ruhig schlafen.

Ich lehnte mich im Stuhl zurück und merkte, daß ich unheimlich müde, daß es schon dunkel war und daß ich selbst nicht recht an das, was sich da abgespielt hatte, glaubte. Auch wußte ich nicht, wie ich das bei mir angesammelte Zeug an seinen Bestimmungsort befördern sollte.

Es klopfte.

»Wer ist da?« fragte ich.

»Du hast Besuch«, sagte Oma Kaplan. »Was ist? Hörst du schon die Klingel nicht mehr? Und mein Messer, wo steckt das wieder?«

Ich ging zur Tür und sagte: »Das Messer kriegen Sie wieder. Keine Angst.«

Sie hat ein gutes Herz, die Alte. Nur meckern tut sie gar zu gern. Eine altersbedingte Erscheinung.

In der Tür stand ein Mensch um die Vierzig, in blauem Overall, mit einem Köfferchen in der Hand.

»Sie wollen zu mir?« fragte ich.

»Ja. Darf ich eintreten?«

»Bitte schön«, sagte ich und dachte sofort, daß das ja gar nicht ging.

»Einen Moment, bitte«, sagte ich, schlug ihm die Tür vor der Nase zu und rückte das Bücherbord an seinen Platz.

»Entschuldigen Sie bitte«, sagte ich und ließ ihn herein, »ich habe die Handwerker und ein wenig Unordnung.«

»Macht nichts«, antwortete er, während er die Tür hinter sich schloß.

Da fiel sein Blick auf die Ziegelsteine auf dem Fußboden. Erst sah er sie an, dann mich. Und sagte: »Ich bin Mitarbeiter im Museum für Geschichte. Wir erhielten Bescheid, daß Sie einen Schatz von einigem Wert gefunden haben. Den hätten wir uns gern einmal angesehen.«

Irgend etwas an der Redeweise dieses Menschen, an der Art, wie er den Koffer hielt, und noch etwas, für andere kaum greifbar, für mich, der ich hinter das Geheimnis der Zeit gestiegen war, aber verständlich, soufflierte mir den einzig richtigen Schluß: Aus dem Museum ist der nicht.

»Ich hab' schon alles repariert«, sagte ich.

»Was haben Sie repariert?«

»Ihren Briefkasten.«

Ich rückte das Bücherbord beiseite und führte ihm das Loch in der Wand vor, deutete auf die Kontaktstelle und sagte: »Ich hatte keinen Lötkolben, deshalb mußte ich mit Folie umwickeln.«

Da leuchtete das Lämpchen von 1667 auf, und er begriff, daß er's mit einem Eingeweihten zu tun hatte.

Der handwerkelnde Postillion aus dem Jahre 2056 lötete den Kontakt, erledigte den Versand der Sachen in die Zukunft, und dann verstopften wir gemeinsam das Loch, so daß nicht einmal ich mehr ahnte, wo es gewesen war. Er dankte mir sehr und staunte ein bißchen über meine Findigkeit, aber als ich mich danach erkundigte, was in hundert Jahren los wäre, verweigerte er die Auskunft mit der Begründung, ich müßte doch wohl einsehen, daß er solcherart Informationen nicht verlautbaren dürfe.

Dann fragte er mich nach einem Wunsch. Ich lehnte ab.

»Also keine einzige Bitte?« fragte er und ergriff bereits seinen Koffer.

Da fiel mir etwas ein.

»Sagen Sie bitte, kommen Ihre Leute in verschiedenen Zeiten?«

»Ja.«

»Auch in die Zeit von vor zwanzig Jahren?«

»Auch dahin. Allerdings mit allen erdenklichen Vorsichtsmaßnahmen, versteht sich.«

»War auch schon jemand während des Krieges und der Blokkade in Leningrad?«

»Aber sicher.«

»Also, dann hätte ich folgende Bitte. Ich muß dort ein Paket hinschicken.«

»Das geht nicht.«

»Sie haben gesagt, daß Sie mir eine Bitte erfüllen.«

»Was für ein Paket?«

»Einen Moment«, sagte ich und stürzte in die Küche. Dort packte ich zwei Büchsen Kondensmilch und ein Pfund von Oma Kaplans Butter aus dem Kühlschrank und noch ein Paket Zucker, so an die zwei Kilo. Das alles steckte ich in Lina Grigorjewnas Plastbeutel und kehrte ins Zimmer zurück.

Der Gast aus der Zukunft fegte aus.

»Hier«, sagte ich. »Das übergeben Sie im Januar zweiundvierzig dem Schriftsteller Tschernjajew. Ihre Leute kennen den. Ende Januar ist er verhungert. Vierzehn Tage muß er sich noch über Wasser halten, bis die vom Rundfunk kommen. Und wehe, Sie tun's nicht! Tschernjajew hat bis zur letzten Stunde an seinem Roman geschrieben . . .«

»Wissen Sie«, sagte der Gast, »das ist unmöglich. Wenn Tschernjajew am Leben bleibt, kann das den Gang der Geschichte verändern.«

»Keineswegs!« sagte ich überzeugt. »Wenn Sie die Vergangenheit so fürchteten, hätten Sie nicht die Sachen aus dem siebzehnten Jahrhundert geholt.«

Der Gast schmunzelte.

»Solche Fragen zu lösen ist nicht meines Amtes«, sagte er. »Na, dann geben Sie mir das Paket. Aber entfernen Sie die Etiketts. Die gab's in Leningrad noch nicht. Ich werde bei den entsprechenden Stellen in unserer Zeit vorsprechen. Nochmals vielen Dank. Vielleicht sehen wir uns wieder.«

Er ging, und es war, als wäre er nie dagewesen. In mir kam richtig die Versuchung auf, die Tapete wieder abzureißen und in das Wandfach zu blicken. Aber ich wußte, daß ich das niemals tun würde. Und er muß das auch gewußt haben, sonst hätte er mir nicht so viel erzählt.

Am nächsten Tag entdeckte ich in meiner Hosentasche zwei Münzen. Die eine schenkte ich Mitin, die andere hob ich mir zur Erinnerung auf. Wie versprochen, brachte Mitin den einbändigen Bulgakow an, und dann sagte er: »Weißt du, ich hab' zu Hause einen Band ›Literarisches Erbe‹ gefunden. Er enthält Erinnerungen an Tschernjajew. Interessierst du dich dafür?«

Ich sagte natürlich ja. Ich ahnte schon, daß sie mich nicht erhören und dem Alten mein Paket nicht ausliefern würden.

Überhaupt, was hatte ich nur für einen Blödsinn verzapft. In hoher Auflage war da doch die Biographie des Schriftstellers erschienen, und schwarz auf weiß stand da geschrieben, eben daß er 1942 verstorben war. Ich mußte regelrecht lachen.

Ich, Theoretikus!

Abends las ich den Artikel über Tschernjajew. Er handelte davon, wie der Romancier in Leningrad während der Blockade gelebt und gearbeitet hat und wie er sogar bei klirrendem Frost unter Beschuß an die Front gefahren ist, um vor den kämpfenden Soldaten aufzutreten. Und am Ende las ich dann, ob Sie es glauben oder nicht:

*Im Winter, wohl so im Januar, ging ich zu Tschernjajew. Alexander Grigorjewitsch fühlte sich sehr schwach und setzte mühsam ein Bein vor das andere. Wir besprachen die Lage an der Front und das Geschick gemeinsamer Bekannter (von denen einige nicht mehr unter den Lebenden weilten). Er berichtete von seinen Plänen für die Zukunft, davon, daß er an einem neuen Roman schrieb, den er — wäre nicht diese Schwäche — zum*

*Frühjahr beenden würde. Ich fragte nicht, warum mein Freund die Evakuierung abgelehnt hat, trotz betagten Alters und schwacher Gesundheit. Alexander Grigorjewitsch hätte nur die Achseln gezuckt und dem Gespräch eine andere Richtung gegeben. Es war kalt. Wir stopften die Reste eines Stuhls in den Kanonenofen.*

*Plötzlich sagte Tschernjajew: »Mir ist da eine seltsame Geschichte passiert. Vor ein paar Tagen habe ich ein Paket erhalten.«*

*»Was für ein Paket?« fragte ich. »Es ist doch Blockade.«*

*»Von wem, weiß ich nicht. Es war Kondensmilch drin und Zucker.«*

*»Die haben Sie sehr nötig«, sagte ich.*

*Aber er antwortete: »Und die Kinder etwa nicht? Ich bin alt, du müßtest aber mal die Kleinen in der Nachbarwohnung sehen. Die haben das Leben noch vor sich.«*

*»Und Sie haben ihnen das Paket spendiert?«*

*»Was hätten Sie denn getan, junger Mann?« fragte Tschernjajew, und ich schämte mich, die Frage gestellt zu haben.*

*Das war, so traurig es auch ist, meine letzte Begegnung mit dem Schriftsteller.*

An die fünf Mal habe ich diese Zeilen durchgelesen. Das hätte ich mir denken können, daß, wenn der Alte das Paket erhält, er die Kondensmilch nicht selber trinkt. So einer ist das nicht . . .

Aber merkwürdig, dieser Band »Literarisches Erbe« ist 1961 erschienen.

## Die Geschichte vom häßlichen Bioform

Das wäre geschafft. Dratsch nahm die letzten Angaben der Geräte entgegen, verschalkte das Gehäuse und schickte die Kyber in die Kapsel. Er warf einen Blick in die Höhle, in der er zwei Monate gelebt hatte, und er spürte ein Verlangen nach Orangensaft. So unbändig, daß ihm schwindelte. Zu lange war er der Überbelastung ausgesetzt gewesen. Warum ausgerechnet Orangensaft? Weiß der Teufel, warum. Er müßte sich gleich in Strömen über den abschüssigen Boden der Höhle ergießen: bitte schön, für dich ganz allein, bück dich und schlürfe.

Du bekommst deinen Orangensaft, sagte sich Dratsch. Und Lieder. Er wußte, wie Lieder gesungen werden, ihm mangelte es lediglich an der Überzeugung, daß sein Gedächtnis diesen Prozeß auch richtig fixiert hatte. Er wird seine stillen Abende am See haben. Den blauesten See der Welt wird er sich aussuchen. An der Steilküste hoch droben müssen unbedingt Kiefern mit Nadeln wie Fächer wachsen, und aus dem Nadelteppich im lichten Wald sollen große Steinpilze hervorlugen.

Dratsch schleppte sich zur Kapsel. Bevor er sie betrat, blickte er ein letztes Mal auf die von Hügeln durchzogene Niederung, den lavaspeienden See am Horizont und auf die schwarzen Wolken. Das wär's. Er drückte auf das Bereitschaftssignal. Das Licht flackerte. Abflug. Eine ausgediente Rampe blieb auf dem Planeten zurück. An Bord des auf der Umlaufbahn patrouillierenden Schiffes flammte ein winziges, grelles Lämpchen auf.

»Macht euch bereit, einen Gast zu empfangen«, sagte der Kapitän.

Eineinhalb Stunden später betrat Dratsch über den Verbindungstunnel das Schiff. Infolge der Schwerelosigkeit konnte er seine Bewegungen schlecht koordinieren, obwohl sie ihm sonst keine besonderen Unbequemlichkeiten bereitete. Überhaupt bereitete ihm kaum etwas Unbequemlichkeiten. Die Besatzung benahm sich taktvoll, und Scherze, vor denen er Angst hatte, weil er müde war, blieben gänzlich aus. Die Zeit der Überbelastung verbrachte er auf der Kommandobrücke und betrachtete voller Neugier die Wachablösung in den Amortisationswannen. Die Überbelastung währte ziemlich lange, und Dratsch übernahm die Pflichten eines freiwilligen Wächters. Den Automaten vertraute er nicht recht, zumal er sich in den letzten Monaten oft davon überzeugt hatte, daß auf ihn wesentlich mehr Verlaß war als auf sie. Dratsch beobachtete eifersüchtig das Pult und sehnte im tiefsten Innern sogar einen Vorwand herbei, um sich einschalten zu dürfen. Es fand sich jedoch kein Vorwand.

Bis zur Erde verfolgte ihn der Traum vom Orangensaft. Aufreizend dieser Saft auf dem Tisch in der Mannschaftsmesse. Um nicht die Karaffe mit der quittegelben Flüssigkeit ansehen zu müssen, vermied er es tunlichst, die Messe zu betreten.

An Bord war Dratsch der einzige Patient von Dr. Dombi, sofern man ihn überhaupt als Patienten bezeichnen konnte.

»Ich habe Minderwertigkeitskomplexe«, beklagte er sich beim Doktor, »wegen dieses verfluchten Saftes.«

»Es geht doch gar nicht um den Saft«, entgegnete Dombi. »Dein Gehirn hätte genausogut auf etwas anderes kommen können. Vielleicht auf den Traum von einem weichen Kissen.«

»Ich will aber Orangensaft.«

»Ein Glück, daß du sprechen und hören kannst«, sagte Dombi. »Grunin war da viel schlechter dran.«

»Ein schwacher Trost«, antwortete Dratsch.

Dombi war in Sorge. Drei Planeten, acht Monate Hundearbeit. Dratsch war am Ende. Das Programm hätte gekürzt werden müssen. Dratsch hatte davon kein Wort hören wollen.

Die Apparaturen des Schiffslabors eigneten sich nicht für eine gründliche Untersuchung. Was blieb, war Intuition, und die zitterte wie ein Geigerzähler. Obwohl auf sie kein hundertprozentiger Verlaß war, schickte der Doktor bei erstbester Funkverbindung einen wortreichen Bericht an die Zentrale. Geworkjan runzelte beim Lesen bloß die Brauen. Er mochte die Kürze.

Dratsch hatte bis zur Erde mieseste Laune. Er wollte gern schlafen, doch die kurzen Perioden des Dämmerschlafs erfrischten ihn nicht, sondern schreckten ihn mit ihren hartnäckigen Alpträumen.

Das Mobil des Instituts für Bioformierung wurde nahe an die Luke herangefahren. Dombi sagte beim Abschied: »Ich besuche Sie. Ich möchte Sie gern näher kennenlernen.«

»Nehmen Sie an, ich lächle«, entgegnete Dratsch, »Sie sind eingeladen ans Ufer eines blauen Sees.«

Ein unbekannter junger Mitarbeiter begleitete ihn im Mobil. Er fühlte sich unbehaglich. Dratschs Nachbarschaft berührte ihn peinlich. Er schaute zum Fenster hinaus, während er Dratschs Fragen beantwortete. Dratsch dachte, aus diesem Burschen wird niemals ein Bioformierer, und begab sich nach vorn zum Institutsfahrer Poláček. Poláček empfing ihn freudig.

»Ich hätte nicht gedacht, daß du es überstehst«, sagte er mit bestechender Offenheit. »Grunin war nicht dümmer als du.«

»Ist trotz allem gelaufen. Ich bin bloß schrecklich müde.«

»Das ist am gefährlichsten. Ich weiß das. Es hat den Anschein, als wäre alles in Ordnung, da macht plötzlich das Gehirn nicht mehr mit.«

Poláček hatte Finger wie ein Musiker, und das Armaturenbrett war für ihn die Klaviatur eines Flügels. Das Mobil zog unter tiefhängenden Wolken dahin, und Dratsch schaute zur Seite, zur Stadt, wollte erraten, was sich dort verändert hatte.

Am Tor begrüßte ihn Geworkjan. Der grobschlächtige Greis mit der großen Nase und den blauen Augen saß auf einem Bänkchen unter der Tafel *Institut für Bioformierung der Akademie der Wissenschaften der UdSSR.* Für Dratsch, und nicht nur für ihn, hatte Geworkjan schon längst aufgehört, ein Mensch zu sein. Er hatte sich in einen Begriff, in das Symbol des Institutes, verwandelt.

»Na also«, sagte Geworkjan. »Du hast dich überhaupt nicht verändert. Siehst blendend aus. Nun ist fast alles vorüber. Ich sage fast, weil der Rest vor allem meine Sorge ist. Du kannst dich auf die Bärenhaut legen und dich vorbereiten.«

»Worauf?«

»Darauf, daß du Orangensaft trinken kannst.«

»Doktor Dombi hat also auch darüber Bericht erstattet? Meine Aktien stehen wohl schlecht?«

»Du bist und bleibst ein Dummkopf, Dratsch. Wozu unterhalten wir uns hier? Das ist nicht der geeignete Ort.«

Im Nachbargebäude wurde ein Fenster geöffnet, und drei Köpfe erschienen zugleich. Auf dem Pfad vom Labor 2 kam Dima Dimow herbeigerannt, in der Hand, zerstreut wie er nun einmal war, ein Reagenzglas mit einer blauen Flüssigkeit.

»Ich habe es gar nicht gewußt«, entschuldigte er sich. »Ich habe es gerade erst erfahren.«

Dratsch überkam das selige Gefühl des heimgekehrten Sohnes, der weiß, daß in der Küche die Holzscheite knistern und es nach gebratenem Kalbskotelett duftet.

»Wie ist so etwas nur möglich?« Dima fiel über Geworkjan her. »Sie hätten mich davon in Kenntnis setzen müssen. Sie persönlich.«

»Als ob es um wunder was für Geheimnisse ginge«, sagte Geworkjan im Tone einer Rechtfertigung.

Dratsch ahnte, warum Geworkjan seine Rückkehr nicht mit Pomp und Trara feierte. Geworkjan hat keine Vorstellung gehabt, wie er, Dratsch, zurückkommen würde. Dombis Botschaft hat ihn völlig konfus gemacht.

»Du siehst glänzend aus«, sagte Dimow.

Jemand kicherte. Geworkjan fuhr die Gaffer an. Aber keiner ging fort. Blühende Fliederbüsche hingen über dem Weg, und Dratsch stellte sich ihren herrlichen Duft vor. Maikäfer flogen, schweren Gewehrkugeln gleich, heran; hinter der alten Villa, die als Institutshotel diente, ging die Sonne unter.

Sie betraten die Halle und verweilten eine Minute vor Grunins Porträt. Die Männer auf den anderen Bildern lächelten. Grunin lächelte nicht. Er war immer sehr ernst gewesen. Wehmut beschlich Dratsch. Grunin war der einzige gewesen, der die Öde und die glühende Blöße jener Welt, aus der Dratsch nun heimgekehrt war, gesehen, gekannt und gespürt hatte.

Ganze zwei Stunden brachte Dratsch schon auf dem Prüfstand zu. Wie Fliegen klebten die Geber an ihm. Die Drähte reichten in alle Ecken. Dimow zauberte an den Apparaturen. Geworkjan thronte abseits, beobachtete die Streifen und schielte mit einem Auge zu den Informationstabellen.

»Wo wirst du übernachten?« fragte Geworkjan.

»Am liebsten zu Hause. Ihr habt mein Zimmer doch nicht angerührt?«

»Alles ist so, wie du es verlassen hast.«

»Dann zu Hause.«

»Ich würde es nicht empfehlen«, sagte Geworkjan. »Du solltest lieber in der Unterdruckkammer ausruhen.«

»Trotzdem.«

»Ich bestehe nicht darauf. Meinetwegen schlaf mit Maske. In Gottes Namen.« Die Kurven gefielen ihm nicht, doch er wollte nicht, daß Dratsch es bemerkte.

»Was beunruhigt Sie?« fragte Dratsch.

»Halt still«, sagte Dimow. »Du störst.«

»Du warst zu lange im Einsatz. Dombi hätte dich schon zwei Monate eher zurückbeordern sollen.«

»Und wegen der zwei Monate hätten wir dann noch mal von vorn anfangen müssen.«

»Nun, nun«, sagte Geworkjan. Es war nicht klar, ob er die Antwort billigte oder kritisierte.

»Wann gedenken Sie zu beginnen?« wollte Dratsch wissen.

»Auf jeden Fall morgen früh. Über Nacht schauen wir alle Aufzeichnungen genau durch, danach geht's los. Ich bitte dich noch einmal: Schlaf in der Unterdruckkammer. Es ist in deinem Interesse.«

»Wenn es bloß in meinem Interesse ist... Ich geh' nach Hause.«

»Wie du willst, bitte, wir brauchen dich jetzt nicht mehr.«

Meine Aktien stehen schlecht, dachte Dratsch auf dem Weg zur Tür. Der Alte ist nicht in Form.

Er ging ohne Eile zum Seitenausgang an gleich aussehenden Türen vorbei. Der Arbeitstag war schon lange vorüber, doch das Institut wie üblich noch nicht zur Ruhe gegangen und eingeschlummert. Es erinnerte ihn schon immer an eine riesige Klinik mit diensthabenden Schwestern, mit Nachtdienst und eilig anberaumten Operationen. Das kleine Wohngebäude für die Kandidaten und die Heimkehrer lag hinter den Laboratorien, jenseits des Basketballplatzes. Die zierlichen Säulen der Villa leuchteten im Mondschein hellblau. Ein oder zwei Fenster im Haus waren erleuchtet, und er versuchte vergeblich, sich zu erinnern, welche Fenster ihm gehörten. Wie lange er hier gewohnt hatte! Fast ein halbes Jahr. Abends war er immer in das kleine Haus mit den Säulen zurückgekommen, in die zweite Etage hinaufgestiegen, in Gedanken die Tage zählend.

Dratsch blieb plötzlich stehen. Er wollte ja gar nicht in das Haus gehen und die Garderobe wiedererkennen, die Risse auf den Treppenstufen und Kratzer am Geländer. Er wollte den Abtreter vor seiner Tür nicht sehen.

Was wird es in seinem Zimmer geben? Spuren aus dem Leben des anderen Dratsch, Bücher und Sachen, die in der Vergangenheit geblieben sind.

Er machte sich auf den Rückweg zum Versuchsgebäude. Geworkjan hatte recht, die Nacht verbrachte er besser in der Unterdruckkammer. Ohne Maske. Sie war ihm schon auf dem Schiff über gewesen, und er würde sie in den nächsten Wochen noch mehr überbekommen. Er nahm den geraden Weg durch die Sträucher und scheuchte ein Liebespaar auf. Die Verliebten küßten sich auf einer im Fliedergebüsch verborgenen kleinen Bank, und ihre weißen Kittel leuchteten aus der Ferne wie Warnsignale. Dratsch hätte sie bemerken müssen, es aber nicht getan. Er hatte sich gehenlassen und auch das nicht bemerkt. Dort auf dem Planeten hätte so etwas nicht vorkommen dürfen. Ein Augenblick der Schwäche hätte den Tod bedeutet. Nicht mehr und nicht weniger.

»Ich bin's, Dratsch«, sagte er zu den Verliebten.

Das Mädchen lachte.

»Ich habe mich zu Tode erschrocken«, sagte sie. »Hier ist es dunkel.«

»Waren Sie dort, wo Grunin umgekommen ist?« fragte der Bursche sehr ernst. Er hatte Lust, sich mit Dratsch zu unterhalten, sich diese Nacht und die Begegnung einzuprägen.

»Ja, dort«, sagte Dratsch, verweilte aber nicht, lief weiter, den Lichtern des Laboratoriums entgegen.

Um zu seiner Unterdruckkammer zu gelangen, mußte er

durch einen Korridor gehen, an mehreren Arbeitssälen vorüber. Er blickte in den ersten. Der Raum wurde von einer durchsichtigen Trennwand geteilt. Es schien sogar, als wäre die Trennwand gar nicht vorhanden, und unerklärlich, warum das grünlich gefärbte Wasser sich nicht über den Kontrolltisch und die beiden schlanken, einander sehr ähnlichen Mädchen dahinter ergoß.

»Darf man eintreten?« fragte Dratsch.

Eines der Mädchen drehte sich um.

»Ach!« rief sie. »Haben Sie mich erschreckt! Sie sind Dratsch? Das Double von Grunin, nicht wahr?«

»Richtig! Und wen haben Sie hier?«

»Sie kennen ihn nicht«, sagte das andere Mädchen. »Er ist nach Ihnen gekommen. Ferret. Stanislaw Ferret.«

»Wieso denn nicht? Wir haben zusammen studiert. Er war ein Studienjahr jünger.«

Dratsch stand unschlüssig vor dem Glas und versuchte, in dem Gewirr von Wasserpflanzen Ferrets Gestalt auszumachen.

»Leisten Sie uns Gesellschaft«, sagten die Mädchen. »Wir langweilen uns auch.«

»Danke.«

»Ich würde Ihnen gern Waffeln anbieten . . .«

»Dank, ich esse keine Waffeln.«

Die Mädchen lachten lauthals. »Sie sind lustig. Die anderen leiden schrecklich. Stasik macht auch einiges durch.«

Schließlich entdeckte Dratsch Stanislaw. Er sah wie ein braunes Hügelchen aus.

»Das ist nur zu Anfang so, nicht wahr?« fragte das Mädchen.

»Nein, das stimmt nicht«, antwortete Dratsch, »ich leide jetzt immer noch.«

»Müssen Sie doch nicht«, sagte das andere Mädchen. »Geworkjan bringt das schon in Ordnung. Er ist doch ein Genie. Sie haben Angst, daß Sie zu lange dort gewesen sind?«

»Ein bißchen schon, gewiß. Obwohl ich vorher gewarnt worden bin.«

Natürlich war er vorher gewarnt worden. Und nicht nur einmal. Damals hatte man überhaupt eine skeptische Einstellung zu Geworkjans Arbeit gehabt. Sinnlos, ein Risiko einzugehen, wo es Automaten gab. Doch das Institut existierte nun einmal, und Bioforms wurden gebraucht. Die Anerkennung, auch die der Skeptiker, stellte sich ein, als die Bioforms Selvin und Skawronski das

Bathyskaph von Valtonen erreichten, das in sechs Kilometer Tiefe auf Grund lag und Kabel und Auftrieb verloren hatte. Roboter, die nicht nur in die Spalte hinabgetaucht wären, sondern auch einen Weg gefunden hätten, das Bathyskaph und die Forscher zu befreien, gab es nicht. Die Bioforms taten alles Notwendige.

»Im Prinzip«, hatte Geworkjan damals auf seiner Pressekonferenz gesagt, und das hatte sich in Dratschs Dickschädel festgesetzt, »haben Hunderte von Schriftstellern und Märchenerzählern unsere Tätigkeit längst vorausgesagt, in allen Details, so daß der Fantasie kein Spielraum mehr bleibt. Wir gestalten die biologische Struktur des Menschen auf Bestellung um, zur Durchführung einer konkreten Arbeit, und bewahren uns die Möglichkeit, die Verwandlung wieder rückgängig zu machen. Der komplizierteste Teil der Sache ist die Rückkehr zum Ausgangspunkt. Die Biotransformierung muß so etwas wie ein Kleid, wie ein Schutzanzug sein, den wir ausziehen können, sobald es notwendig ist. Wir wollen dabei keineswegs den Skaphander-Konstrukteuren Konkurrenz machen. Wir Bioformierer nehmen die Stafette dort auf, wo ihre Macht endet. Der Skaphander ist für Arbeiten in zehn Kilometer Tiefe viel zu unbequem, als daß ein darin eingeschlossenes Wesen genau dieselbe Tätigkeit wie an der Erdoberfläche verrichten könnte. In solcher Tiefe fühlen sich einige Fische und Mollusken außerordentlich wohl. Den Organismus des Menschen so umzugestalten, daß er nach den gleichen Gesetzen funktioniert wie der Organismus von Tiefseefischen, ist grundsätzlich möglich. Allerdings tritt dabei ein anderes Problem auf. Ein Mensch kann einfach nicht vollwertig bleiben, wenn er weiß, daß er für ewig und immer in unendlicher Tiefe inmitten von Mollusken leben muß. Sind wir aber imstande, den Menschen zum Ausgangszustand, in die Gesellschaft seiner Artgenossen, zurückzuholen, so erwirbt die Bioformierung Daseinsberechtigung und kann der Menschheit Nutzen bringen.«

Damals wurden die ersten Versuche durchgeführt. Auf der Erde und auf dem Mars. Interessenten fanden sich mehr als genug. Glaziologen und Speläologen, Vulkanologen und Archäologen brauchten zusätzliche Hände, Augen, Lungen, Kiemen. Im Institut erzählte man den Neulingen immer, daß sie sich später von manchem bestimmt nicht mehr würden trennen wollen. Damals kursierte auch die Geschichte über einen Speläologen, der, mit Kiemen und riesigen, in der Dunkelheit hervorragend sehenden Augen ausgestattet, sogar vom Operationstisch entflohen war, als er in Gottes Ebenbild zurückverwandelt werden sollte. Seitdem hält er sich in den mit Eiswasser angefüllten grundlosen Höhlen des Kintano-Roo versteckt. Er fühlt sich prächtig und schickt zweimal im Monat mit Kieselsteinen auf polierte Graphitplatten geritzte ausführliche Artikel über seine neuesten Entdeckungen an die »Zeitschrift für Speläologie«.

Als Dratsch im Institut auftauchte, hatte er fünf Jahre Kosmoserfahrung hinter sich, genügend Routine im Umgang mit Kybern und ein halbes Dutzend Veröffentlichungen zur Epographik der Moneren aufzuweisen. Grunin wurde bereits zur Bioformierung vorbereitet, Dratsch wurde sein Double.

Ihm stand Arbeit auf gigantischen glühenden Planeten bevor, auf denen Feuerstürme und Tromben tobten, auf Planeten mit unvergleichlich hohem Druck und Temperaturen von sechshundert bis achthundert Grad. Die Planeten hätten ohnehin erschlossen werden müssen. Sie waren Schatzkammern wertvoller Metalle und in Zukunft unersetzliche Laboratorien für die Physiker.

Grunin war im dritten Arbeitsmonat umgekommen. Und wäre nicht seine, Dratschs, Sturheit gewesen, Geworkjan hätte den Widerstand nie überwunden. Denn für Dratsch — Geworkjan und Dimow wußten das nur zu gut — war die Bioformierung das Allerschlimmste. Morgens aufzuwachen im Bewußtsein, weniger Mensch als am Vorabend zu sein und am nächsten Morgen noch weniger ... Nein, du bist zu allem bereit. Geworkjan und Dimow haben schließlich alle Besonderheiten der Konstruktion mit dir durchgesprochen, die Experten Muster deiner Haut und riesengroße Modelle deiner künftigen Augen angeschleppt. Das war interessant und wichtig. Aber sich vollends bewußt machen, bis zur letzten Konsequenz, daß es dich betrifft, dich allein, war ausgeschlossen. Er hatte Grunin vor dem Abflug gesehen. In vielem sollte er Grunin ähnlich werden, besser gesagt, er war so etwas wie ein weiterentwickeltes Modell dessen, was sich formal Grunin nannte, aber beileibe nichts mit dem Brustbild gemeinsam hatte, das in der Halle des Zentrallaboratoriums hing. In Grunins Tagebuch, trocken und sachlich geschrieben, standen die Worte: »Verteufelt traurig, ohne Zunge leben zu müssen. Möge Gott dich davor bewahren, Dratsch.« Damit Dratsch sprechen konnte, ging Geworkjan aufs Ganze, obwohl es die Bioformierung erheblich komplizierte und für Dratsch einige zusätzliche Stunden auf dem Operationstisch und in heißen Biobädern bedeutete, wo der neue Körper angestückelt wurde. Das gemeinste aber war, der eigenen Umformung zusehen und ständig die irrationale Angst unterdrücken zu müssen. Angst bleibt eben immer Angst.

Er verstand Stanislaw Ferrets gegenwärtigen Zustand nur zu gut. Ferret sollte in den giftigen, endlosen Sümpfen des Chronos arbeiten. Dratsch besaß ihm gegenüber einen offensichtlichen Vorteil. Er konnte schreiben, zeichnen, sich unter den Menschen aufhalten, konnte über die grünen Institutswiesen latschen und zu den Häuschen mit den weißen Säulen gehen. Ferret war bis zum Schluß der Expedition, bis ihm sein menschliches Antlitz wiedergegeben würde, zu der Gewißheit verurteilt, daß sich zwischen ihm und allen übrigen Menschen zumindest eine durchsichtige Trennwand befand. Er hatte gewußt,. worauf er sich einließ, und keine Mühe gescheut, das Recht auf diese Tortur zu erhalten. Jetzt war es alles andere als Honigschlecken für ihn.

Dratsch klopfte an die Trennwand.

»Wecken Sie ihn nicht«, bat das Mädchen.

Der kleine braune Hügel schnellte in einer Schlammwolke empor, und ein gewaltiger stahlfarbener Rochen stürzte sich gegen das Glas. Dratsch zuckte instinktiv zurück. Der Rochen erstarrte einen Zentimeter vor der Trennwand. Sein bleischwerer, starrer Blick hypnotisierte.

»Sie sind furchtbar wild«, sagte das Mädchen, und Dratsch lächelte innerlich. Ihre Worte bezogen sich auf die anderen, die richtigen Rochen des Chronos, aber das bedeutete nicht, daß Ferret weniger wild war als diese. Der Rochen stubste sein Maul vorsichtig gegen die Trennwand und nahm Dratsch in Augenschein. Ferret erkannte ihn nicht.

«Komm mich am blauen See besuchen«, sagte Dratsch.

Den schmalen Vorraum zum nächsten Saal bevölkerten junge Leute, die einander von den dicken Sichtfenstern verdrängten, sich das Mikrofon aus den Händen rissen und irgendwem sich widersprechende Ratschläge erteilten.

Dratsch blieb hinter den Ratgebern stehen. Durch das Sichtfenster erkannte er im leichten, den Saal einhüllenden Nebel eine merkwürdige Gestalt. Etwas Hellblaues, Unförmiges flatterte inmitten des Saales in der Luft, stieg vorsichtig nach oben, verlor sich aus dem Gesichtskreis und tauchte genau dort auf, wo es nicht erwartet wurde.

»Breiter, breiter! Füße anziehen!« schrie ein rothaariger Neger ins Mikrofon, das ihm im gleichen Augenblick eine Mädchenhand entriß.

»Hör nicht auf ihn, höre nicht. Er ist absolut nicht imstande, sich einzufühlen. Stell dir vor . . .«

Dratsch erfuhr dann doch nicht, was sich der dort im Saal vorstellen sollte. Das Wesen hinter dem Illuminator war verschwunden. Da gab es im Lautsprecher einen dumpfen Knacks, und das Mädchen fragte geschäftig: »Hast du dich sehr gestoßen?«

Eine Antwort folgte nicht.

»Macht die Luke auf!« sagte eine weibliche Rubensgestalt mit einem um den Kopf gelegten Zopf.

Der rothaarige Neger drückte auf einen Knopf, und eine vorher unsichtbare Luke rutschte zur Seite. Aus der Luke drang Grabeskälte. Minus zwölf, vermerkte Dratsch. Die warme Luft aus dem Vorraum strömte in die Saalmitte, und die Luke überzog sich mit einem dicken Dunstschleier. In der Dunstwolke materialisierte sich der Bioform. Der Neger reichte ihm die Maske.

»Hier gibt's zuviel Sauerstoff.«

Die Luke schloß sich wieder.

Der Bioform legte die mit Flaum bedeckten Flügel ungeschickt einen nach dem andern auf dem Rücken zusammen, bemüht, niemanden zu streifen. Die überaus feingliedrigen Hände und Füße zitterten.

»Müde?« fragte die Rubensfrau.

Der Vogelmensch nickte.

»Die Spannweite der Flügel muß vergrößert werden«, sagte der rothaarige Neger.

Dratsch zog sich langsam in den Korridor zurück. Grenzenlose Mattigkeit befiel ihn. Wenn er doch erst in der Unterdruckkammer angelangt wäre, die Maske absetzen und den Schlaf des Vergessens schlafen könnte.

Am Morgen schnauzte Geworkjan mit den Laboranten herum. Nichts war ihm ordentlich genug. Nichts paßte ihm. Dratsch empfing er, als hätte dieser ihm gestern die Suppe versalzen, und als Dratsch fragte: »Haut irgendwas nicht hin mit mir?« gab er keine Antwort und vertiefte sich in die Lochstreifen.

»Nichts Schlimmeres«, sagte Dimow, der offensichtlich in der Nacht kein Auge zugemacht hatte. »Wir waren darauf gefaßt.«

»Gefaßt?« brüllte Geworkjan los. »Kein Stück. Darauf gefaßt, lächerlich. Der Herrgott hat die Menschen erschaffen, wir aber modeln sie um. Und wundern uns, wenn nicht alles läuft, wie wir es gern möchten.«

»Was ist mit mir?«

»Mach dir nicht in den Frack.«

»Dazu bin ich physisch nicht imstande.«

»Ich sage dir doch, du sollst dir nicht in den Frack machen. Wir kleistern dich schon hin. Das nimmt bloß mehr Zeit in Anspruch, als wir angenommen hatten.«

Dratsch schwieg.

»Du warst zu lange in diesem Körper. Physisch bist du jetzt eine neue Spezies, Gattung, Familie, Abteilung vernunftbegabter Wesen. Und jede Spezies hat ihre Nöte und Krankheiten. Anstatt auf die Reaktionen zu achten und auf dich aufzupassen, mußtest du den Forscher spielen, wolltest du rauskriegen, unter welcher Belastung deine Hülle zum Teufel geht.«

»Hätte ich das nicht getan, hätte ich auch nicht vollbracht, was von mir erwartet wurde.«

»Ein Held!« schnaubte Geworkjan. »Dein jetziger Körper ist krank. Du hast eine Krankheit, die der Medizin noch nicht begegnet ist. Wir müssen dich also je nach Transformierung reparieren. Und obendrein alles dransetzen, damit du keine Mißgeburt wirst. Oder ein Kyborg, ein kybernetischer Organismus. Das aber ist unsere Hochzeit. Du mußt noch mal untersucht werden, bis dahin kannst du dich verziehen.«

Dratsch hätte es nicht tun sollen, aber er zog zum Tor des Instituts hinaus, runter zum Fluß über die schmale, von Sonnenstrahlen durchlöcherte Allee. Er blickte auf seinen kurzen Schatten und dachte: Wenn schon sterben, dann in menschlicher Gestalt. In dem Augenblick sah er ein Mädchen. Das Mädchen ging die Allee hoch. Alle fünf, sechs Schritte blieb sie stehen, neigte den Kopf und legte die Hand ans Ohr. Ihr langes Haar war dunkel vom Wasser. Sie lief barfuß und kniff komisch die Zehen zusammen, um sich nicht an den kleinen spitzen Steinen zu pieken. Dratsch wollte den Weg verlassen und sich im Gebüsch verstecken, um das Mädchen nicht mit seinem Anblick zu schrekken. Er kam aber nicht dazu. Sie hatte ihn bereits gesehen.

Das Mädchen hatte die schiefergraue Schildkröte gesehen, auf deren Panzer wie eine zweite, kleinere Schildkröte die Halbkugel des Kopfes thronte, das vorstehende Zyklopenauge wie bei einer Libelle in unzählige Zellen gefächert. Die Schildkröte reichte ihr bis zum Gürtel und bewegte sich auf kurzen, dicken Pfoten vorwärts, die unter dem Panzer vortappten. Es schienen sehr viele zu sein, ein gutes Dutzend. An der abgeflachten Vorderseite des Panzers befanden sich mehrere Öffnungen, aus vier lugten Fühlerenden hervor. Der Panzer war zerschrammt, hier und da von nicht allzu tiefen Rissen durchzogen. Sie verliefen sternförmig, als hätte jemand mit einem Stechbeitel auf die Schildkröte eingeschlagen oder sie mit panzerbrechenden Kugeln erschossen. Die Schildkröte besaß etwas Monströses. Eine vorsintflutliche Kampfmaschine. Sie stammte gewiß nicht von hier.

Das Mädchen rührte sich nicht vom Fleck, vergaß die Hand vom Ohr zu nehmen. Sie wollte fortlaufen oder schreien, wagte aber weder das eine noch das andere.

Idiot, beschimpfte sich Dratsch. Du reagierst zu langsam.

»Entschuldigen Sie«, sprach die Schildkröte. Gelassen und mechanisch ertönte die Stimme unter der Metallmaske, die den Kopf bis zu dem einen Auge bedeckte. Das Auge wanderte hin und her, als wären die Trennwände in seinem Innern gallertweich.

»Entschuldigen Sie. Ich habe Sie erschreckt. Es tut mir leid.«

»Sind Sie ein — Roboter?« fragte das Mädchen.

»Nein, ein Bioform«, sagte Dratsch.

»Sie bereiten sich auf einen Planeten vor?« fragte das Mädchen. Sie wollte gehen, aber das wäre ein Zeichen von Angst gewesen. Sie blieb stehen und zählte wahrscheinlich im stillen bis hundert, um ihre Fassung wiederzugewinnen.

»Ich bin schon von dort zurück«, sagte Dratsch. »Gehen Sie nur weiter, und sehen Sie mich nicht an.«

»Danke«, stieß das Mädchen hervor und lief auf Zehenspitzen, die piekenden Steine vergessend, an ihm vorbei. Sie rief ihm hinterher: »Auf Wiedersehen.«

Die Schritte lösten sich auf im Rauschen der Blätter und in den betriebsamen Mailauten des lichten warmen Waldes. Dratsch zog zum Fluß hinunter und verharrte am relativ flachen Abhang neben einer Bank. Er stellte sich vor, daß er sich auf die Bank setzte. Ihm wurde speiübel davon. Am besten, von der Steilwand stürzen und Schluß. Das war einer der dümmsten Gedanken, die Dratsch in den letzten Monaten hatte. Mit dem gleichen Erfolg hätte er sich in die Niagarafälle stürzen können. Nichts wäre ihm geschehen. Absolut nichts. Er hatte Schlimmeres durchgemacht.

Das Mädchen kehrte zurück. Sie trat leise auf, setzte sich auf die Bank und blickte vor sich hin, die schlanken Hände auf die Knie gelegt.

»Ich dachte zuerst, Sie wären eine Maschine. Sie sind sehr plump.«

»Ja, plump.«

»Wissen Sie, ich bin so dumm getaucht, daß ich bis jetzt noch Wasser im Ohr habe. Ist Ihnen das auch schon mal passiert?«

»Gewiß«, sagte Dratsch.

»Ich heiße Christina«, sagte das Mädchen. »Ich wohne ganz in der Nähe, bin zu Besuch hier. Wie eine Gans hab' ich mich erschrocken, habe Reißaus genommen und Sie sicher gekränkt.«

»Nicht doch. Ich an Ihrer Stelle wäre sofort auf und davon gerannt.«

»Ich war nur wenige Schritte fort, da fiel es mir wie Schuppen von den Augen. Sie waren auf denselben Planeten wie Grunin. Es hat Sie wohl sehr erwischt?«

»Das ist schon Vergangenheit. Wenn alles gutgeht, erkennen Sie mich in einem Monat nicht mehr wieder.«

»Das glaube ich. Natürlich.«

Christinas Haare flatterten im Wind.

»Sie sind der erste Kosmonaut, den ich kenne«, sagte Christina.

»Da haben Sie Glück. Studieren Sie?«

»Ich wohne in Tallinn. Studiere dort. Vielleicht habe ich wirklich Glück. Auf der Welt gibt es eine Menge einfacher Kosmonauten. Nur wenig solche . . .«

»Wahrscheinlich zwanzig Mann.«

»Werden Sie, wenn Sie sich ausgeruht haben, wieder Ihren Körper verändern? Ein Vogel oder Fisch werden?«

»Soweit sind wir noch nicht. Selbst *eine* Umwandlung ist viel für einen Menschen.«

»Schade.«

»Warum?«

»Es ist wahnsinnig interessant, alles auszuprobieren.«

»Einmal reicht.«

»Hat Sie etwas verstimmt? Sind Sie müde?«

»Ja«, sagte Dratsch.

Das Mädchen streckte vorsichtig die Hand aus und befühlte den Panzer.

»Spüren Sie etwas?«

»Mir muß man eins mit dem Hammer versetzen, damit ich etwas spüre.«

»Schade. Ich habe Sie gestreichelt.«

»Wollen Sie mich bemitleiden?«

»Warum nicht?«

Sie bemitleidet mich, dachte Dratsch. Wie im Märchen. Ein schönes Mädchen liebt ein Ungeheuer, und das Ungeheuer verwandelt sich in einen schönen Jüngling. Geworkjan hat seine Probleme, Geber, Tabellen, aber sie bemitleidet mich, und Schluß mit den Problemen. Man müßte nur noch die feuerrote Blume in der Hand halten, damit alles wie in jener Geschichte wäre . . .

»Wenn Sie wieder gesund sind, kommen Sie mich besuchen. Ich wohne bei Tallinn, in einem Ort nahe am Meer. Ringsum Kiefern. Es wird Ihnen gefallen, dort Ferien zu machen.«

»Danke für die Einladung«, sagte Dratsch. »Ich muß jetzt gehen. Sonst werde ich vermißt.«

»Wenn Sie nichts dagegen haben, begleite ich Sie noch ein Stückchen.«

Sie gingen langsam zurück, weil Christina glaubte, es wäre für ihn so bequemer, und weil Dratsch, der jeden x-beliebigen Sprinter der Welt einholen konnte, keine Eile hatte. Er erzählte ihr fügsam von Dingen, die mit Worten nicht zu beschreiben waren. Christina meinte, sich alles vorstellen zu können, obwohl sie es sich ganz und gar nicht so vorstellte, wie es in Wirklichkeit war.

»Ich komme morgen wieder zu der Bank, ich weiß bloß noch nicht, wann«, sagte Christina.

»Morgen bin ich wahrscheinlich beschäftigt«, sagte er.

»Vielleicht klappt es«, antwortete Christina. »Vielleicht klappt es doch.«

Dratsch fragte Poláček, der im Motor des Mobils herumstocherte, wo Geworkjan wäre.

Poláček sagte: »In seinem Arbeitszimmer.« Irgendwelche Vulkanologen wären angereist. Wahrscheinlich solle ein neuer Bioform vorbereitet werden.

Dratsch ging hinüber zum Hauptgebäude. Das kleine Zimmer vor Geworkjans Arbeitsraum war leer. Er stellte sich auf die Hinterpfoten und angelte sich ein unbeschriebenes Blatt und einen Bleistift von Marina Antonownas Schreibtisch. Er legte das Blatt auf den Boden, nahm den Bleistift und versuchte, Christinas Profil zu zeichnen. Die Tür zu Geworkjans Arbeitszimmer war nur angelehnt, und Dratsch hörte das volltönende Brummen seiner Stimme heraus. Dann sagte eine andere, feinere Stimme: »Wir meinen ja nicht Dratsch. Wir brauchen aber so was Ähnliches wie ihn.«

»Wir haben keinen zur Hand. Keinen!« dröhnte Geworkjan.

»Außer Dratsch!« beharrte der Vulkanologe.

Dratsch näherte sich der Tür. Jetzt vernahm er jedes Wort. Die Vulkanologen brauchten ihn. Geworkjan verweigerte sein Einverständnis. Dratsch hörte sich eine Minute den Streit an. Dann stieß er gegen die Tür, ohne den Stoß berechnet zu haben. Die Tür flog auf, wie von einer Kanonenkugel getroffen.

Eine stumme Szene folgte. Drei Gesichter richteten sich gespannt auf die Riesenschildkröte. Einer der Vulkanologen erwies sich als rosiges Dickerchen.

»Ich bin Dratsch«, sagte der Bioform zu dem Dicken, um Mißverständnisse sofort auszuschalten. »Sie haben von mir gesprochen.«

»Ich habe dich nicht hergebeten«, sagte Geworkjan.

»Erzählen Sie«, sagte Dratsch zu dem dicken Vulkanologen.

Der hüstelte und blickte auf Geworkjan.

»Die Sache ist die«, mischte sich der zweite Vulkanologe ein, ein ausgetrockneter, gleichsam verbrannter Mann. »Ein Ausbruch der Ossenjaja Sopka auf Kamtschatka. Wir vermuten, das heißt, wie sind sicher, daß, wenn der mit Geröll verstopfte Hauptkanal nicht freigelegt wird, die Lava über den Westhang ausbricht. Am Westhang liegt eine seismische Station. Weiter unten im Tal eine Ortschaft, eine Fabrik . . .«

»Und evakuieren geht nicht?«

»Die Evakuierung ist im Gange, doch das Werk läßt sich nicht demontieren. Für die Station allein brauchten wir drei Tage. Außerdem beginnt vier Kilometer hinter dem Werk Kuwajewsk. Wir haben ein Mobil mit Sprengstoff in den Krater hinabgelassen. Es wurde bloß zurückgeschleudert. Bloß gut, daß es nicht die Station getroffen hat.«

Geworkjan schlug mit der Faust auf den Tisch. »Dratsch, ich erlaube es nicht. Die Temperatur da unten liegt an der obersten Grenze. An der obersten, verstehst du? Das ist Selbstmord.«

»Sie erlauben es!« sagte Dratsch.

»Idiot«, sagte Geworkjan. »Vielleicht kommt es gar nicht zu einem Ausbruch.«

»Es kommt dazu«, sagte der Dicke traurig.

Dratsch wandte sich zur Tür. Der vertrocknete Vulkanologe folgte ihm. Der Dicke blieb, zuckte die Schultern und sagte zu Geworkjan: »Wir ergreifen alle Maßnahmen. Alle.«

»Nichts da«, sagte Geworkjan. »Ich fliege mit.«

Er schaltete den Videoselektor ein und rief Dimow.

»Das ist großartig«, sagte der Dicke. »Einfach großartig.«

Als Dratsch durch den Vorraum kam, hob er mit dem Fühler das Blatt mit Christines Profil vom Fußboden auf, knüllte es zu einer festen Kugel zusammen und warf sie in den Korb. Die Bewegungen der Fühler waren so geschwind, daß der Vulkanologe, der einen Schritt hinter ihm ging, nichts bemerkte.

Dratsch wurde auf einem Mobil an den Rand des alten Kraters gehievt. Ein müder, hier ansässiger Vulkanologe mit dreckverschmiertem Schutzhelm hatte in den zurückliegenden drei Tagen mehr als einmal versucht, an die Kratermündung zu treten. Jetzt wiederholte er die Instruktionen, die Dratsch längst auswendig kannte.

»Die Spalte ist von hier zu sehen. Da ist alles frei. Wir haben sondiert. Sie legen in achtzig m Tiefe die Sprengladungen und ziehen sich zurück. Wir sprengen mit Fernsteuerung. Das Gefälle erreicht sechzig Grad. Bewältigen Sie das?«

Dem Vulkanologen fiel es schwer, die bleierne Schildkröte mit »Sie« anzureden. Bisher hatte er es ausschließlich mit automatischen Sonden, Kybern und anderen Maschinen zu tun gehabt, die dieser Schildkröte verflixt ähnlich sahen. Er mußte sich ständig suggerieren, daß er einen Menschen vor sich hatte, einen Bioform. Er war wegen dieses verfluchten Vulkans todmüde.

»Bewältige ich«, erklärte Dratsch. »Sechzig Grad sind wie geschaffen für mich.«

Bevor er die Maske abnahm und sie dem Vulkanologen reichte, sagte er: »Verlieren Sie die Maske nicht. Ich brauche sie noch. Ohne sie bin ich taub und stumm.«

»Aber wie werden Sie atmen?«

»Ich werde nicht atmen. Kaum. Sauerstoff bekommt mir nicht.«

»Ich warte hier auf Sie«, sagte der Vulkanologe, doch Dratsch hörte seine Worte nicht.

Dratsch wälzte sich über den sanft abfallenden Hang in den Krater und zögerte für eine Sekunde an der Spalte. Von oben

regnete es Asche und feine Steine. Seitlich, unmittelbar über dem Kraterrand, schwebten zwei Mobile. In dem einen saßen die Vulkanologen, im andern Geworkjan und Dimow.

Die Spalte war wesentlich breiter, als Dratsch erwartet hatte. Er ließ sich schnell hinabgleiten und registrierte aus alter Gewohnheit die Gaszusammensetzung. Die Temperatur stieg, erreichte aber nicht den Höchstwert. Nun lief der Hang steiler nach unten aus, und Dratsch mußte sich im Zickzack hinablassen, mitunter an zwei Fühlern baumelnd. Mit dem zweiten Fühlerpaar preßte er die Ladung gegen den Panzer. Der Berg atmete, und Dratsch saugte sich an der Wand der Spalte fest, um nicht mit den Gasfontänen nach oben geschleudert zu werden. Eile war geboten. Er bemerkte, wie sich die Risse im Westhang auftaten. Der Abstieg wurde immer beschwerlicher. Die Wände schlossen sich beinahe, und Dratsch mußte sich durch lebende, schwingende Steine zwängen. Er war bereits siebzig Meter nach unten gestiegen. Die Gastemperatur hatte vierhundert Grad erreicht. Er rief sich das Diagramm ins Gedächtnis. Damit der Pfropfen mit Gewißheit herausgetrieben würde, mußten noch fünf Meter zurückgelegt werden. Laut Instruktion könnten die Ladungen auch hier hinterlegt werden, die fünf Meter wären aber wünschenswert. Die Öffnung unter sich bemerkte er, besser gesagt: erriet er, an dem von dort ausströmenden Dampfstrahl.

Die Temperatur stieg auf Anhieb um einhundert Grad. Er spürte die Wärme bereits. Die Sopka bebte wie bei einem Hustenanfall. Er schaute nach oben. Der Weg zurück war noch vorhanden. Dratsch rutschte in die glutheiße Spalte.

Die Spalte verbreiterte sich, einen Sack bildend, nach unten, der Boden des Sackes glich einem Sieb. Einer solchen Hitze hatte Dratsch sich nur einmal aussetzen müssen, auf dem zweiten Planeten. Da hatte er aber das Weite suchen können, und er hatte das Weite gesucht.

Er befestigte die Ladungen an der sichersten Platte. Doch auch diese sicherste Platte wurde heftig geschüttelt. Der Westhang riß wohl schon auseinander wie ein Stück Leinwand.

Dratsch zog sich an einem Fühler hoch zur oberen Öffnung. Die heraufströmenden Gase verbrannten ihn. Der Berg spreizte sich, und ein Fühler riß. Wie ein Strick. Dratsch gelang es, sich festzuhalten, indem er sich sofort mit den drei ihm verbliebenen Fühlern an der vertikalen Wand festsaugte. Im gleichen Augenblick wurde er durch die Luftdruckwelle auf den Boden des

Steinsackes gestoßen. Offensichtlich war der Einsturz nicht mehr zu verhindern gewesen. Angst empfand er nicht, hatte gar keine Zeit dafür. Er fühlte, wie seine Innereien zusammenpappten. Der Gasdruck in der Steinhöhle nahm zu, und es wurde immer schwerer, sich zu bewegen. Schuld hatten die letzten fünf Meter. Eine Sekunde glaubte er, der Spalte entkommen zu sein und den grauen Himmel zu sehen. Er nahm Anlauf nach oben, verzweifelt und böse. Christina kommt morgen zu der Bank. Geworkjan wartet, er hat ein krankes Herz.

Er arbeitete sich aus dem Steinsack heraus, vor den Ausgang, der mit Basaltscherben verstopft war. Die Fühler tasteten die Steine ab, suchten die Spalte. Er wußte, alles war umsonst. Solange er hier nicht rauskommt, werden sie nicht sprengen, sondern warten, auf ein Wunder hoffen. Sie werden den Pfropfen nicht einmal aus der Luft bombardieren. Sie werden warten, werden versuchen, ihn zu retten, obgleich das unmöglich ist und Menschen deshalb umkommen können. Wahrscheinlich wird alles zugrunde gehen, was sich am Westhang befindet und in der Nähe, in der Ebene.

Dratsch arbeitete sorgfältig und umsichtig, bemüht, nicht das Bewußtsein zu verlieren. Das war das wichtigste: nicht das Bewußtsein verlieren. Er kehrte zu der Öffnung zurück, aus der er eben erst mit Mühe entkommen war, er sprang. Neben der glatten Platte, auf der die Ladungen lagen, traf er auf. Die Platte schien forthüpfen zu wollen. Dratsch dachte, wie gut es ist, keine Nervenenden an der äußeren Hülle zu haben. Er wäre vor Schmerz gestorben. Die verbrannten Fühler waren steif. Es dauerte eineinhalb Minuten, bis es ihm gelungen war, einen Sprengkörper auseinanderzuwirbeln und in einen Zünder zu verwandeln. Er kannte das System aus dem Effeff. Solche Zündladungen hatte er auf jenen Planeten zur Verfügung gehabt. Die Ladung wurde nur auf Signal ausgelöst, doch wenn man das System kannte, konnte man sie selbst auslösen.

Dratsch dachte, er würde sich nach vollbrachter Arbeit ein paar Sekunden vor dem Ziel der Erinnerung hingeben. Wie es sich für das Ende gehört. Als er fertig war, zeigte sich jedoch, daß es diese Sekunden für ihn nicht gab. Die Detonation erfolgte unverhofft für alle, nur nicht für den alten, müden Vulkanologen, der hinter den Steinen lag und genauso dachte wie Dratsch. Die Sopka wankte und heulte. Der Vulkanologe preßte sich sofort an die Steine. Die beiden Mobile, die um den Krater kreisten, wurden beiseite geschleudert wie trockene Blätter. Den Piloten gelang es kaum, die Maschinen unter Kontrolle zu behalten. Orangerote Lava ergoß sich in den alten Schlund, und siedendheißer Apfelsinensaft begann den Krater zu füllen.

Der Vulkanologe rannte den Hang hinunter. Er wußte, in wenigen Minuten würde der Lavastrom in seine Richtung durchbrechen.

Christina kam zu der Bank am kleinen Fluß. Es war ganz warm. Sie badete und wartete auf Dratsch. Dann las sie. Er kam nicht. Christina wartete bis zur Abenddämmerung. Auf dem Rückweg blieb sie am Institutstor stehen und sah, daß sich ein großes Mobil von der kleinen Piste abhob. Christina sagte sich, Dratsch würde eben in diesem Mobil zu irgendeinem Auftrag fliegen. Darum war er nicht gekommen. Doch wenn er zurückkehrt, dann kommt er bestimmt. Solange sie hier ist, wird sie jeden Tag zu der Bank gehen.

Mit dem großen Mobil wurde Geworkjan nach Moskau gebracht. An der Sopka hatte er sich noch gehalten, war nach Hause geflogen — und zusammengebrochen. Er hatte ein schwaches Herz, und Rettung gab es für ihn nur in Moskau.

## Die Kunst, den Ball zu werfen

Er kam, klingelte kurz an der Tür, als hoffte er, daß er nicht gehört und ihm nicht geöffnet würde. Ich öffnete. Sein Gesicht kam mir bekannt vor. Wir waren zweimal zusammen im Fahrstuhl gefahren. Da ich damals nicht wußte, in welchem Stockwerk er aussteigen mußte, hatte ich mich etwas unbehaglich gefühlt, die Wand angestarrt und so getan, als wäre ich tief in Gedanken versunken, damit er zuerst auf den Knopf drücken und fragen konnte: »Welche Etage?«

»Entschuldigen Sie bitte«, sagte er. »Sie sehen gerade fern?«

»Ich werde gleich einschalten«, sagte ich. »Was gibt's denn?«

»Das kommt gar nicht in Frage! Entschuldigen Sie. Ich gehe. Nur, falls Sie gucken sollten. Mein Fernseher ist kaputt, und ich dachte . . .«

»Kommen Sie doch rein«, sagte ich. »Ich schalte sowieso ein. Ich habe nichts weiter vor.«

Ich mußte ihn am Ellenbogen fassen und beinahe in die Diele

zerren. Er betrachtete die Pantoffeln, die unter dem Garderobenständer in Reih und Glied standen, und fragte: »Schuhe ausziehen?«

»Nicht nötig«, sagte ich.

Ich freute mich, daß er gekommen war. Da ich zu den aufbegehrenden Sklaven des Fernsehers gehöre, kann ich mich durchaus zwingen, ihn nicht anzustellen. Sogar zwei, drei Tage hintereinander. Habe ich mich aber einmal ergeben, dann läuft er bis zum letzten Takt der Abschiedsmelodie, bis zum Gutenachtgruß des Sprechers, so lange, bis das Bild des nächtlichen Moskaus verschwindet und der leere Bildschirm anfängt, stoisch zu surren. An diesem Abend hatte ich mich durchgerungen zu lesen, weil ich es produktiver fand, mit Lesen die Zeit totzuschlagen. Ich war mit mir zufrieden, doch die Hand langte nach der Taste wie nach einer Zigarette. Ich überholte den Gast und schaltete den Fernseher ein.

»Setzen Sie sich«, sagte ich. »Was gibt's?«

»Basketball«, antwortete der Gast leise, »Europapokalspiel. Störe ich Sie wirklich nicht?«

»Es ist niemand zu Hause. Soll ich einen Kaffee machen?«

»Ich bitte Sie! Auf keinen Fall.«

Er setzte sich vorsichtig auf die Kante des Sessels.

Erst jetzt bemerkte ich, daß er die Schuhe ausgezogen hatte und in Socken dasaß. Ich sagte nichts, um ihn nicht noch mehr in Verlegenheit zu bringen. Der Gast war mir sympathisch. Allein schon deshalb, weil er klein von Wuchs war, schwächlich und traurig. Ich sympathisiere mit kleinen Leuten, denn ich bin selbst nicht groß. Es kostet mich immer ungeheure Anstrengung, jeden glauben zu machen, ich hätte in dieser Hinsicht keinen Komplex. Ich habe einen. Bisweilen bewirkt mein Komplex, daß ich mir wie ein junger Pudel unter Doggen vorkomme und nach einem Loch Ausschau halte, in das ich mich verkriechen kann.

Manchmal nimmt er die Form napoleonischer Träumerei und des heimlichen Wunsches an, Leute zu kürzen, die auf mich von oben herabschauen, sie wenigstens um einen Kopf kürzer zu machen. Ich habe aber noch keinen um einen Kopf kürzer gemacht, obwohl ich mich von einer gewissen verborgenen Antipathie gegenüber meiner leiblichen Schwester, die größer ist als ich und mit der ich nicht gern auf die Straße gehe, nicht befreien kann. Die, welche kleiner sind als ich, habe ich hingegen in mein Herz geschlossen. Ihnen sehe ich manches nach.

Früher, in der Schule, brach mein Komplex durch, sprengte jeden Rahmen und führte zu Konflikten, die allesamt schlecht für mich endeten. Ich träumte davon, stark zu werden. Ich sammelte Angaben über kleinwüchsige Genies. Eine gewisse Zeit war ich überhaupt davon überzeugt, daß Genies nur klein von Wuchs sein können, darum klammerte ich Peter den Ersten, Gorki und noch ein paar andere von vornherein aus. Ich sammelte Zeitungsausschnitte aus dem Leben von Hochspringern und Boxern im Fliegengewicht. Basketball sah ich mir nur an, wenn Alatschatschjan mitspielte. Das war der kleinste aus der Unionsauswahl. Irgendwann sah ich ihn dann aber in natura und merkte, daß er überdurchschnittlich groß war. Seitdem ist Basketball für mich gestorben. Mit den Jahren hat sich alles gegeben. Ich bin kein Genie geworden und weiß inzwischen, daß kleiner Wuchs nicht unbedingt Merkmal eines großen Menschen sein muß. Ich habe es aufgegeben, Ausschnitte über kleine Sportler zu sammeln. Ich bin sehr dick geworden und freundlicher zu den Menschen. Riesen betrachte ich mit Gelassenheit, denn auch sie haben ihre Sorgen und Nöte.

»Na also«, sagte mein Gast befriedigt, als der Zenter der Jugoslawen das Ziel verfehlte, obwohl ihn niemand gehindert hatte, den Ball in den Korb zu befördern.

In der Stimme des Gastes schwang Schadenfreude. Ich dachte, daß er höchstwahrscheinlich noch nicht zur philosophischen Lebenssicht gefunden hatte.

Der Zenter trabte schwerfällig zur Platzmitte. Er hatte Schwierigkeiten mit dem Laufen, denn jedes seiner Beine war schwerer und länger als ich in voller Größe. Mein Gast grinste. Ich konnte den Mann insgeheim nur bedauern.

»Kurlow«, stellte sich mein Gast plötzlich bei einer Auszeit der Jugoslawen vor. »Nikolai Matwejewitsch, Physiologe. Vor zwei Wochen in Ihr Haus eingezogen. Sechste Etage.«

Jetzt weiß ich wenigstens, welches Knöpfchen ich drücken muß, wenn wir zusammen im Fahrstuhl sind, dachte ich. Ich sagte: »Und ich heiße Kolenkin. German Kolenkin.«

»Sehr angenehm.«

Die Jugoslawen nahmen Aufstellung und rannten auseinander, den kleinen Trainer zurücklassend. Ich wußte, der Schein trog. Der Trainer war überhaupt nicht klein, sondern von normaler Größe.

Unsere erhielten Strafwürfe zugesprochen. Ich beobachtete

Kurlow neugierig. Das war interessanter als die Vorgänge auf dem Bildschirm. Er legte sein Gesicht in Falten. Aha, eine Panne. Dann nickte er. Zufrieden.

In der Pause machte ich einen Kaffee. Im Büfett entdeckte ich eine Flasche ungarischen Likör. Kurlow gestand, daß er mich ebenfalls sympathisch fand. Er erklärte nicht, warum, und ich fragte nicht, denn nicht nur die Gefühle selbst, sondern auch ihre Ursachen beruhen für gewöhnlich auf Gegenseitigkeit.

»Sie glauben wohl, ich habe was für Basketball übrig?« fragte Kurlow, als die Mannschaften wieder das Feld betraten. »Nichts dergleichen. Basketball ist mir absolut gleichgültig. Wozu sollte man auch etwas für Basketball übrig haben?«

Die Frage richtete sich an mich. Kurlows Augen waren in den Winkeln scharf und forschend. Er war daran gewöhnt, daß sein Gesprächspartner als erster den Blick senkt.

»Wozu? Ein Sport halt.« Eine Antwort fiel mir nicht leicht, weil ich auf die Frage nicht vorbereitet war. »Verstehen Sie . . .«

»Wegen des Prinzips an sich«, half mir Kurlow auf die Sprünge. »Wegen der Spielleidenschaft, die in jedem von uns schlummert?«

Ich fand eine andere Antwort. »Eher Neid.«

»Aha.« Kurlow freute sich.

»Aber kein gewöhnlicher Neid. Offensichtlich sind für mich wie auch für andere Menschen die Sportler Verkörperung unserer geheimsten Wünsche, Sinnbild dessen, was wir selbst nicht zu tun imstande sind. Wahrscheinlich läßt sich das auch auf Musiker und Sänger übertragen. Bei den Sportlern ist es bloß offensichtlicher. Nirgends ist gesagt oder geschrieben, daß Mozart in seiner Kindheit eingeredet wurde, er besäße kein musikalisches Gehör, woraufhin er anfing zu trainieren, bis er es zu dem genialen Komponisten gebracht hatte. Dergleichen zu sagen wäre unmöglich. Hier handelt es sich um eine Begabung reinsten Wassers. Über diesen oder jenen Sportler kann man aber lesen, daß er in seiner Kindheit ein Schwächling gewesen war und die Ärzte ihm alles außer langsamem Gehen verboten hatten. Er aber trainierte so fleißig, daß er es bis zum Weltmeister im Hürdenlauf brachte. Drücke ich mich deutlich genug aus?«

»Das will ich meinen. Und was sagen Sie zu dem da?« Kurlow stülpte elegant das Glas mit dem Likör in den Mund. Seine Augen blitzten.

»Genau dasselbe.«

»Und Sie glauben nicht, daß hier alles von der Körpergröße abhängt? Von der Laune der Natur? Ein Phänomen ist geboren, zweieinhalb Meter. Da, die Mannschaft wirft ihm die Bälle zu, und er pfeffert sie in den Korb.«

Ich war anderer Meinung. »Solch ein Unikum ist eine Ausnahme. Wir kennen zwei, drei davon, nicht mehr. Die Mannschaft macht das Spiel.«

»Nun ja . . .«

Auf dem Bildschirm fing der hochaufgeschossene Zenter den Ball ab, der über die Köpfe der Spieler geflogen kam. Er machte einen ungelenken Schritt und beförderte den Ball in den Korb.

Kurlow lächelte.

»Talent, Arbeit«, sagte er. »Das wird hinfällig, wenn menschlicher Intellekt sich einmischt. Die Segelschiffe verschwanden, als die Dampfmaschine auftauchte. Dabei ist die viel häßlicher als ein Großmast in voller Auftakelung.«

»Der Erfindung des Motorrades folgte die des Motoballs, und dennoch hat der Fußball nicht das Zeitliche gesegnet«, widersprach ich.

»Nun ja«, sagte Kurlow. Er blieb bei seiner Meinung. »Gucken Sie nur, was diese Leute fertigbringen! Wozu Sie, ein Mann von mittlerem Wuchs« (im stillen verbeugte ich mich vor Kurlow), »ein Geistesarbeiter, niemals imstande wären. Sie vermögen einen Ball in eine runde Öffnung zu werfen, und das aus nicht zu großer Entfernung. Etwa drei bis fünf Meter. Dabei machen sie noch eine Menge Fehler.«

Er sprach sehr ernst, so ernst, daß ich beschloß, dem Gespräch eine mehr scherzhafte Wendung zu geben.

»Ich glaube nicht, daß ich es so gut könnte«, sagte ich. »Nicht mal, wenn ich meinen ganzen Lebensinhalt darin sähe.«

»Blödsinn«, sagte Kurlow. »Kompletter Blödsinn. Hirngespinste. Für alles auf der Welt gibt es eine reale Erklärung. Es gibt keine unlösbaren Aufgaben. Diese jungen Leute verplempern ihr Leben damit, eine dauerhafte Verbindung zwischen Gehirnzentren und Handmuskeln herzustellen. Das Auge kann immer, oder jedenfalls meistens, richtig abschätzen, wohin der Ball fliegen muß. Doch die Hand macht dann einen Fehler.«

»Richtig«, sagte ich. »Wissen Sie, ich habe mal Zeichnen gelernt. Ich stellte mir ganz genau, bis ins kleinste Detail, vor, was und wie ich malen wollte. Meine Hand aber gehorchte mir nicht. Da ließ ich Zeichnen Zeichnen sein.«

»Prachtkerl«, stimmte Kurlow mir zu. »Danke.«

Letzteres bezog sich darauf, daß ich das Glas wieder gefüllt hatte.

»Das heißt also«, fuhr Kurlow fort, »das System ›Hirn — Hand‹ funktioniert nicht exakt genug. Das Weitere ist Sache der Physiologen. Man braucht die Unstimmigkeiten in dem System nur herauszufinden und zu beseitigen, und mit dem Basketball ist es aus und vorbei.«

Kurlow betrachtet ernst den Bildschirm. Ich begriff, daß die Komplexe, denen ich erfolgreich den Garaus gemacht hatte, meinen Nachbarn noch in den Fängen hielten.

»Darum bin ich ja hergekommen.«

»Zu mir?«

»Ja. Ich wollte fernsehen. Und jetzt weiß ich, daß ich jeden x-beliebigen Dilettanten in einen genialen Basketballspieler verwandeln kann. Sie zum Beispiel.«

»Danke«, sagte ich. »Wann werde ich also Basketballspieler?«

»Ich brauche zwei Monate Zeit. Ja, zwei Monate, nicht mehr. Aber daß Sie es dann nicht bereuen.«

»Wieso bereuen?« Ich grinste. »Der Beifall von den Tribünen ist doch jedem angenehm.«

Zwei Wochen später traf ich Kurlow. Im Fahrstuhl. Er begrüßte mich und sagte: »Ich muß in die sechste.«

»Ich weiß.«

»Nebenbei bemerkt, sechs Wochen stehen noch zu meiner Verfügung.«

»Wieso, wozu?« Ich hatte das Gespräch beim Fernsehen völlig vergessen.

»Sechs Wochen, und Sie werden ein Weltklassespieler.«

Aus den sechs Wochen wurden drei Monate. Doch dann schrillte eines Abends um sieben Uhr an meiner Tür die Klingel. Kurlow stand mit einer Tasche in der Hand auf der Treppe.

»Gestatten Sie?«

»Ist Ihr Fernseher wieder kaputt?«

Kurlow gab keine Antwort. Er gab sich betont sachlich. Er fragte: »Ist niemand zu Hause?«

»Niemand«, sagte ich.

»Dann ziehen Sie sich aus.«

»Sie führen Reden wie ein Einbrecher.«

»Ziehen Sie sich aus, sonst wird's zu dunkel. Bis zum Gürtel.

Hören Sie doch endlich. Möchten Sie nun ein berühmter Basketballspieler werden oder nicht?«

»Aber das war doch ein . . .«

»Nein, kein Scherz. Ich habe die Aufgabe gelöst und vermache Ihnen als erstem die erstaunliche Fähigkeit, die eigenen Hände zu steuern. Eigentlich hätte der liebe Gott sich dazumal gleich darum kümmern sollen. Da er es aber versäumt hat, muß er eben korrigiert werden.«

Er stellte die Tasche im Flur ab. Aus seiner Jackettasche zauberte er einen kleinen, flachen Kasten. In ihm befanden sich eine Spritze und Ampullen.

»Warum erkundigen Sie sich nicht, ob das lebensgefährlich ist?« fragte er mit einer Spur Sarkasmus.

»Ich muß gestehen, einigermaßen verwirrt zu sein.«

»Verwirrt, das ist das einzig richtige Wort. Ich hoffe jedoch, nicht erschrocken? Oder soll ich die Urkunde über die Verleihung des Doktorgrades aus meiner Wohnung holen? Nein? Dann ist es gut. Es wird nicht weh tun.«

Ich zog gehorsam Hemd und Unterhemd aus. Zum Glück hatten wir einen warmen Maiabend. Mir kam nicht im mindesten der Gedanke, mein Nachbar könnte ein Verrückter oder Mörder sein. Dieser Gedanke durchzuckte mich erst, als er mir zwei Kubik von irgendeiner Lösung unter das Schulterblatt jagte. Aber da war es schon zu spät.

»Ausgezeichnet«, sagte Kurlow. »Ich habe bereits an Affen Versuche gemacht. Die Ergebnisse sind überwältigend. Ich hoffe, bei Ihnen wird's nicht schlechter.«

»Und was ist mit den Affen?« fragte ich töricht, dehnte mein Unterhemd und streifte es über.

»Nichts für einen Laien«, schnitt Kurlow mir das Wort ab. »Bei ihnen funktionieren die Verbindungen jedenfalls besser als beim Menschen. Immerhin hat es ein Pavian mit Spitznamen Robert fertiggebracht, dem Wärter, den er nicht ausstehen konnte, aus fünfzig Meter eine Walnuß aufs Auge zu schmettern.«

»Und jetzt?« fragte ich.

»Jetzt geht's ab zum Lushnikipark«, antwortete Kurlow. »Bis zum Dunkelwerden verbleiben noch drei Stunden. Zweieinhalb. Mal sehen, was draus wird.«

»Wirkt es schon?«

»Bis wir da sind, setzt die Wirkung ein.«

Im Bus beugte er sich plötzlich an mein Ohr und flüsterte:

»Eins habe ich ganz vergessen. Zu keinem ein Sterbenswörtchen. Wegen des inoffiziellen Experimentes verliere ich Kopf und Kragen — und den akademischen Grad auch. Hätte ich Ihnen nicht mein Wort gegeben, würde die Menschheit erst in fünf Jahren in den Genuß der Wundergabe kommen.«

»Warum in fünf?«

»Weil jedes Experiment duch ein anderes überprüft werden muß. Und das wiederum mit dem nächsten. Außerdem muß abgewartet werden, ob sich Nebenwirkungen einstellen oder nicht.«

»Wenn sich welche einstellen?«

Kurlow zuckte die Schultern. Er war einmalig. Er hatte offensichtlich einen Napoleonkomplex. Er wartete, bis der Bus hielt, sprang als erster auf den Asphalt, hob an der Erde ein Steinchen auf und warf es nach einer vorüberfliegenden Hummel. Die Hummel fiel ins Gras und brummte gekränkt.

»Ich habe mir die Dosis vor zwei Wochen einverleibt. Seitdem habe ich nicht ein einziges Mal danebengetroffen.«

Wir suchten den fast leeren Basketballplatz auf. Die eine Seite war frei, auf der anderen warfen sich zwei Mädchen einen Ball zu, als könnten sie sich nicht entschließen, ihn in den Korb zu werfen.

»Ausziehen?« fragte ich.

»Wozu? Zuerst versuchen wir es so.«

Später staunte ich, weil ich unterwegs und in den ersten Minuten auf dem Sportplatz an fast nichts gedacht hatte. Das heißt, an irgendwelchen Unsinn schon. Wann ich morgen früh aufstehen würde, daß ich Brot zum Abendessen kaufen müßte, daß das schöne Wetter umschlagen könnte. Das waren meine Gedanken.

»Also«, sagte Kurlow und holte einen Ball aus der Tasche, genau eine Sekunde bevor mir auffiel, daß wir keinen Ball mitgenommen hatten.

Ich starrte auf das Ding. Der Korb hing entsetzlich hoch. Er war klein, und den Ball dort hineinzuwerfen, ein Ding der Unmöglichkeit. Die Mädchen auf der anderen Seite hörten auf, Fangeball zu spielen, und betrachteten angelegentlich die beiden kleingewachsenen Männer in den besten Jahren, der eine dick, das war ich, der andere hager, das war Kurlow, die offensichtlich Basketball spielen wollten. Die Mädchen fanden das urkomisch.

»Also, Kolenkin«, sagte Kurlow feierlich. »Fangen Sie den Ball.«

Ich streckte zu spät die Hände nach ihm aus. Der Ball entsprang ihnen und kullerte über den Platz hin zu den Mädchen. Ich setzte ihm schwerfällig nach. Ich bot ein lächerliches Bild und wollte gern nach Hause. Ich begann mich wegen meiner Charakterlosigkeit zu hassen.

Das eine Mädchen hielt den Ball mit dem Fuß auf, und er rollte mir langsam entgegen. Ich sagte, ohne mich aufzurichten: »Danke.« Die Mädchen hörten es wohl nicht. Sie schütteten sich aus vor Lachen.

»Hören Sie auf zu lachen«, schrie Kurlow sie von der anderen Seite des Platzes an. »Sie erleben die Geburtsstunde eines großen Basketballspielers.«

Die Mädchen bogen sich. Kurlow empfand nicht im geringsten die Komik der Situation. Er rief mir zu: »Nun werfen Sie doch endlich!«

Dieser Zuruf bewirkte, daß ich mich ausgemacht idiotisch verhielt. Ich nahm den Ball, dachte, er wäre leichter, als er war, und warf ihn in Richtung Korb. Der Ball beschrieb einen flachen Bogen über dem Platz und landete zu Kurlows Füßen.

»Ich lach' mich tot«, sagte das eine Mädchen. Es hatte noch nie im Leben so etwas Komisches erlebt.

»Wenn Sie den Ball auch wie einen Felsbrocken vom Bauch abtrudeln«, sagte Kurlow streng und gab sich den Anschein, als sähe er nicht, daß ich mich umgedreht hatte und Anstalten machte, den verfluchten Platz zu verlassen. »So werden Sie niemals den Korb treffen. Schluß mit der Hysterie, und ab mit dem Ball! Denken Sie daran, daß ich Ihnen sämtlichen Impfstoff, der in zwei Monaten hergestellt wurde, eingespritzt habe.«

Den letzten Satz sprach er im Flüsterton, wobei er mir den Ball in die Hand gab.

»Schauen Sie zum Korb«, sagte er laut.

Ich schaute zum Korb.

»Sie wollen den Ball dort landen. Stellen Sie sich die Flugbahn des Balles vor. Haben Sie sich das vorgestellt? Werfen Sie!«

Ich warf — daneben.

Die Mädchen freuten sich noch mehr, und ich verspürte plötzlich eine ungemeine Erleichterung. Die Impferei, dieser ganze Alpdruck waren bloß ein Traum, ein Spaß, ein Schelmenstück.

»Noch mal«, sagte Kurlow, ohne sich im geringsten zu genieren. »Schon besser. Bevor Sie werfen, wägen Sie den Ball auf der Hand. Das hilft. So.«

Er beugte sich vor, hob den Ball auf und warf ihn in den Korb. Der Ball beschrieb einen ebenmäßigenBogen, fiel, ohne den Ring zu berühren, exakt in dessen Mitte und landete weich durch das Netz. Aus unerfindlichem Grund löste Kurlows Kunststück bei den Mädchen einen neuerlichen Lachkrampf aus. Kurlow nahm ihre Anwesenheit jedoch überhaupt nicht wahr. Er war Wissenschaftler. Er führte ein Experiment durch.

Da zog ich das Jackett aus und reichte es Kurlow. Ich wog den Ball auf der Hand, stellte mir genau vor, wie er zu fliegen hatte, wie er in den Korb treffen sollte, und warf.

Nie im Leben habe ich Basketball gespielt. Ich traf genau die Ringmitte. Kein bißchen schlechter als Kurlow. Kurlow fing den Ball auf und gab ihn mir zurück. Ich ging auf die Position für einen Strafwurf und warf ihn von dort.

Irgend etwas stimmte nicht. Es war sehr still. Die Mädchen hatten aufgehört zu lachen.

»Na also«, sagte Kurlow beiläufig und spielte mir den Ball zu. »Und jetzt mit einer Hand.«

Mit einer Hand zu werfen war schwerer. Aber nach zwei mißglückten Versuchen gelang mir auch das.

»Und jetzt laufen«, sagte Kurlow. »Aus dem Lauf werfen.«

Dazu hatte ich keine Lust. Ich war schon müde. Da bekam Kurlow Unterstützung von den Mädchen. »Versuchen Sie es«, sagte das eine. »Sie sind doch ein Talent.«

Ich trabte ein paar Schritte mit dem Ball in der Hand.

»Nein«, sagte das Mädchen. »So nicht. Sie lassen ja den Ball überhaupt nicht aus den Händen. So macht man das.«

Sie lief vor mir her und toppte den Ball auf die Erde. Ich versuchte es ihr gleichzutun, verlor den Ball aber augenblicklich.

»Das macht nichts«, sagte das Mädchen. »Sie kommen schon noch dahinter. Aber zehn Kilo müssen Sie abtrainieren.«

Das Mädchen war zwei Köpfe größer als ich, ich fühlte mich jedoch überhaupt nicht klein. Ich konnte den Ball nicht schlechter als jeder Weltmeister in den Korb befördern.

Ich rannte nicht. Ich warf die Bälle bloß. Ich warf sie aus der Position unterhalb des Korbes, von der Platzmitte, soweit meine Kraft dazu reichte, bis zum Spielbrett. Das Mädchen holte für mich den Ball und war mit meinen Erfolgen vollauf zufrieden, als hätte es mich in der Hofmannschaft entwickelt.

Plötzlich hörte ich: »Kolenkin, ich erwarte Sie im Café. Das Jackett nehme ich mit.«

»Warten Sie«, rief ich Kurlow nach.

Kurlow eilte davon. Ich kam nicht dazu, ihn einzuholen, weil sich mir drei junge Burschen von zwei Meter Länge und ein sehniger, breitschultriger Kerl, etwas größer als ich, in den Weg stellten.

»Werfen Sie«, sagte der Sehnige. »Werfen Sie, wir sehen zu.«

Hinter seinem Rücken schaute das zweite Mädchen hervor. Während ihre Freundin sich mit meiner Erziehung abgegeben hatte, war sie zu den Basketballspielern auf dem Nachbarplatz gelaufen. Darum also hatte sich Kurlow verzogen.

Ich hätte gehen sollen. Schließlich hatte ich mit der Geschichte nichts zu tun. Doch die Eitelkeit, die in jedem Menschen schlummert, war in mir erwacht und verlangte nach Lorbeeren, unverdienten, aber heißersehnten. Sollte ich ihnen vielleicht sagen, daß ich nichts weiter als ein Versuchskaninchen war? Daß ich keinen Ball werfen konnte und es nie können würde? Eventuell hätte die Vernunft noch Oberhand gewonnen, hätte nicht in diesem Augenblick der Längste das Mädchen gefragt: »Was denn, der da?«

Seine Stimme war voller Verachtung für mich, für meinen Dickwanst, meine eingeschrumpelten Wangen, meine kurzgeratenen Beine und für die schwabbligen Arme eines Mannes, der nicht bloß in der Größe von der Natur benachteiligt worden war, sondern sich noch nie im Leben bemüht hatte, das durch sportliche Betätigung wettzumachen. Seine Stimme klang derart hochmütig, daß ich sagte: »Geben Sie den Ball her.«

Ich sprach ins Leere, in den Raum, doch ich wußte bereits, daß ich echte Fans hatte, Verbündete, Freunde, die Mädchen nämlich, die zwei Köpfe größer als ich waren und ein Talent, so bescheiden seine äußere Hülle auch sein mochte, zu schätzen wußten.

Das eine Mädchen warf mir den Ball zu, ich fing ihn und landete ihn mit derselben Bewegung im Korb. Von der Platzmitte aus hatte ich geworfen, lässig, als hätte ich mein Lebtag nichts anderes getan. Der längste Basketballspieler war enttäuscht und verblüfft zugleich.

»Nicht übel«, sagte er.

»Noch mal«, forderte der Trainer.

Das Mädchen warf mir den Ball zu, und ich brachte es tatsächlich zuwege, ihn aufzufangen. Werfen war weiter keine Kunst. Ich brauchte mir nur vorzustellen, wie er fliegen sollte. Und er flog. Dabei war nichts Erstaunliches.

Der stämmige Trainer fingerte aus der Gesäßtasche seiner Trainingshose mit den breiten weißen Streifen ein Notizbuch hervor, schlug es auf und kritzelte etwas hinein.

»Soll ich ihn ausspielen?« fragte der lange Basketballspieler, der mich nicht ausstehen konnte.

»Wirf«, sagte der Trainer, ohne die Augen vom Notizbuch zu lösen.

»Fang, Champion«, sagte der Basketballspieler, und mir schwante nichts Gutes.

Ich stellte mir vor, der Ball kommt wie eine Kanonenkugel angesaust und schmeißt mich um, so daß die Mädchen sich biegen vor Lachen.

»Du fängst«, erklärte der Basketballspieler, »und wirfst ihn sofort in den Korb. Klar?«

Er schmetterte den Ball, und der flog wie eine Kugel auf mich zu. Ich tat das einzig Mögliche und machte einen Satz zur Seite.

»He, was soll das?« Der Lange war enttäuscht.

»Richtig«, sagte der Trainer und beulte mit der freien Hand die hintere Hosentache aus, um das Notizbuch hineinzustopfen, »die Pässe hat er noch nicht gelernt. Wollen Sie spielen?«

»Wie denn?« fragte ich.

Der Trainer winkte mich mit dem Finger heran, und ich ging gehorsam zu ihm hin. Er wußte, wie man Menschen mit einem Wink gefügig macht.

»Name?« fragte er und zückte wieder das Notizbuch.

»Kolenkin«, sagte ich.

»Ist das etwa Ihr Ernst?« fragte der lange Basketballer, der wie der schiefe Turm von Pisa über mir hing, zutiefst beleidigt.

»Mein voller Ernst, wie immer«, antwortete der Trainer.

Genau in diesem Augenblick wollte ich sagen, daß ich überhaupt nicht daran dächte, Basketball zu spielen, und mich keine zehn Pferde ein zweites Mal aufs Feld brächten. Aber der lange Basktballer mimte wieder den dämonischen Verführer. Ich hätte ihm für mein Leben gern eins ausgewischt. Allein schon deshalb, weil er eines der mit mir sympathisierenden Mädchen um die Schulter gefaßt hatte, als wäre das das Selbstverständlichste von der Welt.

»Also, Kolenkin«, sagte der Trainer streng. »Übermorgen geht's los. Zuerst in die Nähe von Moskau, in unser Trainingslager. Danach vielleicht nach Vilnius. Reicht ein Tag zum Packen?«

»Prima, Andrej Sacharowitsch«, rief das eine Mädchen und befreite sich aus der Umarmung des Langen. »Kam, sah und siegte.«

»Talente«, sagte der Trainer, ohne seine hypnotisierenden Blicke von mir zu lassen, »fallen nicht vom Himmel. Ein Talent muß man suchen, erziehen, wenn nötig, umkrempeln. Ihre Zeit über hundert Meter?«

»Meine . . .?«

»Nein, Iwanows. Natürlich Ihre.«

»Keine Ahnung.«

»Das habe ich mir gedacht.«

»Eine halbe Stunde«, quakte der Lange dazwischen.

»Wenn du doch einmal den Rand halten könntest, Iwanow!« empörte sich das zweite Mädchen. »Deine Zunge ist immer vorneweg.«

»Und dein Wurf eiert«, sagte der Trainer.

»Meiner?«

»Ja, deiner. Kolenkin gibt dir von zwei Zehnerserien fünf Treffer vor.«

»Mir?«

»Was soll das ewige Gemecker. Los, probier es! Kolenkin, du auch. Werft zehn Strafbälle. Und daß ja alle treffen! Verstanden, Kolenkin?«

Klar, ich war völlig unfähig, mich Andrej Sacharowitsch zu widersetzen. Ich träumte davon, Kurlow würde auftauchen und mich wegholen. Und noch davon, daß der Trainer mich nicht zwingen würde, hundert Meter zu laufen.

Wir gingen zum Platz. Iwanow prangte vor mir. Er war wütend. Wütend bis zu den Schnürsenkeln seiner Turnschuhe, bis zu den Hosen, die sich gerade in Höhe meiner Augen befanden.

Ich verspürte den sehnlichen Wunsch, die Bälle besser als dieser Iwanow in den Korb zu befördern, der offensichtlich nur dazu mit Leib und Seele imstande war und alles übrige mit der linken Hand erledigte. Übrigens, was tat ich eigentlich mit Leib und Seele? Zum Dienst gehen? Mich an meinen Tisch setzen? Nein, auf dem Korridor eine rauchen. Ich hatte Appetit auf eine Zigarette. Ich langte in die Tasche nach einem Stäbchen. Der Ball störte mich, und ich preßte ihn mit dem Ellenbogen in die Seite. Ein Schrei meines Trainers gebot mir auf der Stelle Einhalt.

»Kolenkin! Nikotin vergißt du am besten gleich.«

»Krebse mir nicht vor den Füßen rum!« sagte Iwanow grob und stieß mir schmerzhaft das Knie in den Bauch.

Ich verkniff mir ein Stöhnen und trat einen Schritt zurück.

Iwanow umspannte den Ball mit langen Fingern, so daß er verschwand wie eine Melone im Einkaufsnetz. Er ging in die Hocke, fuhr hoch und warf. Der Ball ließ sich sanft auf dem Ring nieder, sprang ab, traf aber dennoch den Korb.

»Schlecht. Sehr schlecht, Iwanow«, sagte der Trainer.

Ich war an der Reihe. Der Ball wurde sogleich schwer, und meine Hände gerieten in Schweiß. Ich wollte ihn behende werfen, vergaß aber, mir in Gedanken seine Flugbahn vorzustellen, und der Ball landete auf der Erde am Spielbrett.

Die Mädchen japsten ach und oh. Der Trainer machte eine finstere Miene. Iwanow grinste. Und ich beschloß, bis zum letzten zu kämpfen. Ein zweites Mal verfehlte ich nicht. Von zwanzig Würfen nicht ein einziges Mal.

Iwanow verhaute sechs.

Als wir zum Trainer zurückkamen, sagte der: »Abgemacht, Kolenkin. Bloß ohne Täuschung und Ausflüchte. Deinen Ausweis habe ich abgeschrieben.«

Aus unerfindlichem Grunde hing mein Jackett an einem Ast des Baumes, neben dem der Trainer stand. Der listige Kurlow war also zurückgekommen und hatte dem Trainer das Jackett gegeben. Was für eine Teufelei!

»Hier hast du eine provisorische Mitgliedskarte unserer Sportgemeinschaft«, fuhr der Trainer fort. »Die Formalitäten erledige ich heute abend. Greif zu. Ein offizielles Schreiben an deinen Bürochef. Verliere es nicht. Das Trainingslager dauert zwei Wochen. Ich glaube, er läßt dich gehen, zumal er einen Anruf bekommen wird. Dein Büro gehört zum Glück zu unserer Gemeinschaft.«

Klarer Fall: Der Trainer teilte alle Institutionen unseres Landes nach den Sportgemeinschaften ein, und nicht umgekehrt.

»Hier eine Liste, was du mitnehmen mußt: Zahnbürste und so weiter. Am schwierigsten wird's wohl, die richtige Kondition zu bekommen. Macht nichts, wir finden schon was. Ein Aufbauspieler wird aus dir nicht, da bist du zu unbeweglich. Du wirst Zenter.« Beim Abschied sagte er, mich zum Ausgang schiebend: »Denk dran, Kolenkin, du bist unsere Geheimwaffe. Auf dir ruht jetzt eine große Verantwortung. Wenn du dein Talent versacken läßt, verzeihen wir dir nicht. Wir buddeln es aus.«

»Warum denn das?« fragte ich schuldbewußt, denn ich wußte ohnehin genau, daß er mich ausbuddeln würde.

Nach Haus gekommen, klingelte ich lange an Kurlows Tür. Entweder wollte er nicht aufmachen, oder er war noch nicht da. Ich beschloß, später noch einmal bei ihm vorbeizuschauen. Doch kaum hatte ich mich aufs Sofa gelegt, um Atem zu schöpfen, da war ich auch schon eingeschlummert. Ich träumte, wer weiß warum, von Pilzen und Beeren, bloß nicht vom Basketball, wie es sich von Rechts wegen gehört hätte.

Am Morgen ging ich zum Dienst und lächelte. Ich lächelte in Erinnerung an das komische Abenteuer von gestern abend im Stadion. Ich dachte, wenn ich das Senatorow und Annuschka erzähle, die glauben mir kein einziges Wort. Die Ereignisse entspannen sich jedoch keineswegs so wie von mir erwartet.

Erstens hielt der Kaderleiter persönlich vor dem Eingang Wache. Ein Disziplinwettbewerb war gerade im Gange. Ich hatte ihn natürlich total vergessen und kam fünfzehn Minuten zu spät.

»Guten Tag, Kolenkin«, sagte der Kaderleiter zu mir. »Was anderes habe ich von Ihnen auch nicht erwartet. Zum Feierabend sind Sie ja auch der erste.«

Im gleichen Augenblick aber verscheuchte er die triumphierende Miene des Jägers, der mit dem Jagdschein einen Hirsch verfolgte, von seinem Gesicht und sagte fast weinerlich: »Womit läßt sich erklären, daß ein durchaus ehrenwerter Mann die elementarsten Pflichten so mißachtet?«

Der Kummer des Kaderchefs war reine Heuchelei. Er hatte überhaupt kein anderes Verhalten von mir erwartet. Ich verspürte Lust, ihm eins auszuwischen und das mitleidsvolle, vom wabbeligen Doppelkinn bis zur Glatze reichende Grinsen von seinem Gesicht zu jagen.

»Ich bin übermüdet«, erklärte ich, obwohl ich eigentlich gar nicht die Absicht gehabt hatte, das zu sagen. »Ich war zum Training.«

»Ach so«, sagte der Kaderleiter. »Das werden wir vermerken. Natürlich. Und welche Sportart betreiben Sie, wenn's kein Geheimnis ist, Genosse Kolenkin?«

»Basketball«, sagte ich schlicht.

Hinter mir kicherte ein Kollege über die feine Spitze gegen den Kaderleiter.

»Gewiß«, erwiderte der Kaderleiter. »Basketball, versteht sich von selbst.« Er maß mich von oben bis unten. »Das kommt auch in den Vermerk.«

»Schreiben Sie nur zu!« sagte ich. »Morgen fahre ich sowieso ins Trainingslager. Ich schaue nachher mal bei Ihnen vorbei. Da ist ein Urlaubsantrag auf zwei Wochen auszuschreiben.«

Und ich ging an ihm vorüber, ruhig und gemessen, so daß er ganz verdutzt aus der Wäsche schaute. Selbstverständlich glaubte er kein einziges Wort. Verdutzt war er, weil ich mich ganz und gar nicht an die Spielregeln hielt.

»Kolenkin!« rief vom anderen Ende des Korridors Vera Jakowlewna, die Sekretärin des Direktors. »Schnell zum Chef. Er wartet seit heute früh, hat schon dreimal nach Ihnen gefragt.«

Ich blickte mich um, um festzustellen, ob der Kaderleiter das gehört hatte. Er hatte es gehört und schüttelte den Kopf, als wollte er Wasser aus dem Ohr entfernen, das ihm nach einem mißglückten Sprung vom Turm hineingeraten war.

»Guten Tag«, sagte der Chef und erhob sich bei meinem Erscheinen hinter dem Schreibtisch. Er sah mich mit einem gewissen Staunen an. »Sie wissen, worum es geht?«

»Worum?«

»Um das Trainingslager.«

»Ja«, bestätigte ich.

»Ich kann es noch nicht glauben«, sagte der Chef. »Warum haben Sie nie auch nur ein Sterbenswörtchen davon gesagt, daß Sie Basketball spielen? Stimmt das überhaupt? Nicht etwa Schach?«

»Nein«, sagte ich. »Nicht Schach. Sie können es sich ja ansehen kommen.«

»Mit Vergnügen.«

Ich war nicht ganz bei mir. Der mächtige Fluß des Schicksals trug mich. Jedes Wort, jede Handlung, jede Bewegung rief ein neues Wort ins Leben, eine neue Bewegung, die mit einer für die Umwelt unsichtbaren Kette der Notwendigkeit an das Vorangegangene geknüpft war.

Vom Direktor ging ich in meine Abteilung.

»Mußtest du auch dem Kaderleiter in die Arme laufen?« fragte Senatorow. »Wenn schon zu spät kommen, dann eine ganze Stunde. Fünfzehn Minuten ist die gefährlichste Zeit.«

»Am besten, überhaupt nicht mehr kommen«, setzte Annuschka hinzu, strich sich das goldene Haar glatt und schlug die »Literaturzeitung« auf.

»Ich verreise«, sagte ich. »Für zwei Wochen.«

»Dienstreise?« fragte Annuschka. »Nach Simferopol? Nimm mich mit, German.«

»Nein«, antwortete ich und fühlte, daß ich rot wurde. »Ins Trainingslager. Zum Sport. Auf einen Wettkampf vorbereiten.«

»Ach«, sagte Annuschka. »Heute ist doch nicht der erste April.«

»Guckt her«, sagte ich, außerstande, den schwersten Augenblick hinauszuzögern. Die Leute kannten mich immerhin volle elf Jahre.

Ich reichte Senatorow das an den Direktor gerichtete offizielle Schreiben mit der Einladung ins Trainingslager.

»So«, meinte Senatorow, als er es gelesen hatte.

Draußen auf den Zweigen der Pappel spazierten ein paar Vögel, die Sonne schwang sich auf meinen Schreibtisch, den ich schon längst vom Fenster und aus der Hitze rücken wollte, aber allein der Gedanke an solche körperliche Betätigung hatte mich abgeschreckt. Ich ging zum Schreibtisch, spannte mich und rückte ihn in den Schatten.

»So«, meinte Senatorow. »Das verstehe, wer will.«

»Gib mal her«, bat Annuschka. »Wohin schicken sie ihn?«

»Trainieren.«

Annuschka prustete, las sich das Schreiben durch und sagte mit einer ihr fremden Ehrerbietung in der Stimme: »Da hat er sich gut etabliert.«

»Ich habe mich nicht etabliert«, widersprach ich und merkte sehr wohl, wie wenig überzeugend meine Stimme klang. »Sie haben mich entdeckt und darauf bestanden. Haben sogar den Alten angerufen.«

»Wenn es so ist«, sagte Annuschka und gab mir das Papierchen zurück, »was bringst du überhaupt beim Sport zuwege? Bist du Gewichtheber? Oder unter die Boxer gegangen? Vielleicht treibst du am Ende noch Sambo? Aber warum bist du dann nicht Milizhelfer?«

Mir fiel plötzlich auf, daß ich wider Willen den Bauch einzog und die Brust rausstreckte. Annuschka sah das.

»Ach du Adler«, sagte sie. »Du willst zehn Kilometer laufen. Warum gestehst du deinen Kollegen nicht, daß du eine Ärztin bei der Hand hast, die dich in der Urlaubszeit ein bißchen krank schreibt, während wir armen Sterblichen uns abschwitzen?«

Klar, daß ich außerstande war, darauf zu antworten. Ich hätte sagen können, was ich wollte, geglaubt hätten sie mir ohnehin nicht. Und recht so.

»Laßt gut sein«, sagte ich. »Bis bald. Lest Zeitung.«

Daß ich es nicht auf einen Streit ankommen ließ, versetzte Annuschka in höchstes Erstaunen. Sie war auf alles gefaßt gewesen, auf eine Rechtfertigung, auf ein Lächeln, auf das Geständnis, alles sei nur ein Scherz. Ich aber verabschiedete mich einfach, klaubte meine Papiere zusammen und verschwand. Letztlich fühlte ich mich ihnen gegenüber schuldig. Ich war ein Betrüger. Ich machte mich daran, einen mir nicht gebührenden Platz in der Geschichte einzunehmen. Was heißt, nicht gebührenden Platz? Wem gebührt er? Iwanow?

Dieser Gedanke kam mir, als ich einen Dienstreiseauftrag fürs Sportlager ausschrieb. Der Direktor hatte gemeint, daß es so, mit Dienstreiseauftrag, unserer soliden Institution besser anstünde. Ich versuchte, Ruhe zu bewahren und die galligen Anspielungen meiner Kollegen nicht zu beachten. Die Neuigkeit von meiner Abreise hatte sich in Windeseile von Stockwerk zu Stockwerk herumgesprochen, man zeigte bereits mit Fingern auf mich.

»Verteidigen Sie die Ehre der Institution«, sagte der Kadermensch und setzte einen Stempel unter das Papierchen.

»Ich werd' mir Mühe geben«, sagte ich und ging.

Ich war schon nicht mehr mein eigener Herr.

Mit der Vorortbahn fuhr ich nach Bogdanowka. Kurlow hatte ich zu Hause nicht angetroffen. Ich dachte über die Tücken des Geschickes nach. Im großen und ganzen hatte ich schon eine Rechtfertigung dafür, daß ich verreise und mich damit abgebe, einen Ball in den Korb zu werfen. Erstens war das keine weniger noble und dem Volke weniger dienliche Tätigkeit als das Abschreiben von Papieren. Zweitens konnte ich offensichtlich der Mannschaft von Nutzen sein und dem Sport insgesamt. Ich war keine größere Abweichung von der Norm als die drei Meter langen Giganten. Drittens tat es mir einmal gut, mir Wind um die Nase wehen zu lassen und die Tapeten zu wechseln. Und schließlich durfte nicht vergessen werden, ich war ein Versuchskaninchen. Ich hinterließ Kurlow einen Zettel mit meinen Koordinaten, so konnte er mich finden und den weiteren Gang des Versuches kontrollieren. Ehrlich gestanden, wünschte ich Kurlows Auftauchen in der Mannschaft überhaupt nicht herbei. Bestimmt würde er all und jedem ausposaunen, meine Fähigkeiten seien das Ergebnis der biologischen Errungenschaft, die Steuerzentren für die Muskelbewegungen zu stabilisieren. Als Usurpator würde ich davongejagt und das Serum zur Erhöhung der Wurfpräzision für die echten Basketballspieler verwendet werden. Aus unerfindlichen Gründen war es mir angenehmer, daß die Umwelt glaubte, mein Talent wäre angeboren und nicht mit spitzen Nadeln in mich hineingepiekt.

Um der Wahrheit die Ehre zu geben, in mir piepste aber noch eine andere Stimme, eine skeptische. Sie erinnerte mich penetrant an meine vierzig Jahre und daran, daß es mir nicht leichtfallen würde, schnell zu laufen, daß meine Anwesenheit auf dem Spielfeld lächerlich wirken würde, daß das Serum jeden Augenblick seine Wirkung verlieren könnte, daß ich meinem Chef was vorgemacht hätte. Diese Stimme würgte ich jedoch ab. Ich lechzte nach Beifall.

Der Trainer holte mich auf dem Bahnsteig ab.

»Ich habe schon drei Züge gewartet«, gestand er. »Ich habe mir, ehrlich gesagt, Sorgen gemacht, Kolenkin. Zwei Zenter sind verletzt, und ein Spieler muß die Aufnahmeprüfung ablegen. Sonst hätte ich dich vielleicht gar nicht genommen. Ich habe eine Menge Scherereien mit dir. Sei nicht beleidigt. Trotzdem, ich bin sehr froh, daß du da bist. Du wirst es bestimmt auch nicht bereuen. Wir sind ein prima Kollektiv, dufte Kumpels. Sie warten schon auf dich. Solltest du irgendwie gekränkt werden oder so, mußt du es mir gleich sagen. Wir werden die Frage auf einer Versammlung klären.«

»Bloß keine Versammlung deswegen«, sagte ich.

»Das denke ich auch. Wir kommen so aus. Halt die Ohren steif.«

Die Straße zum Trainingslager war staubig. Wir machten einen kurzen Abstecher auf den kleinen Markt, und der Trainer kaufte ein paar Tomaten.

»Ich bin mit meiner Familie hier. Meinem Jungen bekommt die frische Luft gut. Ob du's glaubst oder nicht, man kommt sich sonst wie ein Matrose auf großer Fahrt vor. Meine Frau hat mich einkaufen geschickt.«

Das Trainingslager lag verlassen da. Auf der schattigen Veranda spielten zwei Giganten im Unterhemd Dame. Wir gingen am Basketballplatz vorbei. Ich betrachtete ihn mit leichtem Herzklopfen, wie ein Gladiator, der zum ersten Mal die Arena betritt.

»Da wären wir«, sagte der Trainer und führte mich in einen Schlauch von Zimmer, in dem drei Pritschen standen, zwei verlängerte und eine normale für mich.

»Wäsche bekommst du gleich, Handtuch und so weiter. Mit

den Zimmergenossen machst du dich selbst bekannt. In einer Stunde ist Mittag. Also, ran an die Buletten. Ich ziehe mich inzwischen zu meiner Familie zurück.«

Er verschwand. Nur sein breites Kreuz und die vom Notizblock ausgebeulte Gesäßtasche seiner Trainingshosen waren noch einen Augenblick in der Tür zu sehen.

Ich setzte mich auf das normale Bett und versuchte mir vorzustellen, was ein richtiger Basketballspieler, der zum ersten Mal hierhergerät, denkt. So einer, der seit Jahr und Tag den verfluchten Ball wirft, sich von der Hofmannschaft zur Betriebsmannschaft raufgearbeitet hat und höher und immer höher. Und schließlich hier landet. Wahrscheinlich ist so einer aufgeregter, als ich es bin.

Irgendwo hinter der Wand wummerten dumpfe Schläge. Ich erriet, daß dort Billard gespielt wurde. Ich nahm mir vor, am Abend unbedingt meine Kräfte am Billard zu messen. Die in mir entstandenen Verbindungen werden sich doch nicht auf Basketball beschränken. Das wäre völlig unlogisch. Wie mag es Annuschka und Senatorow jetzt gehen? Was erzählt man sich auf den Korridoren? Ob sie lachen? In dem Falle bleibt mir weiter nichts übrig, als sie einzuladen.

Im Gang ertönten Schritte. Meine Nachbarn. Klar. Meine Mannschaftskameraden. Ich sprang vom Bett und versuchte die Matratze zurechtzuziehen, auf der ich gesessen hatte.

Eine schwergewichtige Frau, ein Kürassier von Weib, trat ein. Auf den ausgestreckten Armen trug sie einen Packen Bettwäsche, eine Decke und ein Kopfkissen.

»Wo ist der Neue?« fragte sie im begründeten Glauben, daß ich es nicht sein konnte.

»Legen Sie hin.« Ich zeigte auf das Bett. Ich hatte keine Courage, mich als der Neue zu melden.

»Richten Sie ihm aus, Tante Njura wäre dagewesen«, sagte der Kürassier. »Hier ist einmal komplett zum Beziehen.«

Sie machte eine Kehrtwendung, um das Zimmer zu verlassen, und stieß mit zwei langbeinigen Mädchen, meinen guten alten Bekannten, Augenzeuginnen meiner ersten Erfolge und Niederlagen, zusammen.

»Guten Tag, Kolenkin«, sagte Valja, die hellere von beiden.

»Guten Tag, treten Sie ein«, sagte ich hoch erfreut. »Ich habe gar nicht gewußt, daß Sie hier sind.«

»Wir sind am Morgen angekommen«, sagte Tamara, die etwas

dunklere. »Prima hier bei dir. Schön geräumig. Bei uns ist es enger.«

»Geräumig, solange die Jungs noch nicht aufgekreuzt sind«, sagte Valja.

Sie hatte ein sehr gutes Lächeln. Ich bedauerte von ganzem Herzen, kleiner als Iwanow zu sein. Sonst hätte ich sie zum Beispiel ins Kino eingeladen.

»Heute abend gibt's 'nen Film«, sagte Valja. »Im Speisesaal. Kommen Sie auch?«

»Gewiß«, sagte ich. »Halten Sie mir einen Platz frei?«

»Plätze gibt's genug. Es sind noch nicht alle angereist.«

»Valja«, sagte Tamara, »hast du vergessen, wozu wir gekommen sind?«

Sie wandte sich an mich. »Wir sind unterwegs Andrej Sacharowitsch begegnet. Er sagte, Kolenkin sei eingetroffen. Da sind wir zu dir gerannt. Trainierst du am Nachmittag ein bißchen mit uns? Bei Valentina hapert es mit der Technik.«

»Was gibt's da schon für eine Technik«, sagte ich. »Natürlich helfe ich. Unbedingt.«

»Wo hat sich unser Krümelkacks denn eingenistet?« dröhnte es im Korridor.

Valja verzog entsetzt das Gesicht. Ich tat so, als gelten die Worte nicht mir.

Iwanows Zottelkopf, verziert mit einem langen Backenbart, tauchte am oberen Querbalken der Tür auf. Warum hatte ich den Backenbart letztes Mal eigentlich nicht bemerkt?

»Sei gegrüßt, Kolenotschkin«, sagte Iwanow und zwängte sich ins Zimmer. »Hast dich häuslich niedergelassen?«

Ich merkte sogleich, daß Iwanow mich gar nicht kränken wollte, daß er sich auch über meine Ankunft freute. Solange ich der fremde Dicke war, den er rein zufällig getroffen hatte, empfand er Antipathie. Jetzt gehörte ich dazu, zu seiner Mannschaft. Daß ich klein von Wuchs war und nicht gerade wie ein Basketballstar aussah, war mein Problem. Hauptsache, ich spielte gut. Ich hatte inzwischen mitbekommen, daß ich ihn vorsichtig behandeln mußte, da er nicht geneigt war, mein Ehrgefühl zu schonen. So was kam ihm einfach nicht in den Kopf.

»Könntest du nicht ein bißchen leiser sein, Iwanow?« fragte Tamara. »Der Mann kommt von der Reise. Sich häuslich niederzulassen, hat er noch nicht geschafft. Da platzt du mit deinen blöden Bemerkungen rein.«

»Was heißt auch niederlassen?« Iwanow staunte.

Dann blickte er mit gesenktem Kopf die Mädchen an und fragte: »Und was sucht ihr hier? Der Mann kommt von der Reise, ist müde und will sich häuslich niederlassen . . .«

Wir brachen in Lachen aus und konnten uns nicht mehr beruhigen. Meine Zimmergefährten, noch naß vom Baden, mit Frotteetüchern über den Schultern, einander ähnlich wie ein Ei dem anderen, mußten einfach mitlachen, als sie das Zimmer betraten.

»Macht euch bekannt, Jungs. Unser neuer Spieler, Kolenkin. Andrej Sacharowitsch hat es heute erwähnt«, sagte Tamara.

Die Basketballspieler waren taktvolle Leute, mit keiner Miene verrieten sie Enttäuschung oder Verwunderung. Vielleicht hatte der Trainer sie vorbereitet. Sie reichten mir einer nach dem anderen ihre Pranken und hängten die Handtücher sorgfältig über die Fußenden ihrer verlängerten Bettgestelle. Im Zimmer wurde es gleich eng, so daß ich mich des unbehaglichen Gefühls nicht erwehren konnte, jeden Augenblick von einem der Jungs getreten zu werden.

»Ist schon Mittagszeit?« fragte Valja plötzlich.

»Genau«, sagte Tamara. »Ich spüre ein Verlangen. Klar, ich bin hungrig.«

Die Mädchen flatterten davon, wenn man dieses Wort auf sie anwenden durfte.

Zum Essen ging ich mit meinen Zimmerkameraden. Ich marschierte in ihrer Mitte und versuchte, mich an den Gedanken zu gewöhnen, daß ich höchstens ein paar Tage und nicht ein Leben lang genötigt sein würde, an den Menschen hochzugucken.

»Wo hast du früher gespielt?« fragte mich Kolja. Ich war noch nicht soweit, ihn von Tolja zu unterscheiden.

»Hier und da ein bißchen«, sagte ich vage.

»Aha«, sagte Kolja. »Ich bin von ›Trud‹ herübergewechselt. Hier sind die Entwicklungschancen größer. Immerhin erste Liga.«

»Richtig«, pflichtete ich ihm bei.

»Ich gehe zur Uni. Studierst du, oder arbeitest du?«

»Ich arbeite.«

Die Jungs hatten offensichtlich ein Brett vor dem Kopf. Eine psychologische Barriere. Sie sahen mich an und nahmen mich meines Erachtens überhaupt nicht wahr. Neben ihnen lief ein kleines glatzköpfiges Männeken an die Vierzig, mit einem Bäuchlein. Es könnte getrost ihr Vater sein. Sie aber unterhielten

sich mit mir wie mit einem Kumpel. Sie redeten mit dem Gera Kolenkin aus ihrer Mannschaft, der offenbar ganz passabel war und mit dem sie spielen würden. Mit einemmal entschwand mein früheres eingeschliffenes und alltägliches Dasein in die Vergangenheit, löste sich in Wohlgefallen auf. Ich fing an, mich gleichfalls als Gera Kolenkin zu empfinden, besonders als Andrej Sacharowitsch nach dem Essen an meinen Tisch getreten war und mir eine Tasche mit der Bemerkung gereicht hatte, daß sich darin Sportzeug und Schuhe in meiner Größe befänden.

Andrej Sacharowitsch und seine Familie aßen mit uns, am Nebentisch. Sein Sohn blickte mich voller Hochachtung an. Er hatte wohl gehört, wahrscheinlich von seinem Vater, was ich für ein As war und daß der äußere Schein täuschen konnte. Der Junge war etwa sieben Jahre alt, doch er gab sich Mühe, wie ein richtiger Sportler aufzutreten. Sein Trainingsanzug war sauber genäht und saß tadellos. Dafür blickte mich Andrej Sacharowitschs Frau, eine schmächtige, müde Frau mit dunklen Ringen unter den bernsteingelben, forschenden Augen, vorwurfsvoll an, denn sie war es bestimmt gewohnt, sich in die Angelegenheiten und Entschlüsse ihres gutherzigen Mannes einzuschalten, und hieß diese seine Entscheidung nicht gut.

»Also Jungs und Mädchen, ruht euch eine halbe Stunde aus, und dann ran an den Ball«, sagte Andrej Sacharowitsch fröhlich.

Er holte seinen Notizblock aus der Tasche und schrieb etwas hinein. Ich war fest davon überzeugt, daß das Zücken zu den bedingten Reflexen gehörte. Eben aus dem Notizbuch zog der Trainer sein Vertrauen in die eigene Kraft.

Ich wurde dem Masseur und dem Arzt vorgestellt, einem grazilen jungen Mädchen, das sich als Trainer in der Frauenmannschaft erwies, und noch einem Menschen, der entweder der Hauptbuchhalter oder ein Vertreter des Zentralrates war. Er maß mich vom Scheitel bis zur Sohle und blieb unzufrieden.

In unserem Zimmer lagen Kolja und Tolja auf den Pritschen und verdauten. Es war heiß und drückend wie an einem Sommerabend, wenn alles bis auf das Summen der Fliegen erstirbt. Ich hatte keinerlei Lust, trainieren zu gehen. Ich warf die Schuhe in hohem Bogen beiseite, haute mich auf die Pritsche und bat Gott, die gestrenge Gattin möge Andrej Sacharowitsch in ein Geschäft schicken. Im gleichen Augenblick wurde ich davon wach, daß Andrej Sacharowitsch in der Tür stand und vorwurfsvoll sagte: »Ach, Kolenkin, Kolenkin. Ist das eine Quälerei mit dir.

Warum willst du ausgerechnet zu so ungünstiger Zeit Fett ansetzen?«

Kolja und Tolja packten ihre Sachen in weiße Taschen mit der Aufschrift »Adidas«.

»Entschuldigen Sie«, sagte ich. »Ich bin eingeschlafen.«

»Ich gebe dir drei Minuten«, sagte Andrej Sacharowitsch. »Dann sind wir soweit.«

Ich streckte die watteweichen Beine aus dem Bett. Aufstehen, Handtuch, Sportdreß . . . die mir ausgehändigte bescheidene Tasche nehmen, kostete mich ungeheure Anstrengung.

»Spielst du Billard?« fragte mich Tolja.

»Ja«, behauptete ich kühn, obwohl ich noch nie dazu gekommen war. Ich hatte lediglich gekibitzt, vor drei Jahren im Sanatorium.

»Ich habe es ganz vergessen, Jungs. Bringt Kolenkin zum Arzt.« Andrej Sacharowitsch steckte noch mal seinen Kopf durch die Tür. »Er muß untersucht werden.«

Vor der Tür zum Sprechzimmer wurde mir schlecht. Eine gewöhnliche Holztür wie alle anderen in dem kleinen Haus. Aber ich erinnerte mich plötzlich meiner Gebrechen, daß ich einen schwankenden Blutdruck habe, an Tachykardie und Sausen in der linken Herzkammer leide, ständig über Zahnschmerzen klage und auch sonst nicht auf der Höhe bin, genau wie alle meine Altersgefährten um die Vierzig, die den größten Teil des Lebens im Sitzen verbringen.

»Wir warten auf dich, Gera«, sagten Kolja und Tolja. Wahrscheinlich hatten sie meine Aufregung bemerkt. »Unser Arzt ist in Ordnung. Unser Mann, er heißt Kirill Petrowitsch. Genier dich nicht.«

Das Fenster im Sprechzimmer war geöffnet. Junge Kiefern wippten mit dunklen, üppigen Zweigen, der Ventilator auf dem Tisch spendete zusätzliche Kühle, und der Doktor selbst — ich hatte ihn im Speisesaal nicht beachtet, obwohl ich auch ihm vorgestellt worden war — atmete Kühle und Behäbigkeit. Schließlich, sagte ich mir, ist es allemal besser, aus Gesundheitsgründen nach Hause geschickt als wegen Unfähigkeit als Spieler aus der Mannschaft ausgestoßen zu werden.

»Guten Tag, Kirill Petrowitsch«, sagte ich, bemüht, meiner Stimme eine sanfte Vertraulichkeit zu verleihen. »Heiß heute, nicht wahr?«

»Da sind Sie ja, Kolenkin. Nehmen Sie Platz.«

Der Doktor war nicht mehr jung, und ich dachte, er ist Sportarzt geworden, um öfter an der frischen Luft zu sein. Ich bin solchen gar nicht dummen, schnurrbärtigen, ein bißchen vom Leben und der Medizin enttäuschten Ärzten in Erholungsheimen, Touristenstationen und andernorts begegnet, wo es frische Luft gibt und die Leute wenig kränkeln und nicht an den ausgefallensten Krankheiten leiden. Der Doktor legte sein Buch beiseite und langte, ohne hinzusehen, nach einem länglichen Kästchen. Er wollte erst einmal meinen Blutdruck messen. Die andere Hand holte gewohnheitsgemäß ein Kärtchen und einen blauen Kugelschreiber aus der Schublade.

Zuerst schrieb der Doktor meine Daten auf: Alter, Kinderkrankheiten, Sportarten, die ich betrieben hatte, Familienstand und so weiter. Während er schrieb, zeigte er keinerlei Verwunderung, doch als er fertig war und den Kugelschreiber aus der Hand gelegt hatte, fragte er unverblümt: »Sagen Sie, Kolenkin, was hat Sie auf die alten Tage bewogen, sich dem Sport zu verschreiben? Ist es nicht ein bißchen spät?«

Da ich nur die Schultern zuckte und mir keine ordentliche Antwort einfiel, fuhr er fort: »Was bewegt die Menschen? Ruhmsucht? Abenteurertum? Kleine Jungen und Mädchen begreife ich ja noch. Ich begreife auch die allerdings selten anzutreffenden hochtalentierten Menschen, für die es ohne Sport kein Leben gibt. Sie aber haben eine anständige Position, sind wer, haben Ihren Bekanntenkreis. Und plötzlich so ein Spleen. Geben Sie es zu, Sie haben sich Ihr Lebtag nichts aus Sport gemacht, nicht wahr?«

Ich hörte ihm nur mit halbem Ohr zu. Ein mich unverhofft durchzuckender Gedanke versetzte mich in Schrecken. Wenn Kurlows Serum plötzlich den ganzen Organismus ummodelt, so daß der Arzt es entdeckt, was dann? Was, wenn er honigsüß sagt: »Mein Lieber, wie wollen Sie durch die Doping-Kontrolle kommen?« Oder: »Das gehört vors Gericht!«

Kirill Petrowitsch redete weiter und legte mir den Wickel um den Arm. Er drückte auf das Bällchen, und die Luft preßte meinen Arm zusammen.

»Was ist denn mit Ihrem Puls?« Kirill Petrowitsch staunte.

Ich wußte, mein Schicksal hing an einem Fädchen, und beschloß, alles auf eine Karte zu setzen.

»Ich bin aufgeregt«, sagte ich. »Entsetzlich aufgeregt. Verstehen Sie mich bitte richtig. Sie haben recht: Ich bin vierzig Jahre alt und habe mir noch nie was aus Sport gemacht. Ich möchte aber einmal, wenigstens für zwei Wochen, ein anderer Mensch werden. Hatten Sie noch nie den Wunsch zu sagen: Hol alles der Teufel. Ich hau' ab zum Nordpol?«

»Doch«, sagte der Doktor kurz angebunden. »Ziehen Sie das Hemd aus. Ich will Ihr Herz abhorchen. Sie haben ja eine Tachykardie. Sind Sie Neurastheniker?«

»Ich habe nichts an mir beobachtet, was darauf schließen ließe, obwohl wir heutzutage wohl alle Neurastheniker sind.«

»Warum verallgemeinern? Strecken Sie die Hände aus. Aha, sie zittern. Eindeutiger Tremor. Trinken Sie?«

»Nur in Gesellschaft.«

»Und wie bewerkstelligen Sie es, in diesem Zustand den Korb zu treffen? Ich würde Ihnen nicht empfehlen, Basketball zu spielen. Zu Anfang ein bißchen gehen. Morgens kalt abduschen. Haben Sie das noch nie versucht?«

Er sargte mich ein. Meine Offenheit kam mir teuer zu stehen.

»Er wird sich kalt duschen. Ich achte darauf.« In der Tür stand Andrej Sacharowitsch, das Notizbuch gezückt. »Ich schreibe mir alles auf, Kirill Petrowitsch. Alle Ihre Ratschläge. Ich lasse bestimmt nichts aus. Und gehen wird er.«

»Ich bin nicht davon überzeugt, daß er es überhaupt kann. Bei seinem Zustand.«

»Bei seinem Zustand kann es nur nützlich sein, Sport zu treiben«, beharrte Andrej Sacharowitsch. »Ich habe schon alles aufgeschrieben.«

Andrej Sacharowitsch war schweißgebadet. Glänzende Schweißtropfen kullerten ihm in die Augen. Er war aufgeregt. Der Doktor erwies sich als nicht einkalkuliertes Hindernis.

»Aber was Ernstes ist es doch nicht?« fragte der Trainer schmeichlerisch.

»Zum Glück nicht. Bloß ein heruntergewirtschafteter Organismus. Vorzeitige Alterserscheinungen. Fett.« Der Doktor faßte mich angewidert an der fetten weißen Bauchfalte.

»Sehen Sie?«

»Ich sehe«, sagte der Trainer. »Das treiben wir runter. Der Blutdruck im zulässigen Rahmen?«

»Ja, im Rahmen. Obwohl man nie weiß, was im Rahmen heißt. Das ist kein Herz, sondern ein Lämmerschwanz.«

»Klar. Alles klar. Also, gehen wir trainieren.«

»Gehen Sie, wohin Sie wollen.« Der Arzt spie plötzlich Gift

und Galle. »Er wird schon nicht zugrunde gehen, Ihr Spielertalent. Er will noch zum Nordpol abschwirren.«

Im Korridor warteten Tolja und Kolja.

»Er hat dir also tüchtig eingeheizt. Ich dachte schon, er wird dich nicht lassen«, sagte Tolja.

Wirklich feine Kerle, die beiden. Sie wunderten sich nicht einmal über meinen Gesundheitszustand. Sie hatten mir die Daumen gehalten und freuten sich, daß es schließlich gelungen war, den Doktor auszutricksen.

»Nur jeden Tag zu mir zur Kontrolle«, ließ sich des Doktors Stimme vernehmen.

»Unbedingt. Auf jeden Fall«, versicherte ihm der Trainer. Er holte uns auf der Veranda ein und sagte zu mir: »Da hast du mich in eine schöne Lage gebracht, Kolenkin. Das ist nicht gut.«

Wir marschierten zum Sportplatz.

Ich zog mich um, hörte das Toppen des Balls und den Lärm vom Platz. Ich hatte immer noch keine Lust hinauszugehen. Mein Herz schlug unregelmäßig. Die verspätete Reaktion auf die Aufregung beim Arzt. Mein Zahn puckerte. In der Garderobe war es kühl und dämmrig. Hinter der Wand rauschte die Dusche.

»Nun«, rief Kolja beim Hereinblicken. »Bist du bald soweit?«

Ich trat hinaus auf den Platz, der zerteilt war von den länger gewordenen Schatten der hohen Kiefern.

Die Männer waren beim Training. Die Mädchen saßen in einer Reihe auf einer langen, niedrigen Bank. Bei meinem Anblick begannen sie zu flüstern. Jemand kicherte, doch Valja, die liebe gute Valja, zischte die Kameradin an.

Die Jungs hörten auf zu spielen. Sie nahmen mich ebenfalls in Augenschein. Im Speisesaal, wo ich sie fast alle gesehen hatte, war die Situation anders gewesen. Dort waren wir angezogen, hatten wie Menschen ausgesehen. Wie im Ferienheim.

Ich blieb auf dem weißen Streifen stehen. Wir geben uns immer für das aus, was wir gar nicht sind. Wir versuchen bedeutender, geistreicher in Anwesenheit der Frau zu sein, die uns gefällt. Wir geben uns Mühe, vor den Männern klüger zu erscheinen, vor den Greisen gütiger, einsichtiger vor den Vorgesetzten. Wir alle spielen verschiedene Rollen, mitunter bis zu zehn am Tage. Aber das sind Laienrollen. Unkompliziert. Meist arbeitet der Instinkt für uns. Wir verändern die Stimme, je nachdem, mit wem wir telefonieren, verändern den Gang, den Wortschatz. Mir wurde bewußt, daß ich mit eingezogenem Bauch und weit zurückgezogenen Schultern dastehe, als würden sich die Zuschauer den Betrug gefallen lassen.

»Halte!« rief Iwanow. »Nimm ihn, Kolenkin. Die Leute glauben noch nicht an dich.«

Ich gebot meinen Händen, den Ball zu fangen. Und sie gehorchten. Ich gebot ihnen, den Ball von hier in den Korb zu werfen, vom Seitenstreifen, von einer unvorteilhaften, weit vom Korb entfernten Stelle. Und auch der Ball gehorchte.

»Das ist eine Kanone!« sagte Tolja.

Schwerer fiel es mir, zu rennen, den Ball auf die Erde zu stoppen und die Würfe der anderen zu übernehmen. Der Ball hatte ein Gewicht. Nach zehn Minuten waren meine Arme lahm. Ich war mit Schweiß und Staub bedeckt und konnte keinen einzigen Schritt mehr machen. Ich wollte mich schon umdrehen und vom Platz gehen, als Andrej Sacharowitsch, der mit Trillerpfeife und Notizbuch ausgerüstet am Rande stand, rief: »Kolenkin! Abtreten und Pause machen. Für dich gelten besondere Regeln. Übernimm dich nicht, sonst schickt uns Kirill Petrowitsch noch nach Moskau.«

Ich trat ab und war dem Trainer sehr dankbar. Ich setzte mich auf die Bank zu den Mädchen, sie rückten zusammen, damit ich Platz hatte. Und Tamara erinnerte mich: »Gera, du hast versprochen, mit uns zu üben.«

»Selbstverständlich. Bloß nicht heute«, sagte ich.

Das Wichtigste von allem: Ich hatte mich nicht blamiert.

Noch einmal setzte ich an diesem Tag meinen Fuß nicht auf den Platz, mochte Andrej Sacharowitsch, soviel er wollte, zu mir herübergucken, mochte er mich auffordern, ich lehnte seine nachdrücklichen Aufforderungen nur mit einem kleinen Augenzwinkern ab. Ein Läufer wird aus mir sowieso nicht. Ich kann nur eins: den Ball in den Korb werfen. Und je weniger ich laufe, um so unauffälliger ist der Widerspruch zwischen meinem Talent und meinen sonstigen Qualitäten. Übrigens könnte ich meinen Ruf noch durch eine andere Sache festigen: Billard.

Nach dem Abendessen ging ich nicht ins Kino. Valja war wohl ein bißchen eingeschnappt. Frauen, selbst die allerjüngsten, sind eigentümliche Geschöpfe. In ihnen ist das Gefühl für Besitz ungeheuer entwickelt. Ich glaube, es handelt sich hierbei um einen Atavismus, ein Rudiment aus der Babyzeit, als alles »mein« war: mein Spielzeug, meine Klapper, meine Mama, mein Onkel. Ich rangierte unter »mein Onkel«. Ich hatte sogar schon gehört, wie ein Mädchen, an Valja gewandt, sagte: »Dein Gera« und ihr damit instinktive Besitzansprüche auf meine Person einräumte.

»Ich habe keine Lust, im Saal rumzusitzen«, sagte ich zu Valja.

»Wie Sie meinen!«

»Nachher könnten wir ja ein bißchen spazierengehen.«

»Auf keinen Fall«, sagte der in diesem Augenblick aufkreuzende Andrej Sacharowitsch. »Disziplin! Kolenkin, obwohl du die Erwartungen durchaus erfüllt hast, schinde keinen Eindruck bei den Mädchen. Es zieht sie schließlich zum Ruhm! Zur Originalität. Und du bist unser Original! Überschätze dich nicht. Nutze nicht die Gunst der Stunde.«

Wie können Sie nur, wollte ich gerade anfangen.

»Und du, Valentina, verdreh dem Bengel nicht den Kopf.«

Ich hätte am liebsten losgelacht. So was hatte ich schon lange nicht mehr gehört! Ein zwanzigjähriges Mädchen und mir den Kopf verdrehen! Bengel! Das hatte schon ewig keiner mehr, nicht mal im Scherz, zu mir gesagt!

»Sobald das Kino aus ist, komme ich zum Platz«, sagte ich, als der Trainer außer Hörweite war.

»Wie Sie wollen«, sagte Valja. »Ins Kino kommen Sie bloß nicht mit, weil Sie sich mit uns langweilen.«

Erst später, im Billardraum, fiel mir auf, daß sie zum »Sie« übergegangen war.

So ein Unsinn.

Am Billardtisch stand Iwanow. Einsam und verlassen.

»Warum bist du nicht ins Kino mitgegangen?« fragte er.

»Hab' den Film schon gesehen«, log ich dreist. Ich konnte dem Mann doch nicht sagen, daß ich außerordentliche Fähigkeiten fürs Billardspiel in mir vermutete und darauf brannte, sie zu erproben.

»Ich habe ihn auch schon gesehen. Außerdem ist es heiß da drin. Machen wir ein Spielchen?« fragte Iwanow.

»Ich habe eine Ewigkeit nicht mehr gespielt!« sagte ich.

»Es geht ja um nichts. Hab keine Angst. Triffst du wenigstens die Kugel?«

»Ich werd's versuchen.«

Gleich beim ersten Stoß, als das Queue zur einen Seite und die Kugel zur anderen liefen, begriff ich, daß dieses Spiel der Erfindung Kurlows mehr abverlangte als Basketball. Obwohl meine Nervenzellen jetzt weitaus besser funktionierten als bei irgend jemand anders auf der Welt, war es dennoch nicht leicht für sie, die Signale meines Gehirns ohne Störungen und präzise an die Finger weiterzuleiten. Auf dem Sportplatz brauchte ich nur das Gewicht des Balles und den Abstand bis zum Korb einzukalkulieren, hier hingegen mußte ich darauf achten, daß das Queue genau das Ziel trifft, mußte berechnen, welchen Punkt ich anschlage, damit die Kugel die andere richtig anstößt und in das kleine Billardloch fällt. Vor allem aber mußte ich das leichte Zittern in den Fingern dämmen, das auf dem Platz absolut keine Rolle gespielt hatte, aber hier beim Billard außerordentlich gefährlich war.

Nach diesen Überlegungen zwang ich mein Gehirn zur Präzisionsleistung. Während Iwanow noch über meine Ungeschicklichkeit lachte und die ihm von Rechts wegen auch zustehende Befriedigung des kleinen Mannes empfand, der an dem großen Gegner Revanche nimmt, während er dann die Kugel anvisierte, nahm ich in Gedanken seinen Platz ein und folgte, wenn auch mühsam, seinem folgenden Stoß. Ich wußte, daß die Kugel einen Punkt drei Zentimeter links vom Loch entfernt berühren und das Loch verfehlen würde. So kam es dann auch. Ich hatte gesiegt. Klarer Fall.

»Nimm«, sagte Iwanow und reichte mir das Queue. »Stich aber nicht ins Tuch. Tante Njura reißt dir sonst den Kopf ab. Ob Star oder gewöhnlicher Sterblicher, für sie ist das einerlei.«

»Ich werd' mir Mühe geben«, versprach ich und horchte auf die näher kommenden Schritte.

Der Doktor erschien auf der Veranda.

»So ist's richtig«, sagte er ironisch, »das ist ein Sport für Sie, Kolenkin.«

Ich war nicht gekränkt.

»Nicht der Sieg, sondern die Teilnahme ist die Hauptsache«, erwiderte ich. »Jede Sportart hat ihren Wert.«

»Hm«, sagte der Doktor und ging zur Brüstung, um zu rauchen.

Ich hätte auch gern geraucht. Den ganzen Tag hatte ich mir nur zwei Zigaretten gegönnt, und das heimlich in der Toilette. Anschließend war Andrej Sacharowitsch, der nach mir auf der Toilette gewesen war, laut schreiend über den Platz gewetzt: »Wer hat geraucht? Den schicke ich sofort nach Hause!« Natürlich hatte er nichts rausbekommen. Und ich war nicht der einzige Verdächtige.

Der Abend senkte sich herab, sein tiefes Blau deckte die Veranda ein, er atmete feuchte Kühle und den Duft von Konifere und Reseda.

Ohne jede Hast nahm ich das Queue und blickte auf die Kugeln. Ich wußte, daß ich einen anderen Punkt brauchte, und wie ein Tiger um die Beute schlich ich langsam am Tisch entlang.

»Brauchst dir keine Mühe zu geben«, sagte Iwanow.

»Wirklich, vergebliche Liebesmüh«, sagte der Doktor. »Iwanow ist unser Champion.«

»Um so besser«, sagte ich.

Schließlich hatte ich gefunden, was ich suchte. Bezaubernde, liebliche Kügelchen! Und ich wußte, welchen Punkt ich anstoßen mußte, damit beide Kugeln ins Loch gehen. Was dann auch geschah.

Iwanow sagte: »Aha.«

Der Doktor aber seufzte enttäuscht und verließ schwerfällig, als hätte nicht Iwanow die Niederlage erlitten, sondern er, die Veranda.

Ich reichte Iwanow das Queue. Der staunte: »Du hast doch getroffen«, sagte er. »Also bist du noch mal dran.«

Iwanow bekam den Stock nicht mehr zurück. Ich jagte sieben oder acht Kugeln ins Loch. Soviel wie da waren. Genau weiß ich es nicht mehr. Seitdem habe ich den Billardtisch nicht mehr berührt, obwohl die Kunde von meiner Ruhmestat sich am nächsten Tag wie ein Lauffeuer durch das Trainingslager verbreitete und viele mich baten, meine Kunst zu zeigen. Ich tat es aber nicht. Schon deshalb nicht, weil Iwanow nach meiner letzten Kugel voller Neid gesagt hatte: »Du kannst einen Haufen Geld machen, Kolenkin. Beim Wetten. Im Kulturpark.«

Ich wollte aber kein Geld beim Wetten verdienen.

Ich ging, suchte in der Dunkelheit die Bank am Sportplatz. Der Abend war sehr dunkel und die Laterne weit. Ich rauchte, das Feuer mit der Hand abdeckend. Die Frau des Trainers rief den Sohn lange und mit penetrant plärrender Stimme. Dann kamen die Leute aus dem Speisesaal. Das Kino war aus. Valja kam nicht. Ich hatte es mir gedacht. Hinter mir im Gesträuch ertönte eine Mädchenstimme: »Warte nicht, Gera, sie kommt nicht.«

»Bist du es, Tamara?« fragte ich.

»Ja, gute Nacht.«

»Gute Nacht«, sagte ich. Ich war sehr alt und völlig fremd hier.

In der Ferne lachte jemand. Aus dem Speisesaal drang Musik. Ich ging auf mein Zimmer. Tolja und Kolja waren nicht da. Nur die weißen Taschen mit der Aufschrift »Adidas« standen mitten im Zimmer. Ich sperrte das Fenster weit auf und legte mich hin. Mücken flogen ins Zimmer und summten über mir. Ich schlief ein, ohne auf die Heimkehr meiner Zimmergefährten zu warten.

Am nächsten Tag trafen irgendwelche Funktionäre unseres Klubs aus Moskau ein. Andrej Sacharowitsch gebot mir, in aller Herrgottsfrühe auf den Sportplatz zu gehen, und sah mich mit flehenden Augen an. Die Funktionäre schüttelten bei meinem Anblick die Köpfe, ich aber mühte mich redlich. Ich warf den Ball beinahe von einem Korb zum anderen, geriet ins Schwitzen und wurde müde. Andrej Sacharowitsch wollte und wollte aber nicht aufhören, mich flehentlich anzusehen. Die Funktionäre flüsterten miteinander, später verabschiedeten sie sich mit ausgesuchter Höflichkeit von uns und zogen ab. Bis Mittag erfuhr ich nicht, ob sie was beschlossen hatten oder ob sie mich auffordern würden, meine Siebensachen zu packen.

Beim Essen kam der Trainer und sagte: »Warte auf mich.«

Ich aß ohne Hast. Tolja und Kolja aßen konzentriert. Sie waren abgespannt. Sie hatten heute schon einen Crosslauf hinter sich, an dem teilzunehmen ich mich geweigert hatte. Und das hatte uns irgendwie entfremdet. Ich hatte mit ihnen nicht die unangenehmen Minuten der Mattigkeit geteilt und nicht den angenehmen Augenblick, am Ziel zu sein. Ich begriff, was sie selbst nicht in Worte fassen konnten. Auch Valja sah nicht zu mir herüber. War sie wirklich deshalb gekränkt, weil ich nicht ins Kino mitgegangen war, als sie es wollte? Seltsam. Aber wahrscheinlich erklärlich. Aus irgendwelchen Gründen fühlte ich mich als weiser und greiser Mann. Ein weißer Rabe unter Spatzenjungen. Was hatte ich hier eigentlich zu suchen?

Ich aß mein Kompott nicht, stand vom Tisch auf. Der Trainer saß mit dem Buchhalter auf der Veranda und sah irgendwelche Verzeichnisse durch.

»Aha, da bist du ja . . .«

Mit offensichtlicher Erleichterung schob er die Papiere beiseite und erhob sich. Wir traten in den Schatten an der Rabatte. Seine Frau ging, den Sohn an der Hand, an uns vorbei. Sie schaute mich an, als wäre ich ein Saufkumpan ihres Mannes.

»Ich komme gleich, Miezchen«, sagte Andrej Sacharowitsch.

»Ich habe dich nicht gerufen.«

Der Trainer wandte sich mir zu.

»Es gab Einwände«, sagte er. »Heftige Einwände. Verstehst du,

Kolenkin, der Sport ist ein Schauspiel. Beinahe Kunst. Ballett. Und sie sagen: Wenn so einer wie du die Bühne des Bolschoi-Theaters betritt... Sei nicht gekränkt! Es sind nicht meine Worte. Die Zuschauer werden lachen, sagen sie. Darauf bin ich sie mit dem Hauptargument angegangen: Wissen Sie, daß wir in die zweite Liga abrutschen? Das ist unsere letzte Chance. Sie kennen die Lage, sage ich. Da fangen sie damit an, daß man auch den Trainer auswechseln kann, daß es bei uns keine Unersetzbaren gibt und so weiter und so fort. Nun stelle ich die Frage scharf. Wenn Sie ohne hieb- und stichfeste Begründung Kolenkin ablehnen, sage ich, dann gehe ich. Und die Mannschaft ebenfalls. In die zweite Liga. Wie Sie wollen. Da fangen sie an, hin und her zu lavieren. Raus aus dem Schlamassel kommen sie nicht.«

Die Mädchen verließen den Speisesaal. Valja sah mich gleichgültig an. Tamara flüsterte ihr etwas zu. Sie lachten. Die Sonne verbrannte mir die Beine. Ich trat tiefer in den Schatten.

»Mit einem andern hätte ich so nicht gesprochen«, fuhr der Trainer fort und kraulte sich mit den Fingern den lockigen Kranz rund um die Glatze. »Aber du bist ein erwachsener Mensch, fast so alt wie ich. Du mußt Bewußtsein an den Tag legen. Wenn die Mannschaft in die zweite Gruppe abrutscht, wird alles schlechter. Versteh doch, Bruderherz.«

Die Worte klangen schmeichlerisch und nicht ganz aufrichtig.

»Na gut denn, abgemacht«, sagte ich. Jetzt weiß ich gar nicht mehr, wozu ich meine Einwilligung gegeben hatte.

»Na prima. Dann sind wir ja fein raus. Heute kommen Studenten zu uns. Zum Trainingsspiel. Du läßt uns nicht im Stich. Gehst raus? Läufst? Ja?«

»Meinetwegen.«

Tolja und Kolja gingen vorüber. Als sie uns sahen, blieben sie stehen.

»Kommst du mit zum Fluß?« fragten sie.

Nach dem Essen waren sie zu sich gekommen und mir wieder geneigt.

»Einverstanden«, sagte ich, weil ich nicht wußte, wie ich dem Gespräch mit dem Trainer ein Ende machen konnte.

»Ich habe bloß keine Badehose mit«, erklärte ich den Jungen, als wir unser Häuschen erreicht hatten. Und ich bedauerte sogleich, es gesagt zu haben. Hätte ich bis zum Strand gewartet, hätte ich nicht ins Wasser gehen müssen. Ich brächte es ohnehin nicht fertig, mich in ihrer Gegenwart auszuziehen.

Eine Badehose trieben sie für mich auf. Für einen Rückzieher war es zu spät. Ich folgte den Jungen zum Fluß. Am Strand, eigentlich aber schon, als ich die Ausrede mit der Badehose gebraucht hatte, wußte ich, daß ich eine Dummheit beging. Solange wir noch nicht am Strand waren, hoffte ich auf irgendwas.

Die Basketballer spielten Volleyball. Sie waren alle aus einem Guß, hager, braun gebrannt, stark und sehr schön. Vielleicht dachte ich deshalb sofort an das Bolschoi-Theater. Und ich stellte mir vor, wie ich in wenigen Minuten, bloß mit Badehose bekleidet, am Strand stehen werde. Mein weißer, blaugeäderter, rundlicher, wabbeliger und häßlicher Körper neben ihren! Valja, die schlanke, zierliche, stand direkt am Wasser und sah mich an.

»Gehen wir in die Sträucher, uns umziehen«, sagte Tolja.

Ich gab keine Antwort. Jetzt kneifen war blöde. Ich setzte mich unter einen Strauch in den Sand, umklammerte meine Knie und tat so, als könnte ich mich nicht losreißen von dem Volleyballspiel. Natürlich bot ich ein Bild vollendeter Komik, als einziger unter zwanzig Halbnackten bekleidet. In dieser Gluthitze, wo Baden ein Hochgenuß war. Doch mir war dieser Hochgenuß verwehrt.

»Zieh dich aus, Kolenkin«, rief mir Tamara aus dem Fluß zu.

Ich schüttelte verneinend den Kopf. Es war an der Zeit abzuhauen. Ich tat es aber nicht. Alles blickte mich an.

»Er hat Angst zu ertrinken«, sagte Valja plötzlich. »Der stolze Eremit.«

Verrat. Sie lachten. Ohne Bosheit, einfach wie gesunde Menschen lachen. Aber sie lachten über mich. Und ich besaß keine Kraft, mich ihnen anzuschließen, zu zeigen, daß ich klug genug war, mit ihnen zusammen zu lachen. Das wäre meine einzige Rettung gewesen. Ich aber stand auf und ging. Und ich sah mich genauso, wie sie mich von hinten sahen, klein, krumm, töricht. Sie lachten hinter mir her, und ich hörte Valentinas Lachen deutlich heraus.

Abends trafen die Studenten ein. Sie kamen in dem Augenblick, als ich mein Köfferchen gepackt hatte. Ich versteckte es unter der Pritsche, um nicht vorzeitig Lärm zu schlagen. Der Trainer kommt ohne mich aus. Selbst wenn die Mannschaft in die zweite Liga abrutscht. Einer muß eben absteigen. Die an unserer Stelle, das heißt an ihrer Stelle, absteigen, haben auch ihren Trainer und ihren Iwanow, ihren Tolja und Kolja und sogar ihren Doktor.

»He«, rief der Masseur quer über den Weg, »Kolenkin! Komm raus. Der Trainer ruft nach dir. Es wird gleich angepfiffen.«

Er wartete meine Antwort nicht ab. Ich wollte mich verstecken, doch da tauchten Tolja und Kolja auf und machten sich für das Spiel fertig. Um mich nicht noch lächerlicher zu machen, blieb mir nichts weiter übrig, als mich mit ihnen zusammen vorzubereiten.

»Warum hast du denn Reißaus genommen?« fragte Kolja. »Es war doch nicht böse gemeint.«

»Valentina hat ihn ganz schön auf den Arm genommen«, sagte Tolja. »Das muß einen doch kränken. Wer will, badet, wer nicht will, läßt es sein. Du hast genauso gewiehert wie die andern. Vielleicht kann Gera wirklich nicht schwimmen. Klar, dann ist es besonders gemein.«

»Stimmt«, sagte Kolja. »Mich wollte man mal überreden, mit dem Fallschirm abzuspringen. Ich hatte entsetzlichen Bammel.«

Prima Jungs. Sie trösteten mich. Mir war aber alles einerlei. Mein Entschluß stand fest. Aus mir würde sowieso nie ein Basketballhomunkulus von Weltrang werden. Der Doktor hatte recht. Ich sollte mich lieber im Gehen üben. Von zu Hause bis zur Metrostation.

Da mir keine Ausrede einfallen wollte, mußte ich wohl oder übel raus aufs Spielfeld. Die Studenten trippelten schon unter dem Korb rum, und mein Erscheinen wurde mit spontaner Fröhlichkeit quittiert. Sie taten, als sähen sie mich gar nicht, und unterhielten sich ungeniert.

»Um den Angriff steht es wohl schlecht bei denen.«

»Wahrscheinlich haben sie lange gesucht.«

»Hallo, wir suchen junge Talente!«

»Der arbeitet zwei Monate im Jahr. Die übrige Zeit verjubelt er seine Rente.«

Der Trainer der Studenten, ein hochaufgeschossener, sehniger Mann, offensichtlich früher selbst aktiver Basketballspieler, rief ihnen zu: »Quatschköpfe!«

»Mach dir nichts draus«, sagte Iwanow, der mit dem Ball in der Hand auf den Platz gerannt war und ihn mit der Geschwindigkeit einer MG-Salve auf den Boden toppte. »Sie werden sich noch umsehen beim Spiel.«

Ich wußte, auch das war Betrug. Beim Spiel. Als ob man in zwei Tagen spielen lernte. Selbst wenn man besser konstruierte Nervenverbindungen hat. Zum Lernen war es zu spät.

Das war mein erstes Spiel. Der Trainer sagte: »Du spielst mit als erster, Kolenkin. Sollen sie dich ruhig foulen. Die Strafwürfe übernimmst du. Renn nicht zuviel. Damit du nicht außer Puste kommst. Ich wechsle dich bald aus.«

Mir gegenüber stand ein langer Kerl mit Schnurrbärtchen. Er war ausgelassen. Der Pfiff. Der Ball flog über den Platz. Ach, du langes Elend! Du lachst dir eins? Ich kochte vor Wut. Ich rannte zum Ball. Gerade das hätte ich nicht tun sollen, denn den Bruchteil einer Sekunde vorher hatte Iwanow den Ball in meine Richtung geworfen. Genauer gesagt dorthin, wo ich schon nicht mehr stand. Der lange Lulatsch griff den Ball. Ich lief eilig hinter ihm her zu unserem Korb und versuchte, dem Langen den Weg abzuschneiden. Der versetzte mir unmerklich, doch schmerzhaft einen Stoß mit dem Knie, ich stöhnte und blieb stehen.

»Was ist denn los?« konnte Iwanow mir noch zurufen.

Der Lange sprang hoch und landete den Ball haarscharf im Korb. Als er sich zu mir umdrehte, grinste er über das ganze Gesicht. Mir tat die angeschlagene Hüfte weh.

»Zur Mitte«, schrie mir Iwanow im Laufen zu.

Kolja war am Ball. Ich rannte zur Mitte, und der Abstand zum gegnerischen Korb schien mir unermeßlich weit. Es war bullig heiß. Ich hatte den Eindruck, als lachte alles. Meine Leute und die anderen.

»Halte ihn!« rief Kolja und schoß den Ball genau auf mich. Ganz anders als beim Training. Er schoß ihn wie eine Kanonenkugel. Genauso wie Iwanow am ersten Tag, dem Anfang meiner Schande.

Ich konnte nicht mehr ausweichen und fing den Ball mit der Brust ab, hielt ihn und rannte zum Korb. Beim fünften oder sechsten Schritt warf ich den Ball, glücklich, mich in den Augen der Mannschaft noch rehabilitieren zu können, und er landete weich im Korb. Ein Pfiff. Ich lief zurück, da bannte mich der Schrei des Trainers: »Spielst du neuerdings Handball! Was soll das?«

»Schrittfehler«, sagte der Schiedsrichter mit fröhlichem Befremden zu mir. »Schrittfehler«, wiederholte er sanft.

Klarer Fall von Schrittfehler. Wie deutlich man ihn im Fernsehen erkennt! Der Wurf wird nicht gerechnet. Man müßte vom Platz gehen. Meine Arme sanken förmlich. Ich wetzte noch fünf Minuten über das Spielfeld, gab mir redliche Mühe, einmal brachte ich sogar einen Treffer an. Dennoch ein armseliges

Schauspiel. Ich verfluchte mich, weil ich nicht früher, gleich nach dem Vorfall am Flüßchen, weggefahren war.

Andrej Sacharowitsch verlangte Auszeit. Als wir zu ihm kamen, würdigte er mich keines Blickes, sondern sagte nur: »Sergejew geht anstelle von Kolenkin raus.«

Ich trat zur Seite, um nicht mit Sergejew zu kollidieren, der zu den anderen aufs Spielfeld rannte.

»Warte«, sagte Andrej Sacharowitsch zu mir hin.

Ich setzte mich auf die Bank, die Ersatzspieler blickten auch an mir vorbei. Ich wartete nicht erst die Dinge ab, die kommen würden, sondern verzog mich klammheimlich.

»Wohin gehen Sie?« fragte Valja. »Lassen Sie das . . .«

Ich hörte nicht, was sie noch sagte. Wollte es nicht hören.

Ich ging in mein Zimmer, holte unter der Pritsche meinen Koffer hervor und zog Hosen und Hemd an. Einfach über das Jersey. Zum Umziehen blieb mir keine Zeit, denn jede weitere Minute drohte das Gespräch mit dem Trainer. Dieses Gespräch durchzustehen, fühlte ich mich außerstande.

Im Korridor verhielt ich den Schritt, spähte hinaus auf die Veranda. Niemand. Ich konnte gehen. Vom Spielplatz tönten vereinzelte Stimmen herüber. Jemand klatschte in die Hände.

»Wo ist Kolenkin?« vernahm ich die Stimme des Trainers.

Die Stimme trieb mich an, und ich rannte geduckt zum Tor.

Am Tor begegnete mir der Doktor. Ich tat so, als sähe ich ihn nicht. Er hielt es nicht für nötig, das Spielchen mitzumachen!

»Sie verschwinden?« fragte er. »Das habe ich vermutet. Vergessen Sie nicht, jeden Morgen eine kalte Dusche. Und Spaziergänge! Sonst sind Sie in fünf Jahren ein Wrack.«

Seine letzten Worte und sein Gelächter kamen schon von weiten her. Ich eilte zur Bahnstation.

Im halbvollen Wagen der Vorortbahn bedachte ich mich mit den letzten Flüchen. Das durchgeschwitzte Jersey klebte an meinem Körper, die Haut juckte. Warum nur hatte ich mich auf diese Geschichte eingelassen? Jetzt stehe ich da wie ein Blödian, nicht nur vor der Mannschaft, auch vor den Kollegen. An allem ist dieser Kurlow . . . Was hat Kurlow damit zu tun? Er hat ein Experiment gemacht. Hat ein gefügiges Meerschweinchen gefunden, und die Sache war geritzt. Eins wußte ich todsicher, zur Arbeit gehe ich nicht mehr. Ich hatte zehn Tage Urlaub, und obwohl ich mir diesen Urlaub erschwindelt hatte, dachte ich nicht daran, auf ihn zu verzichten. Dabei wußte ich, daß meine Entschlossenheit einzig und allein der Feigheit entsprang. In welchem Licht stehe ich, drei Tage nach der feierlichen Verabschiedung ins Trainingslager, vor der Abteilung da? Und wenn sie mich plötzlich suchen? Kaum anzunehmen nach diesem totalen Reinfall. Ich fahre kurzerhand für eineinhalb Wochen nach Leningrad. Dort werden wir weitersehen.

Gesagt, getan. Danach kehrte ich zur Arbeit zurück. Der Trainer hatte mich vielleicht auf meiner Arbeitsstelle gesucht, aber jedenfalls nicht verraten, daß ich aus dem Trainingslager geflüchtet war. Ich verstand ihn nur zu gut, die Schande wäre auch an ihm hängengeblieben. Was hatte ihn bewogen, die Knöpfchen zu drücken und mich anzuheuern? Warum die eigene Sportobrigkeit in Aufregung versetzen? Man hatte mich abgeschrieben, weil ich nicht gebraucht wurde.

Kurlow sah ich erst nach meiner Rückkehr aus Leningrad wieder. Im Fahrstuhl.

»Ich dachte«, sagte er ironisch, »Sie wären längst ein Stern am Basketballhimmel.«

Ich war nicht beleidigt. Meine Basketballvergangenheit lag eingehüllt im Nebel der Zeiten. Ein Traum.

»Die Karriere ist vorbei«, antwortete ich, »was machen Ihre Versuche?«

»Sie gehen langsam, aber stetig voran«, sagte Kurlow. »Noch ein paar Jährchen, und alle Kinder bekommen unser Serum. Schon im Kindergarten.«

»Kurlow-Serum?«

»Nein, das Serum unseres Instituts. Was hat Ihnen Einhalt geboten? Soweit ich mich erinnere, hatten Sie doch zugestimmt, das harte Brot des Basketballspielers zu essen.«

»Es ist ein bißchen zu hart. Ballwerfen allein macht es nicht.«

»Das haben Sie mitgekriegt?«

»Nicht auf Anhieb.«

Der Fahrstuhl hielt in der sechsten Etage. Kurlow sperrte die Tür auf, und mit einem Bein im Treppenflur stehend, sagte er: »In den nächsten Tagen schaue ich einmal bei Ihnen rein. Erzählen Sie mir dann von Ihren Empfindungen?«

»Gut. Allerdings möchte ich von vornherein klarstellen, daß ich nur eine einzige Entdeckung gemacht habe.«

»Welche?«

»Daß ich einen Haufen Geld verdienen könnte. Beim Billard.«

»Aha«, sagte Kurlow enttäuscht. Er hatte anscheinend eine andere Antwort erwartet. »Nun«, sagte er, nachdem er ein paar Sekunden überlegt hatte, »Kindern werden wir das Spielchen nicht beibringen. Vor allem nicht um Geld. Ob Sie es glauben oder nicht, unsere Impfungen bringen einen neuen Menschen zustande. Einen vollkommeneren Menschen.«

»Ich glaube es«, sagte ich und schloß die Fahrstuhltür. »Leider werden aber weder Sie noch ich einen großen Nutzen davon haben.«

»Ich bin nicht sicher«, sagte er. »Wir werden Billard spielen können.«

Zu Hause leuchtete mir ein, daß Kurlow recht hatte. Wenn man in ein paar Jahren den Kindern dieses Serum eingibt, wonach ihre Hände genau das tun, was ihr Gehirn will, ist schon ein anderer Mensch geboren. Wie leicht wird es Malern und technischen Zeichnern dann gemacht! Die Technik werden sie in ein paar Tagen beherrschen, die übrige Zeit gehört dem Schaffensprozeß. Schützen schießen nicht mehr daneben, Fußballer treffen immer ins Tor, und Schulanfänger verschwenden keine Zeit mehr mit Kritzeleien. Die Buchstaben schreiben sie so, wie der Lehrer sie vorgibt. Im ersten Moment wird einem das alles gar nicht klar.

Nach Hause gekommen, kramte ich ein Blatt Papier hervor und versuchte, das an der Wand hängende Porträt von Hemingway abzuzeichnen. Ich mußte mich zwar ein bißchen anstrengen, doch eine Stunde später lag fast haargenau das gleiche Bild vor mir. Meine Stimmung besserte sich etwas.

Am nächsten Tag geschahen gleich zwei merkwürdige Dinge. Erstens wurde meine Wäsche aus der Wäscherei gebracht, und ich entdeckte zu meiner Verwunderung das nicht in die Wäscherei gegebene klubeigene Jersey. Zweitens las ich am gleichen Morgen in der Zeitung, daß im zweiten Programm ein aufgezeichnetes Spiel meiner Mannschaft, das heißt meiner ehemaligen Mannschaft, gesendet wird. In der gleichen Zeitung, auf der Sportseite, hieß es, das Spiel sei die letzte Hoffnung der Mannschaft, in der ersten Liga zu verbleiben, und deshalb von Interesse.

Ich wanderte lange durch das Zimmer, betrachtete das auf dem Sofa ausgebreitete Jersey mit der großen 22. Dann legte ich es zusammen. Heute abend würde ich zum Spiel gehen, Andrej

Sacharowitsch suchen und ihm das Klubdreß zurückgeben. Was war, das war. Ich hoffte, er würde nicht allzu böse sein.

Ich gestand mir selbst nicht ein, daß ich gern mit ansehen möchte, ganz aus der Nähe, wie Kolja und Tolja aufs Spielfeld laufen. Ich wollte einen Blick auf Valja werfen, sie würde bestimmt zuschauen kommen, wie ihre Jungs das letzte Spiel machen.

Ich gebe das Jersey stillschweigend zurück, entschuldige mich und gehe wieder. Eins hatte ich allerdings nicht bedacht, daß, sollte die Mannschaft verlieren, mein Erscheinen den Trainer noch mehr in Rage bringen würde. Das hatte ich einfach außer acht gelassen.

Ich kam ziemlich früh. Der Saal begann sich gerade erst zu füllen. An der Barriere verschafften sich die Ersatzspieler der Litauer, mit denen meine Jungs heute spielen mußten, Bewegung. Trotz allem *meine.* Ich hatte einen Platz nahe am Spielfeld, jedoch nicht in der ersten Reihe. Ich wollte nicht, daß man mich sah.

Dann betraten Andrej Sacharowitsch und der Masseur das Spielfeld. Sie stritten. Ich guckte weg. Sie sahen aber nicht zu mir hin. Durch den Gang, dicht an mir vorbei, schlenderte Dr. Kirill Petrowitsch. Ich hob den Kopf, und unsere Blicke trafen sich. Der Doktor deutete mit den Mundwinkeln ein Lächeln an. Er beugte sich zu mir herunter: »Duschen Sie kalt?«

»Ja«, antwortete ich schroff, fügte jedoch sofort hinzu: »Bitte, sagen Sie nichts dem Trainer.«

»Wie Sie wünschen«, sagte der Doktor und ging weiter.

Er gesellte sich zu Trainer und Masseur, und sie setzen ihren Disput fort, blickten aber nicht zu mir hin. Der Doktor hatte also wirklich nicht geplaudert. Andrej Sacharowitsch holte zweimal sein Notizbuch aus der Tasche, steckte es aber sofort wieder zurück. Er war sehr aufgeregt, und er tat mir leid. Ich sah mich nach seiner Frau um. Sie war aber nicht da. Der Saal füllte sich mit Menschen, es wurde laut. Die den ganzen Saal einhüllende erregte Atmosphäre vor Spielbeginn, die man zu Hause vor dem Fernseher nie empfindet, gewann die Oberhand. Die Menschen waren durch seltsame, offenbar sensibel reagierende Fädchen miteinander und mit jeder Bewegung der Spieler auf dem Platz verbunden.

Was geboten wurde, war durchweg schlecht. Iwanow verfehlte ein paarmal den Korb, als er ihn einfach nicht verfehlen durfte. Kolja hatte bis zur Pause fünf Strafpunkte gesammelt und verließ den Platz. Sergejew humpelte aus irgendeinem Grunde und kam zu spät an den Ball. Andrej Sacharowitsch sprang aufgescheucht herum, rannte am Spielfeld entlang, forderte zweimal Auszeit, um seinen Jungs Hinweise zu geben.

Valja und ihre Freundinnen saßen in der ersten Reihe. Ich konnte sie gut sehen und hoffte die ganze Zeit, Valja würde sich zu mir umdrehen, aber sie ließ das Spielfeld nicht aus den Augen. Zur Pause führten die Litauer mit zehn Punkten Vorsprung. Klar, daß sie in der zweiten Halbzeit die Unseren schlagen würden. Haushoch. Der Saal hatte schon aufgehört, für meine Mannschaft die Daumen zu drücken. Ich wagte nicht, die Stimme zu heben, weil Valja sie erkennen und sich umdrehen könnte. Das wäre mir peinlich gewesen. Neben mir saß ein etwa sechzehnjähriger Bengel und wiederholte dauernd: »Packt ein! Packt ein, ihr Flaschen!«

Und er pfiff. So lange, bis ich ihn anfauchte: »Sei endlich still!«

»In Ordnung, Opa«, sagte der Junge nicht gerade ehrerbietig, doch er stellte das Pfeifkonzert ein.

Nach der Pause trottete ich in die Garderobe. Ich hielt es nicht bis zum Spielende aus. Eine widerwärtige Vorahnung erfaßte mich. Klar. Nicht etwa, weil die Unsern schlechter als die Litauer spielten. Es stand einfach fest für sie, daß sie verlieren. Das war alles. Auch ich wußte es. Also trabte ich in die Garderobe, um, wenn alle fort waren, mein Jersey samt Entschuldigungszettel auf die Bank zu legen.

Ich wurde ohne weiteres in die Garderobe gelassen. Genauer gesagt, der Eingang war überhaupt nicht bewacht. Wer sollte schon etwas in einer leeren Garderobe suchen, wo sich alles auf dem Spielfeld entschied!

Ich betrat den Raum. An den Bänken standen in einer Reihe die mir bekannten Taschen mit der Aufschrift »Adidas«, wahrscheinlich irgendeine Fluggesellschaft. Ich erkannte Toljas Jakkett, in eine Ecke geworfen. Und ich stellte mir die Garderobe im Trainingslager vor, dort unter den Kiefern. Sie war kleiner und dunkler, sah aber sonst genauso aus.

Ich holte das Jersey und die Schuhe aus der Tasche und legte sie auf die Bank. Ich müßte einen Zettel schreiben. Aus dem Saal drangen Pfiffe und Geschrei herüber. Das Spiel hatte begonnen. Wo war der Füller? Er fand sich nicht.

Den Dreß also ohne Notiz hinterlassen? Was sonst?

Ich wickelte das Oberteil mit der 22 aus und verspürte den

Wunsch, es anzuziehen. Idiotischer Wunsch. Ich legte das Oberteil auf die Bank.

»Sind Sie es?« fragte der Doktor. Er war lautlos eingetreten.

»Ja. Gut, daß Sie kommen! Ich kann keinen Zettel schreiben, ich will das Jersey zurückgeben. Das geborgte.«

Ich rang mir ein Lächeln ab. Es kam jedoch nur ein recht klägliches Grinsen zum Vorschein.

»Legen Sie es hin«, sagte der Doktor. »Es geht ohne Zettel.«

»Alles zu Ende?« fragte ich.

»Fast«, antwortete der Doktor. »Wunder gibt es nicht.«

Als ich zur Tür ging, fragte er plötzlich: »Haben Sie keine Lust, Kolenkin, mitzuspielen?«

»Was?«

»Mitspielen. Ich würde es gestatten.«

Anstatt zu lachen, mich mit einem Scherz aus der Affäre zu ziehen, sagte ich aus irgendeinem Grund: »Ich darf nicht. Ich bin nicht gemeldet.«

»Bis jetzt gehören Sie zur Mannschaft. In dem Durcheinander der letzten Tage ist niemand auf die Idee gekommen, Sie zu streichen.«

»Ich bin aber für dieses Spiel nicht gemeldet.«

»Doch.«

»Wie denn das?«

»Vor Spielbeginn habe ich Sie ins Protokoll eintragen lassen. Ich habe dem Trainer gesagt, Sie hätten versprochen zu kommen.«

»Das ist doch nicht möglich!«

»Ich habe nicht ›bestimmt‹ gesagt. Wir hatten noch einen freien Platz.«

»Und er hat mich eingetragen?«

»Ja. Er meinte, Sie könnten als Ersatz eingetragen werden. Vielleicht würde es helfen. Vor dem Spiel sind alle abergläubisch.«

Ich merkte plötzlich, daß ich mich auszog, daß ich schnell die Hosen aufknöpfte, mich hastig umzog, weil die Zeit verging; die Jungen dort spielten, während ich mich in abstrakten Gesprächen mit dem Doktor erging, der mich nicht leiden konnte, aber ein guter Psychologe war. Mit einemmal durchzuckte mich der Gedanke, daß ich eigentlich von dem Augenblick an, als ich mit dem Jersey in der Tasche das Haus verließ, innerlich schon auf den unsinnigen Schritt eingestellt war. Auf die Wahnsinnstat.

»Regen Sie sich nicht auf«, sagte der Doktor. »Ihr Auftritt ändert nichts. Und wenn Sie das Spielfeld betreten, achten Sie nicht auf die Zuschauer. Die werden womöglich ziemlich lebhaft auf Ihr Erscheinen reagieren. Genieren Sie sich nicht.«

»Hol sie der Teufel, allesamt!« ereiferte ich mich. »Mir passiert schon nichts.«

Ich schnürte mir die Schuhe zu, meine Finger verhedderten sich in den Schnürsenkeln. Der Doktor sagte kein Wort, hüstelte nur taktvoll, als ich zur falschen Tür hinausstürzen wollte.

Von da an hatte ich das Zeitgefühl verloren. Ich erinnere mich nur, daß der Doktor vor mir her marschierte und sich jede Sekunde umdrehte. Ich erinnere mich, im tobenden Saal gestanden zu haben, der mir zuerst gar keine Beachtung schenkte, weil alle Blicke auf das Spielfeld gerichtet waren. Ich hörte Valja rufen: »Gera! Gerotschka!«

Ich sah Andrej Sacharowitsch sich umdrehen und mit einem blöden Lächeln sagen: »Was willst du denn hier?«

Er trat an mich heran und packte mich an den Schultern, um sich von meiner realen Existenz zu überzeugen. Er wollte mich nicht wieder loslassen und kniff mich heftig in die Schulter. Er wartete auf eine Verschnaufpause im Spiel, um mich aufs Spielfeld zu stoßen. Mit halbem Ohr hörte ich die Jungs auf der Bank durcheinanderrufen: »Grüß dich!« — »'n Tag, Gera!«

Der eine oder andere wollte aufstehen, der Masseur drückte ihn jedoch auf die Bank zurück. Ein Pfiff. Ein Strafwurf für uns.

Und der Trainer lotste mich schnurstracks zur offenen Stirnseite des Feldes. Mir entgegen kam Iwanow geschlurft. Er erkannte mich, wunderte sich kein bißchen und klopfte mir auf den Rücken, als wollte er die Staffette an mich weitergeben. In diesem Augenblick brach der Saal in schallendes Gelächter aus. Albern und gehässig. Die vom Spiel enttäuschten Zuschauer lachten nicht bloß über mich, sie lachten über die Mannschaft, denn sie wußten, daß die Mannschaft absolut nichts mehr zu sagen hatte. Ich zitterte wie Espenlaub, blieb sogar einen Augenblick stehen, von dem Gelächter verletzt. Da erklang eine hohe, durchdringende Stimme, wohl Tamaras, durch den Lärm: »Vorwärts, Gera!«

Der Schiedsrichter sah mich ungläubig an. Er rannte zum Kampfrichtertisch. Andrej Sacharowitsch hatte diese Reaktion aber offenbar vorausgesehen, stand schon dort, über die Kampfrichter gebeugt, und glitt mit dem Finger über das Protokoll.

3

Über mir ragte Tolja empor.

»Sobald ich den Ball habe«, flüsterte er, und das Flüstern drang ausgezeichnet durch das sich entfernende und mich nicht mehr berührende Gelächter, »lauf zu ihrem Korb. Bleib nicht stehen. Klar? Mit dem Ball nicht rennen. Das gibt einen Schrittfehler.«

Er hatte meine Blamage nicht vergessen. Ich war nicht gekränkt. Jetzt war nur noch eins wichtig: spielen. Ich konnte gerade noch einen Blick auf die Tafel riskieren: Die Litauer führten mit vierzehn Punkten. Und es blieben noch sechzehn Minuten und ein paar Sekunden. Die Litauer stichelten fröhlich, ich ärgerte mich auch darüber nicht. Sie waren überzeugt vom Sieg, dazu noch von einem leichten, weil ich für sie nicht als Spieler zählte.

Schließlich kehrte der Schiedsrichter aufs Spielfeld zurück. Er war zufrieden, wenn auch irritiert. Ein Litauer nahm den Ball auf und warf. Der Ball flog daneben. Der Litauer warf ein zweites Mal. Der Ball landete im Korb. Im Saal wurde Beifall geklatscht. Ich seufzte. Ich durfte nicht schlappmachen. Ob ich nun schön oder nicht schön lief, schließlich war ich nicht auf der Bühne des Bolschoi-Theaters. Und ich lächelte.

Ich schaffte es, über das halbe Spielfeld zu rennen und mich Kolja zuzuwenden. Er warf den Ball von unserer Linie aus zu. Ich streckte die Hände aus, vergaß aber, ihnen einzuschärfen, daß der Ball von den vielen Schweißhänden feucht war. Das hatte ich nicht bedacht. Der Ball glitt aus meinen Händen und kullerte über das Spielfeld. Das war ein Pfeifen! Ein Gejohle! Das Stadion lachte. Das ganze zweite Programm lachte. Millionen Menschen lachten. Und ich starb nicht einmal vor Scham. Ich wußte, das nächste Mal würde ich berücksichtigen, daß der Ball feucht war. Er wird mir nicht mehr aus den Händen gleiten. Hauptsache, Andrej Sacharowitsch fährt der Schreck jetzt nicht in die Glieder. Ich suchte ihn mit den Augen und nickte ihm zu. Der Trainer war bleich. Er blickte an mir vorüber ins Leere. Er entschied, was zu tun war. »Los!« rief ich Kolja zu, der den Ball abgefangen hatte.

Für den Bruchteil einer Sekunde schwankte Kolja.

Er hätte auch selbst werfen können. Aber er war ein feiner Kerl. Er spielte mir zu. Solange wir zusammen auf einem Platz waren, hielt er mich für ebenbürtig. Er schickte mir den Ball in einem weichen, sanften, hohen Bogen zu. Ich sprang tolpatschig nach dem Ball und warf ihn in den fernen Korb. Mein Gehirn arbeitete präzise wie ein Uhrwerk.

Der Ball stand hoch über dem Spielbrett und landete wie in der Zeitlupe vorsichtig im Korb, genau in der Mitte, ohne den Metallreifen zu berühren. Er toppte auf den Boden.

Im Saal wurde es still. Eine Stille, lauter als das Getöse bisher. Das Trommelfell hätte einem von dieser Stille platzen können. Ich rannte zurück, zur Mitte des Spielfeldes, um den Unsern gegen den Angriff der Litauer beizustehen. Meinen zweiten Ball, den ich aus seitlicher Position warf, begleiteten die Tribünen mit zurückhaltendem Beifall. Nur unsere Mädchen rasten. Nach dem dritten Ball schlossen sich ihnen die Tribünen an und skandierten: »Ge-ra! Ge-ra!«

Das schien ein Zauberwort zu sein. Unsere Mannschaft begann ganz anders zu spielen. Alles veränderte sich. Iwanow kam wieder aufs Spielfeld und verwandelte einen herrlichen Ball, daß selbst der Trainer der Litauer zweimal in die Hände klatschte. Dann bat er um Auszeit.

Wir liefen zu Andrej Sacharowitsch.

»Weiter so«, sagte er. »Noch vier Punkte. Zwei Bälle aus dem Spiel. Kolenkin, renne nicht zu sehr. Sonst machst du schlapp. Wenn irgendwas ist, gib mir ein Zeichen, und ich wechsle dich aus.«

»Ach wo«, sagte ich. »Ach wo.«

Iwanow legte mir seine schwere Pranke auf die Schulter. Wir wußten, daß wir gewinnen würden.

Mein weiterer Anteil am Spiel war recht bescheiden. Dreimal verlor ich zu meiner Schande den Ball. Obwohl es, ehrlich gesagt, keiner bemerkte. Dann erledigte ich die Strafwürfe. Beide Bälle fielen in den Korb. Fünf Minuten vor Schluß, bei einem Spielstand von 87 zu 76 für uns, wechselte Andrej Sacharowitsch mich gegen Sergejew aus.

»Setz dich«, sagte er. »Wir kommen schon zurecht. Der Doktor hat dir das viele Rennen verboten, es bekommt deinem Herzen nicht.«

»Das ist nicht weiter gefährlich«, sagte ich. »Wirklich nicht.«

»Bleib sitzen.«

Ich setzte mich auf die Bank und begriff, daß ich mich völlig verausgabt hatte. Selbst nach dem Abpfiff, als die Unsern sich versammelten, um mich auf die Schultern zu nehmen, hatte ich noch keine Kraft, um fortzulaufen.

Sie trugen mich in die Garderobe. Hinter mir her wurde der Trainer getragen. Übrigens war nichts Außergewöhnliches geschehen. Unsere Mannschaft hatte weder die Unionsmeisterschaften noch einen Pokal, noch einen internationalen Preis gewonnen. Sie war lediglich in der ersten Liga geblieben. Die Trauer, die uns heute eigentlich hätte ergreifen müssen, hatte jemand anderen gepackt.

»Hast es ihnen gegeben«, sagte Iwanow und ließ mich vorsichtig runter.

Aus dem Saal drang immer noch Lärm und der rumorende Chor: »Ge-ra! Ge-ra!«

»Danke«, sagte Andrej Sacharowitsch. »Danke, daß du gekommen bist. Ich hatte nicht mehr damit gerechnet.«

»Nicht mehr damit gerechnet, aber ins Protokoll eingetragen«, sagte Sergejew.

»Was verstehst du schon«, erwiderte Andrej Sacharowitsch Sergejew.

Valja kam angelaufen, sie beugte sich nieder und gab mir einen herzhaften Kuß auf die Geheimratsecken oberhalb der Schläfe.

»Ach, Gerotschka!« sagte sie. Ihr Gesicht war tränenfeucht.

Dann wurde ich zu einem Notausgang geleitet, weil sich am Bus eine Horde wild gewordener Fans eingefunden hatte. Andrej Sacharowitsch bat mich, morgen Punkt halb sechs zum Bankett zu erscheinen. Jetzt konnte ich mich sehen lassen. Tamara schrieb sich meine Telefonnummer auf und sagte: »Sie ruft dich am Abend an! Ja?«

Ich wußte, daß ich zum Bankett gehen und auf den Anruf dieses langbeinigen Mädchens warten würde, mit dem ich mich wahrscheinlich nicht zusammen auf die Straße traute. Daß ich noch oft zu ihnen raus ins Trainingslager fahren, das Spielfeld aber nie mehr betreten würde.

Das sagte ich auch dem Doktor, als wir über die Uferpromenade schlenderten. Unser Weg war fast der gleiche.

»Sind Sie davon überzeugt?« fragte er.

»Hundertprozentig. Heute ist so ein Tag. So einen gibt es nur einmal.«

»Eine Sternstunde?«

»Gewissermaßen.«

»Man wird Sie jetzt auf der Straße erkennen.«

»Kaum. Angezogen sehe ich manierlicher aus. Bloß im Dienst werde ich ins Schwitzen kommen.«

»Das kann ich mir vorstellen.« Der Doktor lachte so, als müßte er husten. »Und trotzdem, Sie sind nicht dagegen versichert, daß es Sie noch mal zu uns zieht. Das ist wie Rauschgift, ich kenne es aus eigener Erfahrung.«

»Sie?«

»Ich habe mein Leben lang davon geträumt, Sportler zu werden. Habe bloß kein Talent. Vor Kummer wollte ich schon zum Nordpol abwandern. Warum sind Sie also derart von sich überzeugt?«

»Weil dem Basketball der Untergang droht. Weil das, was ich jetzt kann, in ein paar Jährchen jeder Schüler der fünften Klasse vermag.«

Und ich erzählte ihm von Kurlows Experiment.

Der Doktor schwieg lange. Dann sagte er: »Genaugenommen müßte das Spiel für ungültig erklärt werden.«

»Warum?«

»Weil die Geschichte mit Ihnen verflucht nach Doping aussieht.«

»Damit bin ich nicht einverstanden. Es handelt sich ja um meine unveräußerliche Eigenschaft, die mir immer bleibt. Hätte ich mit einer Brille spielen können, wenn ich schlecht sehen würde?«

Der Doktor zuckte die Schultern. »Vielleicht haben Sie recht. Aber dem Basketball droht keineswegs der Untergang. Er paßt sich an. Sie werden sehen. Immerhin sind auch Ihren Fähigkeiten Grenzen gesetzt.«

»Natürlich«, sagte ich. »Mir täte es leid, wenn der Basketball unterginge.«

Wir trennten uns an der Borodinobrücke. Beim Abschied fragte der Doktor: »Bis morgen?«

»Bis morgen.«

»Übrigens rate ich Ihnen nachdrücklich zu den kalten Duschen. Das ist kein Scherz.«

»Ich werd' mir Mühe geben.«

»Nicht ›Ich werd' mir Mühe geben‹, sondern ›Ich werde es tun‹. Wenn Sie den Bauch runter haben, findet sich vielleicht auch für Sie ein Plätzchen beim Basketball der Zukunft.«

Ich ging weiter, bis nach Hause, zu Fuß. Ich hatte keine Eile. Außerdem hatte mir der Arzt ja Spaziergänge verordnet.

# Wunder in Guslar

## Persönliche Beziehungen

Sie saßen im Hof und spielten Domino. Es war zur Sommerzeit, nach einem Regen, bei blankem Wetter. Die Wolken, die das Wasser losgeworden waren, segelten da oben, wollüstig und versöhnt, die Pfützen trockneten in Windeseile und gaben unsichtbaren Dampf, das Abendbrot stand noch aus, und das Spiel hing durch. Die Zeit war ran, über dies und das zu schwatzen.

»Bin irgendwie ab heute«, sagte Wassil Wassiljewitsch und schnupperte an den tausend Düften, die aus zwölf Küchen zu den Spielern niederstiegen.

»Heiß war's«, bekräftigte Valentin Katz, häufelte die Steine und fragte: »Na, noch 'ne Runde, Kameraden?«

Indessen betrat Korneli Udalow den Hof, schweißtriefend, die hellen Härchen hochgeringelt, in schmuddeliger Hose, das Jakkett über der Schulter, eine Büchse in der Hand, aus der weiße Farbe troff. Darin schunkelte ein Malerpinsel.

»Der Korneli ist unter die Anstreicher gegangen, wie?« sagte Pogosjan.

»Dusseliges Volk«, sagte Udalow und schielte in Richtung Fenster, ob nicht etwa seine Frau, die Xenia, Schmiere stand, und setzte sich, nachdem er den Farbtopf mitten auf den Hof geknallt hatte, auf eine Bank.

»Ein Ding ist mir passiert«, sagte er, »fantastisch!«

»Egalweg passiert dir was«, sagte Valentin. »Machen wir nun noch 'ne Partie, oder?«

»Was für ein Ding, eh?« fragte Pogosjan.

Udalow, der mächtig darauf brannte, sich seines Geheimnisses zu entledigen, sagte denn auch gleich: »Die Straße nach Grjasnucha kennt ihr? Wo's zum Sanatorium geht?«

»Hm.«

»Also da ist das passiert. Die Straße war weg heute.«

»Und wohin ist sie, die Ärmste?«

»Keine Ahnung, will ich mal sagen«, antwortete Udalow. »Die Menschheit wird's noch früh genug erfahren.«

»Korneli, du spinnst«, grollte Wassil Wassiljewitsch. »Erst drehst du immer solche Dinger, und dann mißt du ihnen kosmische Bedeutung bei.«

»Eben, eben, kosmisch ist die Bedeutung, und um kein Karat geringer.«

»Klar«, rief aus dem offenen Fenster Grubin, der, über eine öde, aber schöpferische Arbeit gebeugt — er schnitzte das »Lied von Oleg dem Propheten« in ein Reiskorn —, die ganze Unterhaltung sehr wohl mitgehört hatte. »Klar«, rief er also, »die Amis, die haben einen Stein vom Mond geholt und unterwegs fallen lassen, mitten auf Kornelis Straße.«

»Grubin, du bist ein zynisches Aas«, sagte Korneli voller Schwermut.

Und nun sahen alle so richtig, wie sehr es ihn gelüstete, sich mitzuteilen, wie er sich aber vorerst nicht entschließen konnte. Auf die Vorsprünge in seinem dicklichen Gesicht traten Schweißperlen.

»Ein zynisches Aas bist du, Grubin, und das erstaunlichste ist, daß du den Nagel so gut wie auf den Kopf getroffen hast, obwohl du dir von der Größe des Ereignisses keine Vorstellung machst. Immerhin hab' ich mein Wort gegeben, beinahe schriftlich, daß ich dichthalte.«

»Dann halte doch dicht«, sagte Grubin.

»Tu' ich ja auch«, sagte Udalow.

»Deine Dinger, die du drehst, die haben wir gerne«, sagte Grubin, der sich, ungeachtet dieser schnöden Worte, Udalows Intimus nennen durfte, und alle wußten das.

»Was war also mit der Straße?« fragte Valja Katz. »Gleich ruft nämlich meine Frau zum Abendbrot.«

»Das glaubt ihr doch nicht«, sagte Udalow.

»Glauben wir auch nicht«, pflichtete Grubin durchs Fenster bei.

Aber Udalow war nicht mehr zu halten. Seine Augen traten weg und kriegten ihren Dämmerblick. Mit diesem Blick haben in grauer Vorzeit die Bylinensänger ihre Gusli aus dem Sack gezogen und, das Antlitz dem Fürsten zugekehrt, einen langen, hinreißenden Rapport abgezogen, der den Zeitgenossen durchaus glaubwürdig und den Nachgeborenen ganz und gar unwahrscheinlich vorkam.

»Ich spazier' da heute so nach Grjasnucha«, sagte Udalow. »Bis zur Molkerei per Bus, und dann per pedes. In einem Monat müssen wir das Dach vom Sanatorium neu decken. Das wollt' ich mir bei Licht besehn.«

»Und der Dienstwagen, Korneli?« fragte Grubin.

»Der ist nach Potma, wegen des Generators. Einen haben wir bloß im Betrieb. Ich also los, zum Sanatorium. Du hast Zeit, sag' ich mir, die Straße führt durch den Wald, stückweise am Ufer entlang, die Vögel zwitschern, und nicht soviel Verkehr in der Gegend, nicht mal Kurgäste.«

»Stimmt denn, daß sie's Sanatorium dichtgemacht haben?« fragte Wassil Wassiljewitsch.

»Zeitweilig«, sagte Udalow. »Zeitweilig ist die Schlammquelle versiegt. Werden wohl Narsan anfahren müssen. Und da hab' ich sie getroffen.«

»Wen, die Kurgäste?«

»Was für Kurgäste? Die Leute im Moskwitsch, 'ne ganze Familie. Touristen höchstwahrscheinlich. Auf dem Dach alles angeschnallt: Zelt, Matratze, Kinderwagen. Im Auto fünf Mann hoch, deshalb hab' ich sie auch nicht angehalten.«

»Wozu denn anhalten?«

»Na, Mensch, um zum Sanatorium zu trampen.«

»Aber sie sind dir doch entgegengekommen.«

»Nicht doch, Valentin, du verwechselst das. Zuerst haben sie mich überholt. Und ich hab' sie nicht angehalten. Ich hatte ja Zeit. Und dann sind sie zurückgekommen. Der am Steuer, kreidebleich — die Kinder greinen —, steckt seinen Kopf durchs Fenster und winkt: Los, zurück mit dir oder was.

›Komischer Vogel‹, denk' ich. Ich wußte ja nicht, was mich hinter der Kurve erwartete.«

»Hinter der Kurve erwartete den Korneli eine kalte Leiche«, sagte Grubin.

»Quatsch nicht rein!« tobte Pogosjan. »Da ist wer mitten im Erzählen, verstehst du, und du quatschst rein.«

»Hinter der Kurve erwartet mich ein Schild: ›Bauarbeiten‹. Kennt ihr das? Dreieck und in der Mitte 'n Mann mit Schaufel. Richtig platt war ich. Was denn für Bauarbeiten ohne das Baukontor? Unsere Stadt ist nicht so groß, daß es so was geben kann. Und dann das Schild. Das war so eigenartig. In der künstlerischen Ausführung irgendwie ungekonnt. Der Arbeiter hatte drei Beine und sah ziemlich vergammelt aus.«

»Und wer stellt bei uns die Schilder her?«

»Die kommen aus Wologda. Das ist Sache der Miliz. Aber schlechtes Schild, gutes Schild, das ist es nicht. Der Clou sind die drei Beine.«

»Sauerei«, sagte die alte Loshkina, die ihren Mann bereits ab-

gefüttert hatte und jetzt in der Lücke zwischen Aquarium und Kanarienkäfig im Fenster lag.

»Hab' ich auch gedacht«, pflichtete Udalow bei. »Und dann war da noch was, womit die Leute im Moskwitsch mich kribbelig machten. Was hatte sie erschreckt?«

»Sauerei, klarer Fall«, wiederholte die alte Loshkina.

»Also, da steckt ein unbekanntes Schild in der Erde, und aus der nächsten Kurve gongt Metall und allerlei Baulärm. Zehn Schritte wag' ich noch, ich gestehe, mit der gebotenen Vorsicht, und was seh' ich? Eine Schranke, quer über die Straße. Und darauf mit schwarzen Buchstaben: ›Durchfahrt verboten‹. Gleich dahinter wendet ein Bulldozer sonderbarsten Kalibers, und auf dem Bulldozer, da hockt doch, kaum zu glauben, ein Interplanetarier mit vier Händen und drei Augen.«

»Haut ganz schön auf'n Putz«, sagte Pogosjan, welcher an nichts glaubte.

»Valentin, das Essen wird kalt!« zeterte Frau Katz.

»Augenblickchen!« sagte Katz. »Nur noch zu Ende hören.«

»Denken Sie bloß mal, was sich da abspielt«, sagte Frau Katz über den ganzen Hof zur alten Loshkina. »Valentin spritzt nicht, wenn er gerufen wird!«

»Und auf dem Kopf so'n Helm zum Durchgucken wie bei den echten Kosmonauten«, fuhr Udalow fort und überdeckte, um die Sachlage zu demonstrieren, seine Augen. »In dem Helm, da stekken solche Drähte, und sein Anzug ist orange gefärbt. Er mich sehen, aber tun wie nichts, würgt den Motor ab, springt runter, und da krieg' ich Beine zu sehn, mindestens Stücker drei, und was der Clou ist, alle drei haben verschiedene Schuhe an. Ich wünsche einen guten Tag, so geschockt bin ich, und er auch: ›Guten Tag!‹«

»Haut ganz schön auf 'n Putz!« sagte Pogosjan. »Guten Tag! Nämlich auf interplanetarisch, und der Korneli, der hat das auch gleich drauf, klarer Fall.«

»Von Kindesbeinen an«, parierte Grubin, der seine Kunst geschmissen hatte und sich kein Sterbenswörtchen entgehen ließ.

»Russisch hat er geredet«, entgegnete Udalow. »Na, und ich zu ihm in aller Pflicht und Schuldigkeit: ›Wer hat den Auftrag für die Bauarbeiten erteilt?‹«

»Natürlich«, sagte Grubin, »kaum kriegen wir einen auf drei Beinen zu Gesicht, so einen Unirdischen aus fernen Sternenwellen, da knallen wir ihm statt ›Herzlich willkommen‹ auch schon ›Den Auftrag, bitte!‹ an den Kopf.«

»Ich war so geschockt«, sagte Udalow. »Andernfalls hätte ich gesagt, was nötig ist. Aber vor lauter Schreck hab' ich den Stier bei den Hörnern gepackt.«

»Hatte er denn welche?« wunderte sich die alte Loshkina.

»Symbolisch meint er das«, sagte Wassil Wassiljewitsch.

»Ich steig' aus«, sagte Pogosjan, »sonst speist er mich, verstehst du, anstelle von Abendbrot mit Märchen ab.«

Doch Pogosjan stieg nicht. Wie wünschte er, daß sie ihn zurückhielten, auf ihn einredeten, das alles sei nur ein Scherz, aber niemand hielt ihn zurück, und niemand redete auf ihn ein. Alle wußten, daß Udalow, obzwar mit stark entwickelter Einbildungskraft begabt und ein einziges Nervenbündel, dabei doch ungeheuer aufrichtig war und daß die Xenia, seine Frau, ihm für eine Lüge den Kopf abgerissen hätte.

»Ich frag' ihn also«, fuhr indessen Udalow fort, »und er winkt mit seinen Patschhändchen und sagt: ›Das gibt einen Riesenskandal.‹«

»Sind sie groß, die Unirdischen?« fragte Wassil Wassiljewitsch.

»Nein, eigentlich nicht, mehr wie Schüler, etwa dritte Klasse«, sagte Udalow.

»Hab' ich mir gedacht«, sagte Wassil Wassiljewitsch. »Woher sollen sie auch groß sein.«

»Ich will also unterm Schlagbaum durch, aber er läßt mich nicht, zeigt auf das Schild und nuschelt sich was von Durchgang verboten und so. Na, ich nicht faul und stell' mich vor, Chef vom Baukontor in Groß-Guslar, an dessen Peripherie er unstatthafte Bauarbeiten ausführt.«

»Hast du keine Angst gehabt?«

»Die kam später«, gestand Udalow. »Zuerst hatte ich mächtige Wut im Bauch. Kurvt da mit dem Bulldozer rum, läßt keinen durch, verängstigt die Leute, und was der Clou ist, der Bulldozer war auch nicht von uns. Und da wird dieser Unirdische doch soo klein mit Hut und sagt: ›Verzeihung, würden Sie bitte so freundlich sein, mir zu folgen, um mit der Leitung zu sprechen?‹«

Frau Katz fiel jeden Augenblick aus dem Fenster.

»Und? Bist du gefolgt?«

»Warum denn nicht? Unterm Schlagbaum durch, um die Kurve rum, und da, hinterm Hügel, bietet sich mir eine erstaunliche Show, und da hab' ich's erfaßt. Die Straße war da 'n Stück, an die dreißig Meter lang, im Eimer, als hätte einer mit 'nem Riesenhammer draufgekloppt oder eine Lawine niedergehen lassen. Aber ich habe gleich gewußt, woher der Wind wehte — ein Stück weiter unten lag ihre fliegende Untertasse auf der Seite.«

»Welche Kennzeichen?« fragte Pogosjan mißtrauisch.

»Gar keine«, sagte Udalow. »So was brauchen die nicht. Die Untertasse, die lag da, und 'ne Masse Unirdischer drum rum. Welche reparieren das Ding, welche fummeln an der Straße rum. Geräte, Baumaschinen, dolle Technik. Erstaunlich, was in so 'ne fliegende Kiste alles reingeht.«

Grubin kletterte aus dem Fenster, zuerst die Füße, dann der Rest, und kam näher.

»›Notlandung?‹ frag' ich. Aus der Menge nähert sich wer, ebenfalls auf drei Beinen, und antwortet: ›Eine echte Sauerei und keine Landung, offen gestanden, dem Piloten hab' ich gleich zwei Verweise verpaßt.‹ — ›Warum so streng‹, frag' ich, und da sagt er doch . . .«

Hier hielt Udalow in seiner Rede inne, denn wie Scheherezade spürt er, daß seine Hörer hingerissen waren. Er trat unter sein Fenster und fragte scharf: »Xenia, gibt's bald Abendbrot?« Xenia gab keine Antwort.

»Abendbrot kriegst du noch früh genug«, sagte Katz. »Spinn erst deine Story fertig.«

»Los, weiter«, drängte Wassil Wassiljewitsch. »Es wird kühl.«

»›Warum so streng‹, frag' ich also«, fuhr Udalow, rauchend, fort. »Und der Obermacher von den Unirdischen sagt: ›Was denn? Versetzen Sie sich mal in unsre Lage‹, sagte er, ›wir landen auf 'nem fremden Planeten und haben strengen Befehl, keinen Kontakt aufzunehmen‹, sagt er, ›sondern nur visuelle Beobachtungen anzustellen. Die eingeborenen Zivilisationen‹, sagt er, ›die sollen sich nach ihrem eigenen Gesetz entfalten.‹«

»Wer soll das sein, die eingeborenen Zivilisationen?« sagte Pogosjan.

»Wir«, antwortete Grubin an Udalows Statt.

»Eine Beleidigung«, sagte Pogosjan. »Laufen wir vielleicht nackt rum, eh?«

»Mach dir nichts draus«, sagte Grubin.

Udalow aber fuhr indessen fort: »›Wir haben extra einen stillen Fleck gewählt‹«, sagt mir der Obermacher von den Unirdischen, ›am Rande einer Kleinstadt . . .‹«

»Was soll denn das wieder?« fragte Pogosjan. »Groß-Guslar ist eine Kleinstadt, wie?«

»›Wir wählen also ein kleines, stilles Nest, wollen in der Nähe niedergehen, um Proben der Flora zu entnehmen und allerlei Aufnahmen zu machen, und da baut dieses Rindvieh von Pilot die Panne!‹«

»Bravo«, sagte die alte Loshkina. »Das mit dem Piloten und dem Verweis. Wer sich in den Kosmos schicken läßt, soll gefälligst aufpassen und keinen Bockmist bauen.«

»Vielleicht, daß er von oben die wunderschöne Gegend um Groß-Guslar erblickt hat und seine Hand ins Zittern kam«, sagte Frau Katz.

»Bei denen ihren Verweisen, gibt's da Arrest, oder wie?« fragte Wassil Wassiljewitsch.

»Hab' ich nicht gefragt«, sagte Udalow. »Wenn's jemandem nicht schmeckt, soll er gehn und nicht schwabbeln. Lassen da 'ne Diskussion steigen!«

Im Zentrum der Aufmerksamkeit war Udalow merklich dreister geworden, und in seine Stimme hatten sich metallische Töne eingeschlichen. Die Hörerschaft verstummte.

»Um uns rum, da schaffen sich also Roboter, Maschinen, Kosmonauten, schnelle mach fix, daß die Schande nicht publik werde vor der irdischen Gesellschaft. Der Chef, der wackelt mit dem Helm, er seufzt auf interplanetarisch, und weiter geht's: ›Was soll das werden, wenn die Galaxis erfährt, daß unser Raumfahrzeug eine Straße in der Gegend von Groß-Guslar zerstört hat. Und stellen Sie sich vor, die ungezogenen Akarilen vom Planeten Zuk, wie die kichern werden. Die gemeinen Tumsen, wie sie bellen vor Spott und Hohn, und wie die weisen Jykiki all die vielen Häupter schütteln. Das geht rund in der Galaxis . . .‹«

»Und wie hast du dir die ganzen Namen merken können, Korneli?« fragte Grubin.

»Die wußten schon, mit wem sie sich da einließen«, antwortete Korneli mit Würde. »›Versetzen Sie sich in meine Lage‹, sagt dieser Unirdische, und ich, selbstverständlich, sprech' ihm mein Beileid aus. Und da kommt noch so einer an uns ran, schwarzer Schopf, gestreifte Kluft, die Augen alle woandershin. Und schwabbelt was auf interplanetarisch weg. Ich gucke derweil rund und schätze, die haben bis in die Nacht zu tun mit der Straße und der Reparatur des fliegenden Dingsda. Auch bei ihrer Technik. ›Ich weiß ja nicht‹, kommt da inzwischen der Obermacher von den Unirdischen wieder auf russisch, ›ich weiß ja nicht, aber ich hoffe, das Schicksal hat uns einen klugen und gutherzigen Eingeborenen zugedacht.‹«

»Hat er Eingeborener gesagt?« fragte Pogosjan.

»Hat er.«

»Dem hätt' ich's aber gegeben«, sagte Pogosjan. »Du warst doch nicht im Adamskostüm!«

»Nein, in meinem Jackett«, sagte Udalow. »Bloß, ich kam gar nicht drauf, sie redeten mit mir wie mit einem Verstandesbruder. Warum die interplanetarischen Beziehungen unnötig zuspitzen?«

»Recht so«, sagte Wassil Wassiljewitsch, »sonst hätten sie dir so einen Verweis verpaßt, daß wir dich die längste Zeit gesehen haben.«

»Oi!« sagte Frau Katz. »Wie gefährlich!«

»I wo«, beruhigte sie Udalow. »Ich bin gleich eingestiegen, falls sie eine Bitte hätten oder einen Auftrag, hab' ich gesagt, die Leute von der Erde aus Groß-Guslar wären, in Verkörperung meiner Person, zu jeder Hilfe bereit.«

»Du bist ein As!« sagte Wassil Wassiljewitsch. »Aus dem Herzen hast du uns gesprochen.«

»Und da sagt er mir doch was von einer Bitte. Die Straße, die bessern sie aus, daß keine Spur zu sehen ist, und ihre fliegende Untertasse, die nehmen sie fort, auf eine Erdumlaufbahn. Aber weiße Farbe hätten sie nicht.«

»Wie bitte?«

»Weiße Ölfarbe. Die Pfosten am Straßenrand haben sie zu Salat gemacht, und die müssen zwecks Unfallschutz weiß gestrichen werden, und er bittet mich also: ›Bring uns, lieber Verstandesbruder, eine Büchse Ölfarbe. Wir wollen dich königlich entlohnen.‹ Ich darauf: ›Lohn brauch' ich nicht, ich mach's auch so.‹ Daraufhin er: ›Die Galaxis wird dir deinen bescheidenen Dienst ewig danken.‹ Na, und da bin ich losgetrabt, zurück in die Stadt . . .«

Die Hörerschaft saß da, in minutenlanges Schweigen vertieft, um dahinterzukommen, ob Udalows Geschichte nun zu Ende sei oder weitergehen solle. Die Sonne senkte sich in den Fluß, die Schatten wurden lang und länger, ein kühles Windchen kam vom Wald. Bei Katzens brannte das Abendbrot an, aber Frau Katz nahm's nicht zur Kenntnis.

»Ist das alles?« fragte schließlich Grubin.

»Fast«, sagte Udalow. Mit dem letzten Wort, das er von sich geben würde, ging sein großer Augenblick vorüber. »Eine geschlagene Stunde lang war ich dieser Büchse hinterher. Und dem Pinsel. Bei Wirtschaftswaren hatten sie zu, am Lager war der Verwalter Mittag essen und so in diesem Stil.

Dann bin ich lieber wieder hin, man darf die Leute doch nicht sitzenlassen. Ich komme an, und kein Schild mehr. Nichts ist da. Kein fliegendes Dingsda, keine Maschine, kein Roboter, nichts.«

»Und die Straße?«

»Vollkommen in Ordnung.«

»Und du bist nach Hause?«

»Nein«, sagte Udalow. »Zuerst hab' ich mein Versprechen erfüllt. Hab' die Pfosten angestrichen.«

»Waren sie denn nicht angestrichen?«

»Nein, vier Stück, nagelneu, aber ungestrichen. Und neben dem einen, da lag ein Zettel. Soll ich zeigen?«

»Aber ja.«

»Hier.«

Udalow angelte einen vierfach geknickten Zettel aus der Hosentasche, faltete ihn auseinander und glättete ihn auf dem Tisch. Und verlas, was da in Druckschrift und schwarzer Tinte geschrieben stand. Die andern hingen um den Tisch und wiederholten Wort für Wort. »Im voraus vielen Dank. Die Pfosten bleiben Ihnen überlassen. Ihre Hilfe ist unvergessen. Mit der Bitte, den Vorfall nicht publik zu machen.«

»Und ohne Unterschrift«, sagte Pogosjan.

»Richtig«, sagte Wassil Wassiljewitsch. »Bloß du, Udalow, hast das Vertrauen mißbraucht und kriegst bei nächstbester Gelegenheit einen saftigen Verweis.«

»Aber warum denn?« fuhr Udalow auf.

»Du solltest nichts verlauten lassen und hast es doch getan. Weißt du nicht, was darauf steht?«

»I bewahre!« sagte Udalow gekränkt. »Die sind gut! Ich hätte ja geschwiegen, aber sie haben sich davongemacht, und spurlos. Vielleicht, daß ich noch Fragen an sie hatte? Vielleicht, daß ich noch gern einiges über die Zukunft erfahren hätte? Vielleicht, daß sie statt eines Zettels einen von ihren Bulldozern für unser Baukontor dagelassen hätten? Hab' ich nicht recht?«

Alle kamen überein, daß er recht hatte.

»Nicht mal die Adresse weiß ich, von welchem Planeten sie sind und so, ja nicht mal, was sie zu tun gedenken, wenn auf der

Erde ein Atomkrieg ausbricht. Führen sich echte Kosmonauten so auf?«

Und alle waren einhellig der Meinung, daß sich echte Kosmonauten so nicht aufführen.

Dann schwieg wieder alles, um das gewichtige Ereignis zu verdauen. Und dann fragte Pogosjan: »Und Beweise, Udalow, hast du Beweise?«

»Was denn noch für Beweise?«

»Na, daß du diesen Unirdischen heut begegnet bist.«

»Also, wißt ihr!« empörte sich nun vollends Udalow. »Also, das ist denn doch! Und der Farbtopf, der da mitten im Hof steht? Vor aller Augen? Den hab' ich extra heute aus dem Lager geholt. Auf eigene Rechnung. Was brauch' ich Farbe? Was brauch' ich, frag' ich euch, Farbe? Ihr wißt doch ganz genau, daß ich einen leitenden Posten habe.«

»Recht hat er«, sagte da Wassil Wassiljewitsch. »Was soll er uns wegen Farbe beschwindeln?«

»Und morgen, am Sonntag«, sagte Udalow nervös, »gehen wir alle hübsch zusammen zu der Straße. Und da kriegt ihr die Pfosten zu Gesicht, die frisch gestrichenen. Glatt sind die und schmuck, so was kriegen unsre Zimmerleute nie hin. Wie Importmöbel. An vieren ist die Farbe noch frisch.«

»Kor-neee-li!« zeterte Xenia Udalowa respektlos aus dem Fenster. »Soll ich die Suppe zum dritten Mal wärmen, oder was ist!«

»Ich komme, Xjuscha, ich komme«, antwortete Udalow. »Bis morgen«, sagte er zu Nachbarn und Freunden.

»Also, na ja«, rief ihm Wassil Wassiljewitsch hinterher, »warum einem Menschen keinen Glauben schenken. Natürlich glauben wir's.«

Und alle glaubten es. Und fuhren anderntags keineswegs zu der Straße, da konnte Udalow noch so reden. Was war das schon, Pfosten begutachten?

Und nun wartet ganz Groß-Guslar auf die nächste Kosmonautenanreise, in der Annahme, daß sie gerade hier vonstatten geht, weil gewisse Beziehungen ja schon hergestellt sind. Persönliche Beziehungen. Fast Freundschaft.

Über Groß-Guslar dröhnten die Lautsprecher und brachten lebensfrohe Lieder zu Gehör. Die Sonne war durchgebrochen. Weißbehemdete Pioniere rannten hin und rannten her. In Scharen strömten die Bürger der Stadt unter Transparenten und Losungen einher, die da quer über den Straßen hingen. Die Autobusse der lieben angereisten Gäste hatten, hübsch der Reihe nach, Posten bezogen auf jenem Platz, wo früher die Marktstände und jetzt die Grünanlage mitsamt dem verhängten Denkmal für die großen Entdecker untergebracht waren. Heute, zur 750-Jahr-Feier, sollte die feierliche Einweihung steigen.

Die Mieter von Haus sechzehn hockten im Hof, um den wacklig gespielten Dominotisch herum, harrten auf den Herausputz ihrer Ehefrauen und vertrieben sich die Zeit mit einem Schwatz.

Korneli Udalow — weißes Hemd, blauer Schlips und schräg gescheitelt, um die Glatze zu tarnen — stritt gegen Pogosjans Behauptung, man wüßte sich was Besseres als Groß-Guslar.

»Zum Beispiel Jerewan«, hatte Pogosjan gesagt. »Zweitausend Jahre! Dreitausend Jahre! Fünftausend Jahre an einem Fleck!«

»Die Jahre machen's nicht«, entgegnete Udalow. »Fast hätte Iwan der Schreckliche nämlich seine Residenz aus Moskau hierher verlegt.«

»Der war nicht dumm, war der«, trotzte Pogosjan. »Er hat sich's überlegt.«

»Seine Leibwache hat ihn dabei gestört.«

»Ich sag' ja, die waren nicht dumm, waren die.«

»Mit dir ist's schon ein Kreuz«, gestand Udalow. »Ein mieser Bürger deiner Vaterstadt bist du.«

Der alte Loshkin, schwarz berockt, die Brust eine einzige Medaille, stimmte für Udalow. Mit der Rechten holte er weit aus und sagte: »Nicht von ungefähr hießen unsere Vorfahren Guslar groß.«

»Hier hausen und sich groß heißen, Kunststück! Mit Jerewan hat das keiner gemacht. Wozu auch? Jeder Hund weiß sowieso Bescheid«, parierte Pogosjan.

Das Gespräch gerann zu Kleinkram und Privatgezänk.

Sascha Grubin, gelegentlich des hohen Festes frisch gekämmt und glatt rasiert, lauschte, lauschte und sprach schließlich beziehungslos: »Das müßte was sein, einschlafen und in zweihundert

Jahren aufwachen. Und sich unser Guslar in der Zukunft betrachten.«

»Andererseits«, sagte Udalow, »so zweihundert Jahre zurück wär' auch nicht verkehrt.«

»Dann schon lieber siebenhundert«, sagte darauf Wassil Wassiljewitsch. »Du landest im Altertum, ringsum lauter Kerle mit Pfeil und Bogen, die dem alten Kiew Tribut zahlen.«

»Oder den tatarischen und mongolischen Okkupanten«, berichtigte Loshkin.

»Meinetwegen auch denen. Da spazieren also Bären durch die Gegend, Elche, Hirsche, Wildschweine. Und Schnaps brauen sie aus Honig.«

»Dir würden sie gerad welchen anbieten«, entgegnete Grubin. »Du wärst im Nu erkannt.«

»Woran?« staunte Wassil Wassiljewitsch.

Alles lachte, und Loshkin antwortete: »An den Klamotten. Und am Akzent. Die sprachen doch altslawisch.«

»Und anstelle von Honig kriegst du eins mit dem Schwert übern Schädel«, subsumierte Grubin.

»Was denn, was denn!« widersetzte sich Wassil Wassiljewitsch. »Meint ihr etwa, daß ich zu denen hinmache, so ohne alles? Zuerst, da geh' ich doch zur Akademie der Wissenschaften. Gebt mir, sag' ich, Konsultanten für Altslawisch. Ein bißchen gebüffelt, ein bißchen geochst. Und dann aus dem Museum die richtige Kledasche. Schon läuft der Laden.«

Sie trauten dem Laden nicht und fingen an, sich über Zeitreisen auszulassen. Einer hatte was davon gelesen, und noch einer hatte zwar nichts gelesen, aber was gehört.

Plötzlich hatte Udalow eine Idee.

»In hundert Jahren vielleicht«, sagte er, »da gehört so eine Reise zum Alltag. Die Wissenschaft kennt ja keine Grenzen. Touristen reisen, Wissenschaftler reisen, alle reisen, spannend wird das, wie wir's uns nicht träumen lassen. Will man, sagen wir mal, Schülern beibringen, wie die alten Ägypter lebten, betätigt der Lehrer einen Knopf, und schon sind wir bei der Dame Nofretete zu Gast. Kinder, so, nun studiert mal die Vergangenheit.«

»Durchaus wahrscheinlich«, antwortete Loshkin. »Bloß die Verkehrsregeln, die müssen sauber eingehalten werden. Ich hab' gelesen, was passiert, wenn's nicht der Fall ist. Einmal haben sie im Mesozoikum einen Schmetterling überfahren, und daraufhin ist in Amerika der falsche Präsident gewählt worden.«

Schweigen. Und Sinnen. Dann sagte Grubin: »Daran ist nicht zu rütteln. Wenn's nicht so wär', hätten wir die Gäste aus der Zukunft bereits mehrfach gesichtet. Wie du's auch anstellst, die Natur schlägt durch. Die Erziehung spielt dir einen Streich, irgend so eine Winzigkeit, die du nicht weißt, die aber allen anderen vertraut ist. Woher soll so einer zum Beispiel ahnen, welchen Platz unsere Fußballmannschaft in der Bezirksliga hält.«

»Den sechsten«, antworteten Pogosjan, Udalow und Wassil Wassilewitsch im Chor.

»Seht ihr«, frohlockte Grubin. »Ihr seid nicht zu schlagen. Aber so einer würd's nicht wissen, weil in hundert Jahren die entsprechenden Unterlagen bereits perdu sind.«

»Ich weiß es aber auch nicht«, sagte Loshkin. »Ich weiß nicht einmal, wer die Tabelle anführt.«

»Metallist Serdobolsk«, erläuterten Pogosjan, Udalow und Wassil Wassiljewitsch.

»Ich weiß es aber nicht«, bockte Loshkin. »Ich bin also auch ein Zeitreisender, wie?«

»Möglich«, sagte Pogosjan und funkelte Loshkin finster an. »In diesen Dingen ist niemandem zu trauen.«

»Keine Sorge, Loshkin«, warf der gutmütige Grubin ein. »Wir kennen dich, soviel ist sicher, und geben das auch, wenn nötig, zu Protokoll.«

»Wenn ich einen aus der Zukunft treff'«, meinte Grubin, »stelle ich ihm sofort zwei, drei Fragen.«

»Du kriegst nie einen zu sehen«, sagte Progosjan. »Was interessiert einen kulturell hochstehenden Menschen unser Nest?«

»Welche Verkennung!« schrie Loshkin auf. »Am heutigen Tag vertritt unsere Stadt Allunionsinteresse. Erstens die siebenhundertfünfzig Jahre, zweitens die Denkmalseinweihung, das heißt, man würdigt unsere ruhmreiche Vergangenheit. Gäste von überall. Der Moskauer Rundfunk hat's gebracht. Ich an der Stelle unserer Nachkommen wüßte haarscharf, wohin die Exkursion startet.«

»Korneli!« rief Xenia Udalowa aus dem Fenster. »Wir sind fertig. Nimmst du einen Mantel?«

»Nein.«

»Regen ist nicht angesagt«, sagte der alte Loshkin. »Hab' ich aus der Zeitung. Da stand auch was von der Ankunft des Schriftstellers Pazchwerija und über eine Delegation von der Kamtschatka und von der Weberin Fjodorowa-Dawydowa. Und daß man einen Kosmonauten erwartet, der Name wurde nicht genannt. Ganz zu schweigen von den Touristen.«

»Denk mal an«, spöttelte, bloß um das letzte Wort zu haben, Pogosjan. In Wahrheit war er ein begeisterter Groß-Guslaraner. Aber das wußte nur die Verwandtschaft in Jerewan.

Die alte Loshkina kam in den Hof und fragte: »Wollen wir denn ewig bummeln? Die fangen noch ohne uns an.«

»Ich komm' ja schon, mein Zeisig«, antwortete Loshkin.

»Na, na«, sagte die Loshina ungläubig.

Sie verließen den Hof als erste. Hinter ihnen trottete die gesamte Nachbarschaft, das Gespräch sofort vergessend, nur Udalow ging's nicht aus dem Kopf. Daß er womöglich mitten auf der Straße einem aus der Zukunft begegnen mochte, beschlagnahmte so sehr seine Fantasie, daß er anfing, alle Leute argwöhnisch zu mustern. Und da entdeckte er denn auch die merkwürdigsten Eigenarten, die er früher nie entdeckt hatte und die auf fremde Herkunft und Mummenschanz schließen ließen.

Der Provisor Sawitsch kam des Wegs, seine Frau Gemahlin, Leiterin des Warenhauses, am Arm. Den Sawitsch kannte Udalow eigentlich seit langem, doch heute blinkte seine Glatze so befremdlich, und irgendwie hing seine Frau recht unnatürlich an seiner Seite. Ob die den Sawitsch . . .? Aber nein, sagte er sich gleich darauf. Wegen eines einzigen Festtags werden die doch nicht einen Residenten nach Groß-Guslar schicken. Nämlich den Sawitsch, wenn sie ihn nicht ausgewechselt hatten, den kannte Udalow schon an die zwanzig Jahre. Und während er das gerade dachte, sagte Udalow: »Guten Tag.«

»Guten Tag«, antworteten die Sawitschs.

Vier Sportler in blauem Dreß zogen vorbei. Sie hatten es eilig, zur Parade zu kommen. Udalow war klar, daß der Unirdische durchaus unter den Sportlern stecken mochte, und dann würde er kaum herauszufinden sein.

Mit jedem Schritt festigte sich seine Überzeugung, man muß ihn unbedingt aufspüren, um ein offenes Wort mit ihm zu reden. Wenn man so bedenkt, Udalow der erste und einzige, der auf die Straße geht, um aus der Menge einen Zeitreisenden einzufangen. Dieser neue, wenn auch vielleicht simple Trick enthielt vielleicht des Pudels Kern.

»Korneli, was ist?« fragte Xenia.

Korneli sah Xenia und die Kinder mit neuen Augen. An ihnen

zweifeln? Nein. Die waren in Ordnung. Aber Udalow spürte, daß zwischen ihm und seiner Familie eine Mauer der Entfremdung wuchs. Ein Mann, der ein hohes Ziel vor Augen hat, sieht sich genötigt, von den Dingen des Alltags Abstand zu nehmen. Auf alle Fälle fragte Udalow seine Frau: »Xuscha, hast du zufällig eine Ahnung, welchen Platz unsere Fußballmannschaft in der Bezirksliga hält?«

»Er ist übergeschnappt«, sagte Xenia überzeugt.

»Den sechsten, Papa, oder?« interessierte sich fix und munter Sohnemann Maximka.

»Bist ein As, mein Sohn«, sagte Korneli und schämte sich seiner Bedenken.

»Aber irgendwas ist mit dir«, sagte Xenia.

»Ich denke nach«, antwortete Udalow.

»Das hatten wir ja schon lange nicht mehr«, sagte Xenia. »Guck vor deine Füße, du fällst.«

Am Rande des Platzes waren Buden zum Verkauf von Erfrischungsgetränken und Zigaretten aufgebaut. Die frisch gezimmerte Tribüne reckte sich vor dem verhängten Denkmal.

Im Handumdrehen hatte Udalow eine Pulle Bier erstanden und pflanzte sich hinter einen Tisch mit blauer Plastplatte. Die Tische, aus einer Kantine geholt, bildeten ein Straßencafé.

Dort saßen bereits zwei Fahrer aus den Touristenbussen und wetterten über den Verkehrspolizisten vom Kilometerstein 110.

Udalow bot ihnen Zigaretten an und schimpfte zur Gesellschaft mit. Aber nur ein My seines Bewußtseins war anwesend. Seine Augen fegten über den Platz, jagten von Grüppchen zu Grüppchen, denn es war keine Zeit zu verlieren. Wenn der Bursche heute durch die Lappen ging, so tat er's ein für allemal.

Zwischen den Tischen stand ein Mann mittleren Alters, unsicher, Flasche samt Glas in der Hand, und wußte nicht, wohin mit sich. Etwas Spitziges traf Udalow ins Herz. Sein sechster, siebenter, achter Sinn befahl ihm: »Ruhig, Udalow, das ist er.«

»Nehmen Sie doch Platz«, sagte, als habe er Udalows Gedanken erraten, einer der Fahrer, den sie Kolja nannten.

»Herzlichen Dank«, sagte klar artikulierend der Mann und ließ sich neben Udalow nieder.

Und da sprang dem Korneli ein kleines, ein winziges und für die andern unmerkliches Detail ins Auge. Der Mann zupfte, als er sich setzte, nicht an seinen Hosenbeinen, wie man es tut, um die Bügelfalte frisch zu halten. Dem Korneli wackelten die Ohren. Sein Blick schoß dem Fremden ins Gesicht. Ziemlicher Durchschnitt. Nicht glatt, nicht kraus. Wie eine Maske. Unterm Arm trug der Mann ein schwarzes, rissiges Portefeuille mit Kupferschloß. Daraus baumelten die Ärmel eines roten Pullovers. Die Hosen des Herrn Touristen waren ausgesprochen kurz, ungebügelt, etwa zwei Nummern zu klein. Und zwischen dem oberen Rand der Schnürstiefel und dem unteren der Hosenbeine lugten karierte Socken vor. Die Augen lagen hinter rauchfarbenen Gläsern versteckt.

Der Mann mochte durchaus als Udalows große Chance gelten. Korneli starrte denn auch seine ganz gewöhnlichen, rasierten Wangen an und wartete gespannt, was der Fremde von sich geben würde. Schließlich wendet man sich an niemanden mit der Frage: »Aus welchem Jahrhundert waren Sie doch gleich?«

Der Tourist trank das Bier schlückchenweise und schwieg.

»Na, wie schmeckt's«, fragte Fahrer Kolja.

»Das Guslarer ›Shiguli‹«, setzte Udalow hinzu. »Noch aus der Zeit vor der Revolution bekannt.«

»Ich weiß«, antwortete der Fremde karg und lächelte verlegen. »Wollt ich immer mal probieren.«

»Und woher sind Sie?« fragte Fahrer Kolja.

»Aus Moskau«, sagte der Mann. »Extra hergekommen.«

Recht so, dachte Udalow. Wologda nennen wäre gefährlich. Es könnten sich Augenzeugen finden. Und Moskau ist groß.

»Was die Leute so reisen«, sagte der Fahrer, der schon älter war. »Habt ihr in Moskau nicht genug eigene Denkmäler?«

Großartig, dachte Udalow, er spielt mir in die Hand.

»Ja, aber jedes ist anders, Kollege«, antwortete der Mann. »Jahrelang studiere ich schon die Geschichte Nordrußlands, die Erschließung des Urals und Sibiriens. Dies Denkmal sagt sehr viel aus. Lange habe ich auf seine Einweihung gewartet. Aber ich konnte nicht eher abkommen.«

»Wären Sie eher abgekommen, hätten Sie das Denkmal nicht zu sehen gekriegt.«

Doch der Zeitreisende war nicht so leicht aus dem Sattel zu heben. Sofort und fast ohne Akzent antwortete er: »Ich hätte dieses Denkmal schon eher zu sehen gekriegt, weil sie es vor vielen Jahren schon hätten aufstellen müssen. In meiner Vorstellung hat es nämlich schon existiert.«

»Begeisterung ist was Feines«, sagte der Fahrer, der schon älter war. »Ich geh' noch 'n Bier holen. Meine Truppe bleibt über Nacht. Der Verkehrspolizist kann uns mal.«

»Danke, mehr Bier möchte ich nicht«, sagte der Fremde, doch in den Augen der Fahrer las er feste Absichten und zog einen Zehnrubelschein aus der Tasche.

Als er die Hand noch in der Tasche hatte, da wußte Udalow schon, was für ein Schein das sein würde, funkelnagelneu und ohne einen einzigen Knick. Und wenn man das Papier untersuchen würde, würde herauskommen, daß es nicht von heute, sondern von übermorgen war. Natürlich nahm der Fahrer dem Zeitreisenden das Geld nicht ab, sondern brachte ein halbes Dutzend Flaschen an, und der Fremde kam nicht umhin, als das Bier alle war, noch vier Flaschen aus der Bude zu holen.

»Nanu?« fragte Udalow, als der Mann, taumelig vom Trunk, an den Tisch zurückkehrte. »Hat die Verkäuferin nichts gemerkt?«

»Was sollte sie denn merken?« fragte der Mann und durchbohrte Udalow mit einem Blick durch die Brille.

»Ach, nur so«, sagte Udalow leicht begossen, »ein Scherz.«

»Und über welches Thema beliebten Sie zu scherzen?«

Die aus der Zukunft, die haben vielleicht Charakter, dachte Udalow bei sich, verriet aber nichts, sondern sagte: »Es gibt da so einen Witz, da wollen zweie Falschgeld machen oder so. Sie machen also einen Vierrubelschein. Wer wechselt uns den, denken sie und gehn zum Nachbarn. Und der gibt ihnen dafür auch je einen Zweirubelschein.«

Niemand lachte. Nur der Fahrer, der schon älter war, fragte: »Wieso, gibt's etwa Vierrubelscheine?«

»I wo«, sagte der Zeitreisende mit aller Festigkeit. »Das weiß ich genau, daß die sowjetische Münze niemals Zwei- und Vierrubelscheine rausgegeben hat und es auch nicht tun wird.«

»Es lebe der Finanzminister!« prostete Kolja.

»Ach so, das ist es«, begriff der Mann. »Die vielen neuen Scheine. Vor der Abfahrt hab' ich Prämie bekommen.«

Er zog einen Packen aus der Tasche. Zwanzig frische, glänzende Scheine. »Hier, die hab' ich gekriegt.«

»Wo?« fragte Udalow hastig.

Doch da schritten die Fahrer ein. »Was rückst ihm auf die Pelle, eh?« fragte Kolja. »Wird sie schon gekriegt haben, wo man so was kriegt. Nicht dein Bier.«

Der Mann aus der Zukunft sah Udalow feindselig an. Diese Enthüllungen mißfielen ihm.

Laß nur, dich kriegen wir schon, dachte Udalow.

Auf der Tribüne vor dem Denkmal erschienen Honoratioren und Ehrengäste. Genosse Below trat ans Mikrofon. Die Leute spitzten die Ohren.

»Danke, ich gehe«, sagte der Fremde.

»Ich auch«, sagte Udalow.

»Ich komme ohne Ihre Gesellschaft aus«, antwortete der Mann, mit der Brille blitzend und seitwärts robbend wie ein Krebs, um sich zur Tribüne durchzuzwängen.

»Laß ihn in Frieden«, sagte Fahrer Kolja. »Er will sich amüsieren.«

»Das ist keiner von uns«, fuhr Udalow los.

Und da bereute er auch schon, daß es heraus war.

Schlagartig bekundeten die Fahrer Interesse.

»Was heißt, keiner von uns?« fragte der, der schon älter war. »Komm, Bruder, raus mit der Sprache.«

»Ich hege da einen gewissen Verdacht«, sagte Udalow und tauchte in die Menge. Sein Schädel brummte von dem Bier, er hatte Lust, sich auf den Rasen zu werfen, aber das ging nicht, denn der letzte Schritt zur Entlarvung wollte getan sein.

»Korneli? Wohin?« zeterte Xenia, als sie in der Menge seine Glatze schimmern sah.

Zum Glück gab Genosse Below das Handzeichen, das Blasorchester dröhnte los, die Hülle knatterte herab und legte die bronzene Gestalt des Entdeckers frei.

Udalow drückte sich durch dic Menge und hielt sich tunlichst an die Richtung, in welcher der halsstarrige Gast aus der Zukunft Deckung nahm. Und da stieß Udalow dem Fremden doch mitten ins Kreuz. Der hatte ihn nicht nahen sehen. Warum wohl nicht? Er machte sich Notizen. Und Udalow wartete diskret, bis er damit fertig war.

Endlich setzten die Reden ein, der Fremde steckte sein Notizbuch weg, und da faßte Udalow ihn an der Schulter.

»Sie hier?« wunderte sich der Mann. »Was wollen Sie?«

»Daß Sie ein Geständnis ablegen«, sagte Udalow geradezu.

»Sie setzen mich in Erstaunen«, antwortete der Fremde und suchte in der Menge zu entschwinden.

Aber Udalow packte ihn kräftig bei den Rockschößen.

»Verstehen Sie doch«, sagte Udalow. »Sie dort müssen human

und vernünftig sein. Und wo ich Sie nun endlich beim Wickel hab', muß ich jedenfalls mit Ihnen reden.«

»Woraus schließen Sie denn, daß wir dort human und vernünftig sind?« staunte der Fremde.

»Das nehm' ich doch stark an«, antwortete Udalow. »Sonst hätte das Leben wohl keinen Sinn.«

»Sehr edles Gedankengut«, sagte der Fremde. »Aber was mich betrifft, ich bin ein Egoist, der den größten Teil seines Lebens vergammelt, der Geld anhimmelt und nicht seine eigene Frau. Und das ist die reine Wahrheit, ich schwör's.«

»Schon gut, schon gut, moralische Mißbildungen gibt es überall. Ausnahmen bestätigen die Regel«, sagte Udalow. »Ich würde gern zu Ihnen kommen.«

»Dann kommen Sie doch«, sagte der Fremde.

»Gut, ich komme.«

»Für immer?« fragte der Fremde.

»Ja . . . oder auf Zeit.«

»Das möchten viele«, sagte der Fremde.

Dann war Pause. Udalow wollte noch was sagen, wollte Gastfreundschaft bezeigen, wollte Beziehungen herstellen.

»Bei uns gibt's auch schöne Gegenden«, sagte er. »Einfach herrlich. Wälder, Hügel, Birkhuhnjagd.«

»Die Jagd ist ein brutales Hobby«, sagte der Gast aus der Zukunft. »Tiere sollte man schützen, nicht ausrotten.«

»Ganz recht«, bekräftigte Udalow, der noch vorige Woche zur Jagd gewollt, aber verschlafen hatte, die Jäger waren ohne ihn aufgebrochen. »Ich bin durchaus Ihrer Meinung. Bloß, sagen wir mal, so sitzen und angeln . . .«

»Kein Stück besser«, erwiderte der Fremde streng. »Wollen die Fische etwa nicht leben?«

»Na ja, schon«, sagte Udalow.

Dann war wieder Pause. Mit dem Kontakt klappte es nicht. Zerstreut hörte sich der Mann die Reden an und ließ seine Blicke rundum gehen, als suche er eine Lücke in der Menge, um zu entkommen.

»Aber viele brave und ordentliche Leute waren leidenschaftliche Jäger«, fiel Udalow endlich ein zu sagen. »Nehmen wir bloß den Turgenjew. Ein Schriftsteller aus dem vorigen Jahrhundert. Hat die ›Aufzeichnungen eines Jägers‹ geschrieben.«

»Kenn' ich«, sagte der Fremde. »Und doch ist das kaltblütige Abschlachten eines Lebewesens unmoralisch.«

»Der ist wohl fromm?« ertönte eine Stimme hinter Udalows Rücken.

Als er sich umdrehte, sichtete Udalow Fahrer Kolja, der, von Neugier und dem Wunsch getrieben, Korneli bei der Jagd auf den Fremden unter die Arme zu greifen, zur Tribüne vorgestoßen war.

Der Fremde blitzte Kolja durch die Brille an und sagte gekränkt: »Wenn Sie wissen wollen, ob ich Ideale hab', so sag' ich ja. Wenn Sie christliche meinen, nein.«

»Schweinskotelett speisen und was gegen Viehzucht haben«, sagte Kolja zu Udalow, angelte sich eine Schachtel »Belomor« und begann zu rauchen.

Zwei Gegner auf einmal gingen über seine Kraft. Mit einer Geschicklichkeit, die für einen älteren Herrn unerwartet kam, schlüpfte der Fremde unterm Ellenbogen seines Nebenmannes hinweg.

Udalow wollte hinterher, aber Fahrer Kolja, der Bier aller Sorten intus hatte, keuchte Korneli seinen Bierdunst ins Gesicht und schrie: »Warte, renn dem nicht nach. Sag lieber, was ist. Ich spür's, daß mit dem was ist; aber was?«

»Eine persönliche Sache«, wand sich Udalow.

»Nein, so nicht«, antwortete Kolja. »Pack aus!« Er nahm den Udalow derb beim Kragen, daß die Leute stehenblieben, und da sagte Udalow aus lauter Angst: »Komm weg hier!«

»Weg hier«, stimmte Kolja zu.

Sie arbeiteten sich durchs Gewühl. Das Bier gluckerte im Schädel. Von dem Fremden keine Spur. Die Jagd auf den Mann der Zukunft? Eine Pleite. Aber womöglich war er gar nicht aus der Zukunft.

Und Udalow, als er Kolja eine Zigarette abgeknöpft hatte, beichtete auf Ehre und Gewissen seine Ahnungen.

Kolja war, wie sich zeigte, kein Dummer. Die grundlegende Idee hatte er, wenngleich mit kritischer Distanz, begriffen. Seine Einwände glichen denen Pogosjans: »Wieso eigentlich aus der Zukunft in Guslar auftauchen, wenn auch an so einem Feiertag?«

»Du hast keinen Schimmer«, sagte Udalow, an die breite, leicht nach Benzin riechende Fahrerbrust gelehnt. »Wenn du auch mein Freund bist, aber einen Schimmer hast du nicht, was für eine Chance wir heute verpaßt haben. Von ihm hätten wir alles erfahren.«

Kolja blickte Udalow mitfühlend an, schob sich die estnische achteckige Schirmmütze in den Nacken, spuckte den Zigarettenstummel aus und sagte: »Und du, Freund, nimm dir's nicht zu Herzen. Dein Kolja macht dir, wenn's sein muß, jetzt und jederzeit jeden fertig. Beleidigt hat er dich? Hat er. Laß gut sein, wir finden ihn, und dann machen wir ihn fertig . . . Brauchst nur dem Nikolai zu sagen, sag's, und dann machen wir ihn fertig. Los, komm, den Spion fangen.«

Freund Nikolai schritt voran, mit großen, nicht sehr festen Schritten. Udalow trippelte hinterdrein und murmelte: »So nicht, Kolja. Er hat mich ja gar nicht beleidigt. Mit ihm geht das nicht so . . .«

»Komm, komm«, sagte Kolja. »Den suchen sie schon lange. Notizen macht er, und Fleisch ißt er nicht. Den bringen wir zum Reden. Er entwischt uns nicht.«

Der Mann aus der Zukunft war an den Fluß gelaufen, zum großen Dom. Hatte sich auf eine grüne Bank gesetzt und erneut das Notizbuch gezückt. Von hier aus war der Platz nicht zu sehen, nur ein dumpfes Getöse und einzelne, lautsprecherverstärkte Rednerworte verirrten sich in die Büsche. Der Fremde glaubte sich in Sicherheit, Aber der nicht eben geradlinige Weg, von Kolja und Udalow aufs Geratewohl verfolgt, führte sie in die Anlage. Ausgerechnet zu dieser Bank.

Beim Anblick seiner Verfolger schob der Fremde das Notizbuch in die Tasche, ergriff sein Portefeuille und wollte die Beine in die Hand nehmen. Aber Kolja hatte ihn durchschaut. »Halt!« sagte er. »Hände hoch! Und keinen Schritt!«

»Ich denk' nicht dran«, antwortete mit Würde der Fremde. »Wenn Sie Geld brauchen, bitte, soviel Sie wollen.«

Gerade wollte er seine nagelneuen Scheine zücken, als Udalow ihm mit einer Geste Einhalt gebot. »Ein Mißverständnis.«

»Kriminell sind wir nicht«, sagte Kolja. »So leicht werden wir dich nicht loslassen. Wir haben dich durchschaut. Du bist aus der Zukunft gekommen. Gestehe.«

Udalow sah Kolja voller Tadel an. Diese Geradheit konnte alles verpatzen.

»Das ist nicht wahr«, sagte der Fremde. »Das können Sie nie und nimmer beweisen.«

»Brauchen wir auch nicht«, sagte Kolja. »Wir untersuchen dich gleich mal und stellen falsche Papiere fest.«

»Meine Papiere liegen im Hotel«, sagte der Fremde.

»Die haben nie Papiere bei sich«, stimmte Udalow zu. »Durchaus vernünftig. Womöglich gibt's dann überhaupt keine mehr.«

»Ist das alles?« fragte der Fremde. »Kann ich gehn?«

»Gestehe, und du kannst gehn«, sagte Kolja.

»Schließlich verplempern wir Zeit«, suchte Udalow ihn zu überzeugen. »Und Sie auch. Wir haben doch nur wissenschaftliches Interesse an Ihnen. Sonst nichts.«

»Genau«, sagte Kolja. »Mit Pinke sind wir nicht zu kaufen.«

Der Fremde runzelte die Brauen. Soviel war ihm offenbar klargeworden. Da war kein Entkommen, schon besser, er bekannte sich zu seiner Tat.

»Nun«, trieb Udalow ihn zur Eile. »Aus welchem Jahrhundert stammen Sie?«

Der Fremde seufzte schwer. Hinter der Brille schimmerten Tränen. Und gerade da tauchten auf der Domtreppe die beiden Hosenmädchen auf. »Ach«, sagte die eine, ohne das Dramatische der Situation zu erkennen, »welch wundervolle Fresken aus dem siebzehnten Jahrhundert! Wie ausdrucksvoll!«

»Und der Kachelofen? Hast du ihn gesehen, Nelly?«

»Hab' ich. Guck mal, wer da unten steht.«

Die Mädchen rannten treppab auf die Männer zu. »Sergej Petrowitsch!« kreischten sie abwechselnd. »Sie hatten vollständig und total recht! Das Jüngste Gericht ist doch nicht kanonisch angelegt! Eine Guslarer Schule hat es gegben! Rappoport ist blamiert!«

Der hat sich Verstärkung durch Telepathie verschafft, dachte Udalow. Jetzt sind sie drei und wir bloß zwei. Und diese Mädchen sind vielleicht gar keine Mädchen, sondern Milizionäre.

»Welch ein Glück!« rief der Fremde. »Und ich hatte die Hoffnung schon aufgegeben, euch zu sehen!«

»Bedroht man Sie?« fragte eins der Mädchen argwöhnisch und versengte Udalow mit ihrem Blick.

»Auf gar keinen Fall«, sagte Fahrer Kolja und zog Udalow am Ärmel.

»Gleich kommt unsre ganze Truppe«, sagte das Mädchen.

Wieviel sind denn hier von der Sorte? dachte Udalow. Die werden mich noch liquidieren, wenn ich mich gefährlich zeige. Und wahrhaftig, in der Dompforte erschien der Rest, zehn Mann mit Fotoapparaten, Notizbüchern, Filmkameras, große, kleine, junge, alte und mittendrin Jelena Sergejewna aus dem Heimatmuseum.

Oh, wie peinlich, dachte Udalow, als er gehorsam Kolja auf den Rückzug folgte.

»Da sind Sie ja, Herr Professor!« rief einer von denen. »Die Sektion Kunstgeschichte ist hocherfreut, ihren Chef vor diesen antiken Mauern begrüßen zu dürfen.«

»Sergej Petrowitsch! Sergej Petrowitsch!« schallte es.

Und der Professor, nun von seinen Studenten und Mitarbeitern umringt, drehte sich um und zwinkerte Udalow zu.

Den beiden Irren entkommen zu sein, welch ein Glück!

Udalow fühlte sich dem Gelehrten zu Dank verpflichtet. Der hätte ja auch die Miliz rufen können. Er sank auf eine Bank und ließ den Kopf hängen. Kolja setzte sich dazu, steckte sich eine Zigarette an und meinte: »Pech gehabt, Freund Korneli. Obwohl, deine Idee, die war groß.«

»Vergiß die bloß, und du, kein Sterbenswort davon.«

»Wie komm' ich dazu? Ich an meinen Steuerknüppel — und ward nicht mehr gesehn. Aber was hattest du dir eigentlich gedacht? Wenn er nun wirklich von dort gewesen wär?«

»Na, daß er uns von der lichten Zukunft erzählt hätte und so.«

»Das ist 'n Ding«, sagte Kolja. »Ich schieb ab. Bist ein Kumpel, bloß 'n bißchen konfus im Oberstübchen. Schon in der Schule hat man uns gelehrt, daß solche Reisen nicht gehen. Hier, behalt das zur Erinnerung!«

Er steckte Korneli etwas in die Brusttasche und ging. Drehte sich um, winkte und grinste freundschaftlich.

Udalow hatte keine Eile mit der Rückkehr auf den Platz. Die Jagd auf den Professor mochte von irgendeinem Bekannten bemerkt worden sein. Unschön so was. Udalow griff in seine Brusttasche, um zu sehen, was der Fahrer ihm für ein Geschenk gemacht hatte. Es war ein Kalender, so groß wie eine Spielkarte, so ein Ding, wie umsichtige Menschen sie in der Brieftasche zu stecken haben. Darauf stand in goldenen Lettern: KALENDER 2075. Auf der Rückseite ein Bild — eine Stadt aus Häuserschlangen, darüber segeln Flugapparate, und die Sonne scheint. Es war ein Stereobild, und die mikroskopischen Blättchen an den Bäumen zitterten kaum merklich im Wind der Zukunft.

»Halt!« schrie Udalow ins Leere. Und dann sagte er: »Ach, Kolja!«

Unter dem Bild erschien eine Inschrift: »Die Idee war gut. Aber dann bist du reingefallen. Nicht böse sein.«

Den Fahrer Kolja hat er nie wieder zu Gesicht bekommen.

Dem Korneli Udalow erschien im Traum ein Unirdischer.

»Hör mal, Korneli«, sagte der Unirdische. »Wir in der Galaxis wissen, daß du für die kosmische Freundschaft was übrig hast.«

»Stimmt«, sagte Korneli, »ich glaube an die Möglichkeit von Kontakten, und was in meinen Kräften steht . . .«

»Momentchen«, unterbrach ihn der Unirdische, »meine Zeit ist bemessen.«

Der Fremde war von einem bläulichen Schein umgeben, hinter welchem seine Gestalt schwer zu erkennen war. Korneli war klar, daß er die Begegnung nur träumte, und doch beeilte er sich mit dem Aufwachen keineswegs, denn es bereitete ihm Freude, mit so einem neuen Menschen zu plaudern.

»Wir in der Galaxis haben Rat gehalten«, fuhr der Unirdische fort, indem er näher flog und Udalow in seinen Schein einbezog, »und sind zu dem Schluß gekommen, daß wir dich brauchen können, verstehst du?«

»Ich verstehe«, sagte Udalow.

»Ja, und zum Dank für deine bisherigen und künftigen Verdienste möchten wir dir ein Geschenk machen. Im kosmischen Stil. Zugleich erlauben wir uns aber darauf hinzuweisen, daß dieses Geschenk eine Prüfung für den gesamten Erdball darstellt. Kannst du mit der Gabe etwas Rechtes anfangen, dann ist die Menschheit mündig, wenn nicht, müssen wir wohl noch etwas warten.«

»Wieso fiel eure Wahl auf mich?« fragte Udalow bescheidenerweise.

»Hab' ich doch gesagt, in Anbetracht deiner Verdienste. Und außerdem bist du so der allerdurchschnittlichste Zeitgenosse von ganz Guslar.«

»Ich?« fragte Udalow ein wenig gekränkt.

»Na ja«, antwortete der Unirdische, »ich bin in Eile. Die Energie geht zur Neige. Für die Zeit, wo wir beide in telepathischer Verbindung stehen, mußte dreiundzwanzig Planeten der Strom gesperrt werden. Hier also unsere Gabe — und auf Wiedersehen! Im Fall, daß du damit nicht fertig wirst, brauchst du bloß zu sagen: ›Das Spiel ist aus.‹ Und alles ist beim alten.«

Noch hatte Udalow keinen Ton geantwortet und kaum die Hände nach der Gabe ausgestreckt, da fuhr auch schon ein Blitz vom Himmel, und er erwachte.

Es war früh am Morgen. Draußen regnete es. Neben ihm lag die Xenia. Sie seufzte im Traum. Möchte wissen, ob sie was gehört hat, dachte Udalow. Irgendwo, durch drei Wände, klingelte ein Wecker. Fünf Uhr dreißig, der alte Loshkin, der steht jetzt auf, um zu turnen und Vögel zu füttern. Womöglich war es ein echter Traum? Und womöglich war da gar kein Unirdischer?

Udalow streckte die Hände unter der Decke vor. Sie waren leer. Nichts von einem Geschenk.

»Humbug«, sagte Udalow und schlief wieder ein.

Zum zweiten Mal öffnete er die Augen um halb acht. Sohn Maximka startete zur Schule, Xenia rackerte in der Küche rum.

»Schularbeiten fertig?« fragte sie den Sohn. »Oder habt ihr gestern wieder bis in die Nacht das Leder getreten?«

»Wir haben nichts auf«, antwortete Maxim Udalow, der, was Stupsnase, Weizenblond und Überschwang der Fantasie anbelangt, eine horrende Ähnlichkeit mit seinem Vater aufwies.

»Wieso nichts auf?« tobte Xenia. »Und dein Hausaufgabenheft? Wer hat da den Aufstand der Strelitzen auf?«

»Den hab' ich drauf«, sagte Maxim.

»Herrgott noch mal, wenn ich so könnte, wie ich wollte«, sagte die Xenia, »den Stundenplan rauf und runter würd' ich dich scheuchen. Aber wann! Egalweg Haushalt, Haushalt!«

»Na, hast mich endlich wach, Xenia«, sagte Udalow. »Ich muß erst um elf ins Kontor. Hab' ich dir gestern gesagt.«

»Steh ruhig auf«, antwortete Xenia, die ihren Ärger spielend von einem Familienmitglied aufs andere lud. »Wie oft hab' ich dich gebeten, bring das Schloß im Flur in Ordnung. Eines schönen Tages holen die uns hier noch alle weg, und du merkst nicht mal was. Der Herr Sohn hat keine Schularbeiten. Das gibt wieder eine Vier. Keine Ahnung vom Strelitzenaufstand.«

»Na, jedenfalls mehr als ihr«, antwortete Maximka patzig. »Wenn man euch erzählt, daß Suworow ihn niedergeschlagen hat, wundert ihr euch nicht mal.«

»Geschichte hab' ich gründlich vergessen«, gestand Udalow.

Und augenblicklich klickte es in seinem Hirn. Als wenn da eine Seite aus dem Geschichtsbuch aufgeschlagen vor ihm lag. Udalow blickte hin und sagte vollkommen ruhig: »Euer Unterricht ist mies, mein Sohn, wenn der Suworow den Strelitzenaufstand niedergeschlagen haben soll. Insbesondere, wenn man bedenkt, daß die Strelitzen die Zarin Sophia, die Älteste Schwester Peters des Ersten, und den Fürsten Golyzin, deren führenden

Feldherrn, im Rücken hatten. Der Suworow wurde übrigens erst siebzehnhundertdreißig geboren, und folglich kann er an der Sache gar nicht beteiligt gewesen sein.«

Nach diesen Worten schwang Udalow seine Beine aus dem Bett, angelte sich die Latschen und erstand zu ganzer Größe.

Sohn Maximka, in der Tür, erstarrte zur Salzsäule. Mit einem Topfdeckel in der Hand kam Xenia aus der Küche geschossen und fragte: »Stammt das von dir oder woher?«

»Von mir«, sagte Udalow. »Mein Gedächtnis ist in Ordnung. Ab in die Schule, Maximka, und nicht den Vati beschwindeln. So was, der Suworow . . .«

»Komm zu Tisch«, sagte Xenia versöhnt. »Der Brei wird kalt.«

»Ich hab' da einen merkwürdigen Traum gehabt«, sagte Udalow und goß sich Milch in den Brei. »Es war, als wenn mir einer aus dem Kosmos erschienen wär' und gesagt hätt': Hier, Genosse Udalow, für deine fortschrittlichen Aktivitäten ein ungewöhnliches Geschenk.«

»Du schnappst noch mal über, du mit deinen Kosmosleuten, Kornjuscha«, sagte Xenia sanft. »Und was war das für ein Geschenk?«

»Das ist ja das Malheur, ich weiß es nicht. Ich wach auf — und kein Geschenk.«

»Eben, eben. Ich, beispielsweise, hab' heute nacht von einem Panzer geträumt. Da hing Nachbars Wäsche drauf. Hat bestimmt auch was zu bedeuten.«

»Bestimmt«, sagte Udalow enttäuscht. Ihm tat es leid um so einen seltenen Traum.

»Übrigens ist gestern eine Rechnung gekommen«, fuhr Xenia fort. »Wieder mal zwei Rubel zweiundvierzig nur für Strom. Wenn man bedenkt, was der Kühlschrank so frißt!«

»Zwei Rubel dreiundvierzig«, verbesserte Udalow mechanisch. »Und um bis an meinen Geist vorzudringen, mußte der aus dem Kosmos mehreren Planeten den Strom sperren.«

»Zwei zweiundvierzig«, sagte Xenia. »Ich hab' nachgesehn.«

»Nein doch, zwei dreiundvierzig..«

»Mach keine Witze! Die Rechnung, gleich als sie kam, hab' ich sie in mein Kästchen gesteckt. Wann hast du denn darin rumgekramt?«

»Überhaupt nicht«, sagte Udalow ehrlich entrüstet. »Mir war einfach so wie dreiundvierzig.«

»Na, warte.«

Xenia entnahm der Kommode unterm Spiegel ein bemaltes Fedoskinoer Kästchen, auf dem eine Tatschanka abgebildet war – Hochzeitsgeschenk von Studienkollegen –, klappte den Deckel auf und nahm einen kleinen blauen Schein heraus. Die Stromrechnung.

»Hier«, sagte sie. »Ergötz dich dran.«

Dann gab sie den Schein aber doch nicht aus der Hand, denn sie sah, daß darauf geschrieben stand: »Zwei Rubel dreiundvierzig Kopeken.«

»Du hast gekramt«, sagte sie voller Überzeugung.

»Nein, ich hab's mir nur gedacht«, antwortete Udalow.

»Doch hast du. Wohl eifersüchtig, wie? Suchst du Briefe?«

»Dich braucht gerad jemand«, antwortete Udalow.

»Genau, mich hat wer gebraucht, der Semenichin Kolja, der hat mir *solche* Anträge gemacht.«

»Na, der Kolja, der hat dich doch zwanzig Jahr und länger vergessen.«

»Und warum? Weil ich meine beste Zeit an dich verschwendet hab'. Alles hingegeben, was an mir frisch war und in Knospen stand. Wie eine Birke im Frühlingskleid . . .« Mit den Händen fuhr die Xenia sich um die breiten Hüften und heulte los.

»Na, na«, sagte Udalow und rüstete sich schleunigst zum Dienst. »Was ist denn, mußt doch nicht . . .«

Udalow ließ sich Zeit. Eher, als geplant, hatte er das Haus verlassen müssen, und so wählte er den längeren Weg – am Ufer entlang, am Dom, am Bürgerhaus vorbei, über den herbstlich bunten und fröhlichen Markt.

Unterwegs schwirrte ihm der Kopf von den Begebenheiten, die zur Machtergreifung Peters des Ersten geführt hatten. Das war ihm zeitlebens nicht passiert. Immer keine Zeit gehabt. Und jetzt ging ihm schlagartig auf, daß er, verglichen mit so einem popligen Schulbuch, höllisch wenig Ahnung hatte. Und es gelüstete ihn sehr, dahinterzusteigen, was es mit dem Bojaren Schaklowity auf sich hatte, aber das Schulbuch berichtete davon herzlich wenig.

Vor Udalow liefen Kinder in die Schule. Der Korneli schnappte sich ein kleines Mädchen, sah ihre schmale Glanzledermappe und verkündete laut: »After morning tea I go to school.«

»Was?« fragte das kleine Mädchen und drehte sich um. »Nehmen Sie die Lektion auch gerade durch?«

»Ja, genau die«, sagte Udalow und lief rot an, weil er soeben geschwindelt hatte. In der Schule hatte er Deutsch und nachher mit Sprachen nie wieder was gehabt. Und das Tolle war nicht etwa, daß er da einen englischen Satz ausgesprochen und dabei auch noch geahnt hatte, daß es Englisch war, nein, den hätte er ebensogut irgendwo aufschnappen können. Das Unheil war, daß Udalow das gesamte Lehrbuch der englischen Sprache, fünfte Klasse, auswendig konnte, aber auch das gesamte, von vorn bis hinten! Und auf Anhieb konnte er einem jede beliebige Seite zitieren, inklusive Impressum. Später, als er die Ereignisse sortierte, wunderte Udalow sich sogar, wieso er nicht gleich draufgekommen war, daß ebendies die kosmische Gabe war ... Aber er war eben nicht. Kopfschüttelnd ging er weiter.

Auf einer Bank vor der Fachschule saßen die künftigen Binnenschiffer und büffelten Trigonometrie. Sinus, Kosinus und andere Funktionen rumorten in Udalows Hirn und mischten sich mit erschöpfenden Informationen über die Zubereitung von Mehlspeisen, weil gerade eben eine hochbeleibte Dame mit einem Kochbuch in der Hand aus dem Nachbarhaus geschritten kam.

So ein Ding, dachte Udalow, was mir da nicht alles im Kopf herumgeht.

Am Eingang zum Markt lag auf wackeligem Tisch ein Packen weißer Bücher. Daneben lauter Kleinkram in einer rosa Seifenschachtel. Auf einem der Bücher war eine altertümliche Königin abgebildet. Darunter stand: Das Geheimnis des goldenen Sarges. Manch einer, der den Markt verließ, blieb stehen, um das Buch käuflich zu erwerben, in der Hoffnung, es handele von Spionen. Mischa Stendal, ein Bekannter Udalows, Mitarbeiter der Lokalpresse, erstand das Buch, und nachdem er dem Korneli einen guten Tag gewünscht hatte, fragte er: »Und Sie nicht?«

»Für Archäologie kein Interesse«, antwortete Udalow laut. »Ist auch ziemlich trocken abgehandelt.«

»Bürger!« übertönte die Verkäuferin Udalow. »Kaufen Sie den neuen Roman über die Geheimnisse Ägyptens! Wer ermordete Nofretete? Das Geheimnis eines alten Hauses am Ufer des Nils!«

»Sehen Sie«, sagte Stendal belehrend. »Sie lesen zuwenig, Korneli Iwanytsch.«

»Ich lese, soviel ich kann«, antwortete Udalow mit Würde. »Nicht weniger als andere auch. Aber dieses Werk trägt den Charakter eines Fachbuches. Für Spezialisten.«

»Woher will er das wissen?« sagte die Verkäuferin. »Wir haben es heut früh bekommen. Und ich steh' hier erst zwanzig Minuten oder so. Leute gibt's, die lassen sich sonstwas einfallen, bloß um einem die Laune zu vermiesen.«

»Ach, so ist das!« sagte Udalow, der langsam den Kopf verlor. »Dann schlagen Sie doch bitte Ihr Geheimnis auf, Seite . . . sagen wir mal, Seite einhundertdreißig. Aufgeschlagen? Ich beginne mit der elften Zeile von oben.«

Stendal kämmte die Seiten durch. Rings sammelten sich Gaffer.

»Hierselbst, im Norden der Hauptstadt«, schmetterte Udalow halbgeschlossenen Auges, »wurden Schmuckstücke mit den Initialen anderer Könige und Königinnen gefunden: in beschränkter Anzahl von Amen-hotep dem Vierten, in größerer Zahl von Semench-ka-rê und dessen Gemahlin Meritaton, von Tut-anch-aton und seiner Gemahlin Anch-esenp-a-aton. Jedoch zusammen mit den Plättchen der Nefr-et . . .«

»Halt!« brüllte Stendal. »Sind Sie Zauberkünstler?«

»Mischa«, antwortete Udalow vorwurfsvoll. »Sie kennen mich doch. Jeder Hund kennt mich hier in der Stadt.«

Udalow sah sich nach Bundesgenossen um. Jede Menge Leute standen da herum, das weiße Buch in der Hand, auf der Seite einhundertdreißig aufgeschlagen, und zur Kontrolle gingen zahllose Lippen leise mit.

»Au ja«, sagte ein glatzköpfiger Onkel in Uniformbluse. »Lies doch mal von Seite hundertzwanzig an. Aber von ganz oben. Die hundertdreißig kannst du womöglich auswendig.«

»Wie Sie wünschen«, sagte Udalow. »Bloß, die Sache ist die . . .«

»Lies nur, lies.« Die Leute waren dabei, die Seite zu suchen.

»Wenn ihr wenigstens zahlen würdet. Die Umschläge, die sind nämlich weiß, und alle begrapschen sie, wer kauft das noch?« sagte die Verkäuferin, aber niemand wollte etwas davon hören.

»Go«, sagte Udalow. »Das ist noch von Seite hundertneunzehn. »Go für Re. Ka-a, und dazu: Möge sie ewig leben!«

»Bravo, verflixt noch mal«, sagte der Uniformierte begeistert, zog aus seinen Breeches einen dicken roten Jonathan und reichte ihn Udalow. »Iß, genier dich nicht. Bei deinem Talent solltest du studieren.«

»Danke«, sagte Udalow und genierte sich. Auf einmal sah er sich mit fremden Augen. Steht da der Chef vom städtischen Baukontor am Markt und röhrt was runter aus der Geschichte der Arabischen Republik Ägypten. Das war peinlich.

»Korneli Iwanytsch«, sagte Stendal, als er Udalow, der die Flucht ergriff, eingeholt hatte, »ich muß mit Ihnen sprechen.«

Ihnen im Nacken saß die Stimme der Verkäuferin: »Kaufen Sie den neuen Krimi über die Geheimnisse der Sarkophage! Wer tötete Nofretete und ihren Mann? Heute aus Moskau gekommen!«

Noch hatte Stendal den Udalow nicht am Ellbogen gepackt, als neue Ereignisse dessen Sinn gefangennahmen. Eine Gruppe ausländischer Touristen — in Groß-Guslar eine rechte Seltenheit —, größtenteils bestehend aus überalterten Damen mit adrett gewikkelten Löckchen und nylonblütigen Hüten, kam, die Köpfe einmütig den Zwiebeltürmen der Paraskewa-Pjatniza-Kirche zugewandt, die Straße daher. Die passenden Ehehälften, eine Handvoll munterer Rentner aus Übersee, waren mit Fotoapparaten Marke »Polaroid« und »Canon« behängt.

Die Touristen pflegten angeregte Unterhaltung. Udalow biß in den roten Apfel und rührte sich nicht vom Fleck, denn er verstand jedes Wort! Alles. Sogar, was in den Sprachführern stand, die diese Reisetanten in den Händen hielten. Mit Ausrufezeichen warfen sie nur so umher!

»Zustände sind das, weiß der Teufel!«

»Großartig barbarische Architektur!«

»Mein Gott, so ein Geniesel in so einem Nest!«

»Das ist ja wie der Tadsch Mahal!«

»Mrs. Henry, sehen Sie bloß mal den da mit dem Apfel im Mund. Umwerfend, diese slawische Direktheit!«

»Zustände sind das, weiß der Teufel! Es wird Zeit, daß wir mal frühstücken, und die Dolmetscherin hat sich verkrümelt!«

»Die Kirche würde sich vorzüglich vor der Notre-Dame de Paris ausnehmen!«

»Unverschämtheit! Wir zahlen harte Valuta, und die Dolmetscherin hat sich verkrümelt!«

»Seht bloß mal den da mit dem Apfel im Mund!«

Hier ging Udalow ein Licht auf. Der mit dem Apfel, das war er.

Unmut packte ihn und auch so was wie Mitleid für diese ihrer Heimat beraubten Wandervögel, welche obendrein der Dolmetscherin und des Frühstücks verlustig gegangen waren. Er tat einen Schritt vor und sagte in der angenehmsten Mundart von Brooklyn: »Verzeihen Sie einem einfachen Ortsansässigen, aber

Sie müssen wohl jetzt nach links abbiegen, dann kommen Sie direkt am Hotel ›Groß-Guslar‹ raus.«

»Oh!« sagte Mrs. Henry. »Bitte, was haben Sie gesagt?«

»Er hat sich nicht weniger klar geäußert als Präsident Nixon«, sagte ihr Ehemann. »Hören wir auf seinen Rat, und gehen wir nach links. Verzeihung, Sir.«

Die ganze Truppe stiefelte gehorsam hinter Mrs. Henrys Mann einher, und nur so ein kleiner Bursche mit pomadisiertem Kraushaar blieb, wo er war.

»Und was stehen Sie noch rum?« fragte Udalow ihn auf englisch. »Ah ja, natürlich, Sie sind Puertoricaner und haben nicht verstanden.« Lässig war Udalow ins Spanische gefallen, und nun schlug seine Instruktion in heimatlichen Lauten an das Ohr des Puertoricaners.

»Oh, danke sehr, Señor!« rief der Tourist. »Ich versteh' nicht immer alles, wenn man so schnell englisch spricht wie Sie.« Und mit den langen, sandfarbenen Rockschößen wedelnd, setzte er seinen Reisegefährten nach.

Mrs. Henry, die gerade um die nächste Ecke bog, sagte zu ihrem Mann auf die Art, daß Udalow es nicht hören sollte: »Hier wimmelt es von GPU-Leuten. Den da hab' ich, glaub' ich, vorm ›National‹ in Generalsuniform gesehen.«

Udalow hörte es und lächelte ein kleines, nachsichtiges Lächeln.

Endlich war Stendal soweit, daß er den Mund aufkriegte, um zu fragen: »Korneli Iwanytsch, warum haben Sie nie gesagt, daß Sie ...«

»Was soll's«, erwiderte Udalow und marschierte — hopphopp! — in Richtung Kontor, um unterwegs einen Entschluß auszubrüten. Seine flinke Fantasie dachte sich den Korneli bereits als Chefdolmetscher bei Intourist. Und da steht er so am Flughafen Scheremetjewo, zum Empfang bereit, und der Maschine entsteigen riesig lange Neger.

»Guten Tag«, sagt Udalow auf Suaheli.

Es folgen Einwohner der Malediven-Inseln.

»Herzlich Willkommen«, sagt Udalow in deren Muttersprache.

Japanische Kinder mit kleinen weißen Kranichen in den Händen springen die Gangway herab. »Wir grüßen euch«, sagt Udalow in der Sprache aus dem Land der aufgehenden Sonne.

Und dann kommt da so ein hohes Tier aus der Auslandsabteilung gerannt. Das schreit, völlig außer sich schreit es: »Genosse Udalow! Hier, Ihr Diplomatenpaß, und nehmen Sie schleunigst eine Maschine. Sie werden in Addis Abeba verlangt. Dort hat man eine Inschrift gefunden, die nicht zu entziffern ist. Die UNO fordert Sie an.«

Udalow fliegt also nach Addis Abeba. Und Schwarzafrika liegt da so unterm Flügel hingebreitet. Elefanten und Nashörner blikken neugierig hoch und begleiten das Flugzeug mit ihrem freundlichen Ruf. Und auf dem Flugplatz steht der Herrscher Äthiopiens höchstpersönlich, in Begleitung von Mitgliedern der äthiopischen Akademie der Wissenschaften.

»Wie war der Flug?« wird Korneli gefragt.

»Danke«, antwortet er in tadellosem Äthiopisch.

Und dann folgt also die Ernennung zum Botschafter oder sogar Berater in einem der afrikanischen Länder, dessen Nationalsprache kein Aas auf der Welt beherrscht, außer Udalow ...

Dimethylphthalat – acht Gramm, dachte es in Udalow, wäßrige Ammoniaklösung. Nanu, was hat Schwarzafrika mit Ammoniaklösung zu tun?

Udalow hob die Augen, und sein Blick fiel durchs offene Apothekenfenster auf den Provisor Sawitsch, der da etwas in sein dickes Provisorbuch eintrug.

»Sie erfinden wohl Arzneien?« fragte Udalow.

»Ja, ich rekapituliere so einiges.«

»Und Ammoniaklösung«, scherzte Udalow. »Was war das doch gleich?«

»Salmiakgeist«, sagte Sawitsch, und seine Augen wurden kugelrund vor Staunen. »Hab' ich etwa laut gedacht?«

»Wie man' nimmt«, antwortete Udalow und eilte weiter.

Derweil hatte sich sein Kopf mit Wissen gefüllt, das er im Vorübergehen erworben hatte, innerhalb von zwei Stunden. Und Korneli mußte einsehen, daß das nicht sein eigenes Gedächtnis sein konnte. Die Lage wurde immer vertrackter. Mit einemmal besaß er doch die Gabe, jedwede in der Nähe befindliche schriftliche Information augenblicklich aufzusaugen wie ein Schwamm.

Nur in der Nähe mußte sie sein. Man durfte getrost ein paar Schulbücher oder andere Wissensspeicher neben Udalow hinlegen, schon wußte er, aufs Komma getreu, was drinstand.

»Himmelkreuz, ist das ein Ding!« sagte sich Udalow. »Wenn nun mein Kopf platzt?«

Zum Glück passierte Udalow in diesem Augenblick einen Zeitungskiosk. Er sog also, was dort in Zeitungen und Zeitschriften geschrieben stand, in sich auf, auch das aus den alten Nummern, die auf dem Ladentisch rumlagen und an den Seitenwänden hingen, inklusive eben gerade der Nummer der »Gesundheit«, in der es hieß, daß jeder normale Zeitgenosse sein Gehirn — so Gott will — zu einem einzigen Prozent nutze. Die übrigen Zellen, die sollen doch — die Schmarotzer! — für nichts und wieder nichts Nahrung und Vitamine aufzehren.

»Aha«, sagte Udalow und blieb mitten auf der Straße stehen. »Alles klar. Das ist sie, die Gabe. Also doch kein Traum, sondern fantastischer Augenschein. Warum ich mit meiner neuen Gabe das bloß nicht gewittert hab'? Schimpf und Schande! Und wenn der mit dem bläulichen Schein die Wahrheit gesagt hat, dann muß man also mit der Gabe umzugehen wissen. Muß sie zu Nutz und Frommen des Menschengeschlechts einsetzen und auf die Art die interplanetare Freundschaft fördern.

Was tut ein umsichtiger Mensch, wenn er, so er will, jeden Augenblick zum Akademiemitglied oder zumindest zum korrespondierenden Mitglied der Akademie der Wissenschaften avanciert? Geht er in die Bibliothek? Nein, das verlohnt nicht. Dort pumpt er sich mit so viel Zeugs voll, daß selbst neunundneunzig Prozent Gehirn damit nicht fertig werden. Also ab in die Obhut der Mediziner? Schade um die Freiheit.

Indessen aber trugen Udalows Beine ihn ungeachtet der Gedanken, die er dachte, fort, bis an die Tore des Baukontors. Wie von selbst öffneten seine Hände die Tür, und seine Zunge grüßte von ganz allein die anwesenden Kollegen. Und da Udalows Kopf mit abwegigen Gedanken beschäftigt war, so antwortete er auf die Frage des Buchhalters, ob die Listen für den dritten Abschnitt abgeschlossen werden sollten, nebelhaft: »Die Akademie der Wissenschaften weiß es besser« und verzog sich in sein Kabinett. Dort sank er in seinen Stuhl, setzte seine Ellbogen in einen Haufen Berichte und wußte immer noch nicht, wo er war.

Es lockte ihn die diplomatische Karriere. Ein schwarzer »Wolga« vor dem Amtssitz, zuvorkommende Ausländer mit Whiskycocktails in gepflegten Händen, Sekretärinnen mit Dekolleté. Und es regte sich die Lust, auch ein kosmisches Programm zu erproben. »Nur Sie, Professor Udalow, können sagen, ob es lohnt, an die Rakete eine dritte Stufe anzuschließen.« Und die großen Kosmonauten stehen da und warten auf Antwort. Immerhin hängt von Udalows Entscheidung ab, ob sie zum Mars fliegen oder nicht. Man könnte aber auch die Geheimnisse alter Zivilisationen enträtseln, um dahinterzukommen, ob Atlantis nun existiert oder nur gespukt hat. Das ist der Weg, der ins stille Kabinett der Akademie und zu kostenlosen Erholungskuren für Spitzendenker führt. Na, und zu internationalen Kongressen natürlich . . .

Nein, entschied Udalow schließlich. Mit der Veröffentlichung lassen wir uns Zeit. Nicht ausgeschlossen, daß die Sache morgen aus und vorbei ist, und dann haben wir den Salat. In der Mittagspause gehn wir hübsch in die Fachschule und kassieren die hohe Mathematik. Das kann nicht schaden. Und dann ab ins Museum und gucken, was sie über Peter den Ersten dahaben. So wird's gemacht.

»Sie wollen zu mir?« fragte er, als er aufblickte.

»Fünfzehn Minuten bemühen wir uns schon um Ihre Aufmerksamkeit, Korneli Iwanowitsch«, sagte ein Herr mit Schokoladenaugen, Boxernase und gelber Importaktentasche.

»Nein, länger«, fiel ein zu kurz geratener alter Knabe ein. Der alte Knabe trug eine Brille, deren Gläser so stark waren, daß nur die zehnfach vergrößerte, bläulich gemaserte Pupille Platz darin fand. In der Hand hielt er gleichfalls eine gelbe Importaktentasche.

»Aha, Sie sind da«, sagte Udalow. Und schon war ihm der Inhalt der dicken Aktentasche bis aufs I-Tüpfelchen geläufig. Hauptsächlich waren es Lohnlisten, Lieferscheine und Formulare der Produktionsgenossenschaften für Eisenwaren. Die Burschen nahmen Platz, und der Herr mit Boxernase sagte: »Wunderschöner Tag heute, Korneli Iwanowitsch.«

Der Tag war windig, trübe, unfreundlich. Gott sei Dank, wenigstens der Regen hatte aufgehört. Schweigend nickte Udalow und studierte inzwischen sämtliche Papiere, die der Herr in seinen Taschen trug. Und fühlte sich zum größten Revisor der Zeitgeschichte bestimmt, zu einem außerordentlichen Revisor, welcher angesichts seiner Sprachkenntnisse zu Reisen in die Unionsrepubliken geladen werden würde und in die Länder des sozialistischen Lagers, womöglich gar in den Westen. Und an seinem Arbeitszimmer sah er ein bescheidenes Schild hängen: »Kommissar der Miliz ersten Ranges, Leiter der Spezialabteilung für besonders wichtige Revisionen, K. I. Udalow.«

»Wirklich, kein schlechter Tag«, sagte der alte Knabe, und die

Pupillen wurden noch größer. »Und Sie haben was gegen uns. Eigentlich schade. Das haben wir nicht verdient.«

»So ist es«, sagte Udalow, des Rätsels voll, und trommelte mit den Fingern auf den Tisch.

»Nein, Korneli Iwanowitsch, so geht das nicht«, sagte der Herr mit der Boxernase und schwang seine breiten Schultern. »Die Genossenschaft gibt sich Mühe, erfüllt den Plan und übererfüllt ihn, beliefert das Kontor pausenlos mit Qualitätsware und erntet Undank. Ich werde mich an den Rat der Stadt wenden.«

»Von mir aus bis nach Wologda«, sagte Udalow. Was da auf dem Schein in der rechten Brusttasche des Herrn mit Boxernase stand, interessierte ihn doch sehr. Die Radierung auf dem Lieferschein war mit bloßem Auge erkennbar.

»Was soll das, Genosse Udalow«, sagte der alte Knabe. »Wir haben alle Papiere mit. Unser bestes Metall haben wir in die Riegel gesteckt. Bewährte Experten rangezogen. Tag und Nacht nicht geschlafen. Das soll alles umsonst gewesen sein? Und die Quartalsprämie?«

»Warte mal«, unterbrach ihn sein Gefährte. »Eine kleine Unzufriedenheit? Warum sich auf den Markt stellen damit? Sag's mir, und ich sag's dem Porfiritsch, der macht das schon.«

»Klar, mach' ich«, sagte der alte Knabe. »Immer auf die friedliche Tour.«

»Aber die Riegel biegen sich im Wind«, sagte Udalow. »Und die Schlösser lassen sich mit 'ner Gabel öffnen. Der Montageplan fürs Erholungsheim ist geplatzt. Und die Qualitätsware habt ihr euch untern Nagel gerissen. Stimmt's?«

»Nein«, sagte Porfiritsch voller Überzeugung.

»Aber dreitausendachthundert Rubel habt ihr doch einkassiert.«

»Was für Rubel?« stotterte der alte Knabe. Und seinem Kumpel brach unverhofft der Schweiß aus.

»Wieviel?« fragte er.

»Dreitausendachthundert, auf die Kopeke. Eure sauberen Papierchen habt ihr doch noch alle in der Hosentasche. Da steht's, mit Bleistift: an Porfiritsch siebenhundertzwanzig, an Schurow dreihundert, und dem Udalow, wenn er Geschichten macht, hundert in den Rachen. Na? Stimmt's vielleicht nicht?«

Der Herr mit den Schokoladenaugen verlor die Beherrschung. Er sprang vom Stuhl und faßte mit dicken, zitternden Fingern in die Hosentasche. »Verrat!« sagte er.

Porfiritsch blieb sitzen. Er war blaß geworden, blaß bis in die Augen.

»Dreitausendachthundert? Und für mich siebenhundertzwanzig? So ... Keine Gnade wird das Volk walten lassen vor dir, du ehrloser Gauner, weder in dieser noch in jener Welt«, sagte er mit dünner, rauher Stimme.

»Und eine Anzeige an die Miliz setzen wir gleich auf«, sagte Udalow, das heiße Eisen schmiedend.

»Ich weiß von nichts«, sagte der Herr mit Boxernase und versuchte einen aus der Tasche gezogenen Schein zu verschlucken. Der Schein war aus gutem, festem Papier und ließ sich nicht verschlucken.

»Es hilft alles nichts«, sagte Udalow. »In Porfiritschs rechter Jackettasche liegt der verbesserte Lieferschein für Stahlblech.«

»Stimmt«, sagte Porfiritsch. »Lieber wander' ich als Mittäter ins Kittchen, aber diese Schlange bring' ich für Jahre hinter Schloß und Riegel.«

»Recht so«, sagte Ualow. »Er hat Sie früher schon an der Nase rumgeführt.«

»Pah, fagt dasch plosch!« schrie mit vollem Mund der Genossenschaftsdirektor. »Ich fer mich peschwern!«

»Beschwer dich, beschwer dich«, sagte Porfiritsch schadenfroh.

»Er entwischt uns nicht«, stimmte Udalow zu. »Sie haben doch in Ihrer Aktentasche schlagende Beweise.«

Und als er sah, daß er den letzten Schlag führen mußte, um den Gegner k. o. zu schlagen, suchte Udalow sich zu entsinnen, was die Untersuchungsrichter im Kino in solchen Fällen von sich geben. Und unlängst vernommene Sentenzen wirbelten ihm durch den Sinn.

»Ihr Einsatz ist verloren!«

Nein, das ist es nicht ... Hände hoch ... Nein. So ähnlich, ganz ähnlich. Aha! Und mit fürchterlicher Stimme, so daß ihm selbst sein spärliches goldblondes Nackenhaar zu Berge stand, sprach Udalow: »Das Spiel ist aus! Nehmen Sie Platz, und schreiben Sie ein Geständnis. Ein aufrichtiges Bekenntnis Ihrer Reue. Das ist das einzige, was Ihr Los zu mildern vermag!«

Da fuhr ein Blitz hernieder, und es roch nach Ozon, und der leichenblasse Genossenschaftsdirektor sank auf seinen Stuhl, griff zum Kugelschreiber, und mit Porfiritschs Hilfe begann er ein Geständnis abzulegen. Udalow aber verspürte eine fürchterliche Leere im Kopf. Eine dumme, wüste Leere. Keines der Papierchen in den Taschen der Genossenschaftler war ihm gegenwärtig. Englisch und Spanisch waren ihm entfallen, er konnte sich an keine einzige trigonometrische Funktion erinnern. Selbst die filigran geschliffenen Verse des Poems aus der letzten Nummer des »Ogonjok« hatte er vergessen.

»Warum bloß?« rief er. »Wofür?«

Die Genossenschaftler schossen ihm verängstigte Blicke zu und schrieben immer schneller.

»Das bringt ihr selbst zur Miliz«, befahl Udalow, sah und hörte hinfort nichts mehr, sondern stürzte nur noch zur Tür.

Wieder nieselte ein feiner Regen. Es war still und wie sonst. Und mit der Klarheit eines fernen, nächtlichen Gewitters tönten in Udalows Ohren die Worte des Unirdischen: »Wenn du damit nicht fertig wirst, brauchst du bloß zu sagen: ›Das Spiel ist aus‹, und alles ist beim alten.«

»Das wollt' ich doch gar nicht!« barmte Korneli Udalow, die Hände gen Himmel gestreckt. »Ein Versehen. Ich werde ja fertig damit. Das war ein echtes Versehen!«

Udalow ging nach Hause und sprach bis zum Abend kein einziges Wort. Er verweigerte dem Mischa Stendal, der am Tor auf ihn wartete, ein Interview, und er sah von seiner geliebten Klößchensuppe ab. In Hosen lümmelte er auf dem Sofa und hatte an seinem Schnitzer zu kauen, der ihm nicht nur den Weg in eine Diplomatenzukunft verbaute, sondern auch die Menschheit einer baldigen Freundschaft mit der entwickelten Galaxis beraubte.

Erst abends, nachdem er zur Beruhigung hundert Gramm Pfefferschnaps eingenommen und einige seinen Lieben unverständliche Worte gesprochen hatte, etwa so: »Vielleicht begreifen sie's und ändern ihren Entschluß«, trat Udalow an den Tisch seines Sohnes und fragte: »Wo hast du das Geschichtsbuch?«

»Was denn, Papa?« Wir haben morgen keine Geschichte.«

»Dummerjahn«, antwortete der Vater. »Ich möchte nur über Peter den Ersten nachlesen. Und steck die Trigonometrie nicht weg ... Man lernt nie aus ... Mit unserer Halbbildung in der Galaxis aufzutauchen ist einfach peinlich.«

Die Zoohandlung in Groß-Guslar teilt sich einen bescheidenen Raum mit dem Laden für Bürobedarf. Auf zwei Verkaufstischen liegen unter Glas: Kugelschreiber, Schulhefte, ein Zeichenblock (weiße Möwe auf blauem Grund), schweinsborstene Pinsel, dunkle Ockerfarbe in Tuben, Bleistiftanspitzer und Umrißkarten. Der dritte Ladentisch, links von der Tür, ist aus Holz. Darauf stapeln sich, pfundweise abgepackt, Tüten mit Vogelfutter, ein Eichhörnchenkäfig mit Kletterring und kleinere Stein- und Zementbauten, die mit buntgesprenkelten Muschelschalen beklebt sind und eine entfernte Verwandtschaft mit alten Schloßruinen aufweisen. Sie finden für gewöhnlich in Aquarien Unterkunft, denn unsere Fische sollen sich ganz wie zu Hause fühlen.

Der Laden für Bürobedarf erfüllt stets und ständig seinen Plan. Insbesondere innerhalb des Schuljahres. Die Zoohandlung hat es da schon schwerer. Sie lebt von der Hoffnung auf Kücken, Kücken aus der Brutanstalt, die einmal alle Vierteljahr geliefert werden. Dann reicht die Schlange bis zum Markt. Die übrige Zeit weht Leere um diesen Ladentisch.

Und wenn die kleinen Jungs kommen, um Gruppis und Schwertträger anzugaffen, im erleuchteten Aquarium in der Ecke, dann nicht, um diese käuflich zu erwerben. Das tun sie nicht hier, das tun sie beim langen Kolka, der Samstag für Samstag vor der Ladentür Wache schiebt und an langer Strippe ein Konservenglas mit Fischbrut zu baumeln hat, in der anderen Hand eine Tüte Mückenlarven.

»Da ist er wieder«, sagt dann Sinotschka zu Vera Jakowlewna, der Verkäuferin vom Bürobedarf, und schreibt ein Gesuch an den Bezirk, mit der Bitte um Zusendung von Fischfutter und Rassetauben.

Nicht, daß Sinotschka nun gar keine Kunden hätte. Bewahre, Provisor Sawitsch hält sich einen Kanarienvogel und kehrt einmal wöchentlich gegen Abend ein, auf dem Heimweg von der Apotheke, um ein Pfund Vogelfutter mitzunehmen. Bisweilen spricht auch Grubin vor, der verkrachte Erfinder. Seine Neigung gilt jeglichem geflügeltem Getier, und er wiegt sich in der Hoffnung, früher oder später einmal werde ein Amazonaspapagei eintreffen, von welchem gesagt wird, er fasse mit Leichtigkeit die menschliche Rede.

Und da ist noch jemand, kein Kunde, nein, ein Sonderfall. Der

Invalide und einstige Feuerwehrmann Erik. Still tritt er ein, stellt sich in die Ecke hinters Aquarium, den leeren Ärmel in den Gürtel geklemmt, die verbrannte Gesichtshälfte zur Wand gekehrt. Den Erik, den kennt die ganze Stadt.

Im vorvorigen Jahr ist eine Oma schlafen gegangen, ohne ihr Bügeleisen abzustellen. Erik ist als erster in das brennende Haus geprescht und hat die Oma an die frische Luft befördert, aber eben doch um ein Geringes zu spät, ein Balken ist herabgesaust. So wurde er Invalide. Mit dreiundzwanzig Jahren. Großes Mitgefühl ist dagewesen seitens der Bürger, Erik hat Invalidenrente gekriegt, aber seine Arbeit mußte er aufgeben. Gewiß, bei der Feuerwehr ist er geblieben, als Wächter im Depot. Er hat gelernt, linkshändig zu schreiben, aber eine gewisse Körperschwäche und Befangenheit im Auftreten kann er nicht überwinden. Selbst auf die Straße geht er nicht gern.

Erik kommt nach Feierabend, je schlechter das Wetter, desto häufiger. Humpelnd klemmt er sich in die Ecke hinters Aquarium und faßt Sinotschka ins Auge, in die er verschossen ist, ohne je ein Zeichen der Gegenliebe zu erhaschen. Wie sollte er auch, wo Sinotschka doch so ein hübsches Ding ist — der Schwarm manch eines Studenten von der Fachschule für Binnenschiffahrt — und sich nach dem Biologielehrer an der Ersten Oberschule verzehrt. Aber Sinotschka wird Erik nie ein böses Wort sagen.

Das dritte Quartal neigt sich dem Ende zu. In den Gärten steht der Herbst. Sinotschka hat sehr auf Ware gehofft, denn die vom Bezirk müssen doch mal begreifen, daß der Plan platzt, und das gibt einen Heidenspektakel.

Als wenn sie es geahnt hätte. Der sechsundzwanzigste September wurde ein blanker, stiller Tag. Vom Laden aus war die Böschung am Fluß zu sehen und sogar der Wald am anderen Ufer. Über den Fluß, der die Farbe des Himmels trug, nur satter getönt, zogen Lastkähne, Flöße, Kutter. Am Himmel schwammen Wolken, so geruhsam, daß man an jeder einzelnen sein Auge weiden konnte. Die Ware war zu nachtschlafender Zeit gekommen, per Flugzeug, mit der AN-2, und Sinotschka lief in aller Herrgottsfrühe zur Arbeit, weidete ihr Auge an den Wolken und hängte ein Schild an die Tür: »Goldfische eingetroffen.«

Über Nacht war Leben in die Fische im großen Aquarium gekommen. Mit knappen Schwanzschlägen glitten sie stolz einher, zwei Dutzend an der Zahl, und boten ein ungewöhnliches Schauspiel. Klein von Wuchs, zehn, fünfzehn Zentimeter lang, am Rücken von grellgoldenem Glanz, der zum Bauch ins Rosafarbene wechselte. Wie blankgeputzte Mini-Samoware. Die Augen riesig und von tiefem Schwarz, die Flossen leuchtendrot.

Und eine Blechkanne mit Fischfutter hatten sie vom Bezirk geschickt. Sinotschka schüttelte den Inhalt in die Entwicklerwanne. Die dunkelrote, wimmelnde Masse war die ganze Zeit darauf erpicht, die glatte weiße Emaillewand zu erklimmen.

»Ach«, sagte Vera Jakowlewna, als sie die Fische erblickte, »welche Pracht! Ein Jammer, daß wir sie verkaufen müssen! Ich würde sie zum Inventar zählen.«

»Alle vierundzwanzig?«

»Nein, aber die Hälfte. Heute ist für dich ein großer Tag.«

In diesem Augenblick schlug die Tür, und herein trat der besserwisserische alte Loshkin. Er ging geradewegs auf den Ladentisch zu, stand da, verzog die Lippen, nahm mit spitzen Fingern von dem Fischfutter und sagte: »Hm. Weltniveau. Meine Anerkennung.«

»Und die Fische?« fragte Sinotschka.

»Mittelprächtig«, antwortete Loshkin, indem er die Pose des Stolzes beibehielt. »Chinesische Herkunft. In China schwimmt so was in jedem Teich. Zu Millionen.«

»Auch noch zu Millionen«, erwiderte Vera Jakowlewna gekränkt.

»Da sollte man mal die Fachliteratur befragen«, sagte der alte Loshkin. »Oder den Lieferschein. Dort steht's.«

Sinotschka holte den Lieferschein.

»Ich hab' schon nachgesehn«, sagte sie. »Da steht nichts von chinesisch. Alles unsere Fische. Zwei Rubel vierzig das Stück.«

»Bißchen teuer«, sagte Loshkin und klemmte sich einen altertümlichen Kneifer auf die Nase. »Davon möchte ich mich doch selbst überzeugen.«

Grubin trat ein. Ungestüm, lang, zerzaust, mit seinen schnellen Urteilen.

»Guten Morgen, Sinotschka«, sagte er. »Guten Morgen, Vera Jakowlewna. Gibt's was Neues?«

»Ja«, sagte Sinotschka.

»Und wie steht's mit dem Papagei? Ist meine Bestellung eingegangen?«

»Noch nicht; sie suchen ihn wohl noch.«

Offen gestanden, den brasilianischen Papagei hatte Sinotschka gar nicht erst bestellt, in der Befürchtung, mit diesem Anliegen auf Bezirksebene verlacht zu werden.

»Dolle Tierchen«, sagte Grubin. »Und der typische Goldton.«

»Wofür soll der typisch sein?« fragte der alte Loshkin scharf.

»Für die hier«, sagte Grubin. »Na, ich muß gehn.«

»Dilettant!« rief ihm Loshkin hinterher. »Auf dem Lieferschein ist die lateinische Bezeichnung ausgelassen.«

Da steckte der lange Kolka seinen Kopf in die Tür. Seinen Beinamen verdankt er wohl der Spottlust seiner Zeitgenossen. Er ist von ausnehmend kleinem Wuchs, und in seinem Gesicht gibt es, trotz seiner vierzig Lenze, von Behaarung keine Spur. Wie ein Riesenbaby sieht er aus. An gewöhnlichen Tagen verjagt Sinotschka ihn unter Drohungen und Geschrei. An diesem Tag triumphierte sie laut, als sie ihn erblickte: »Immer herein mit dem privaten Sektor!«

Kolka, der eine Falle witterte, trat behutsam an den Ladentisch. Die Tüte Mückenlarven unterm Arm, das Konservenglas hinterm Rücken.

»Nur mal die Goldfische sehn«, sagte er leise.

»Na, guck sie dir doch an!«

Doch Kolja sah nicht nach den Fischen hin, sondern in die Wanne mit dem Fischfutter. Loshkin, der den Blick auffing, sagte vernehmlich: »Die staatlichen Preise sind viermal billiger als bei den Blutsaugern. Und die Qualität ist besser.«

»Nun, was die Qualität betrifft, das werden wir noch sehn«, antwortete Kolja, Und retirierte in Richtung Tür, wo er mit dem Rücken gegen eine Abordnung schwänzender Schüler stieß, denn das Gerücht von den Goldfischen hatte sich in der Stadt verbreitet.

Innerhalb von fünf Minuten hatte der alte Loshkin das Geschäft verlassen, hatte ein Konservenglas und drei Rubel von daheim geholt, hatte einen Goldfisch und für das Restgeld Fischfutter erstanden. Mittlerweise kam auch Erik angehumpelt, mit einem Asternstrauß, den er unter das Aquarium legte, denn er befürchtete, Sinotschka könne seine Gabe entdecken und in Gelächter ausbrechen.

Die Schüler beäugten die Fische und beschlossen, einen davon zu kaufen, für die Tierecke. Sinotschka tauchte den Kescher ins Aquarium, und vornübergebeugt, den Kneifer gegen die Scheibe gepreßt, dirigierte Loshkin, auf der Suche nach dem besten Stück, ihre Hantierungen.

»Den nicht«, sagte er. »So was lass' ich mir nicht unterjubeln. In puncto Fische bin ich mordsmäßig informiert. Weiter links, sag' ich ... Gib mal her!«

»Nicht doch«, sagte Sinotschka. Heute war sie völlig Herr der Lage. »Sie sagen mir, welchen, und ich hol' ihn raus.«

»Nein, ich hol' ihn«, sagte daraufhin der alte Loshkin, im Begriff, den Kescher an sich zu reißen.

»Bitte, Bürger, unterlassen Sie das!« mischte sich Erik ein, »man gibt sich ja um Sie die größte Mühe.«

»Mund halten!« erwiderte Loshkin gekränkt. »Wohl ein ganz Schlauer, was?«

Der Alte war ungerecht in seinem Zorn. Erik besann sich und drehte sich zur Wand.

»Einen Dreck würd' ich dem verkaufen«, empörte sich in ihrer Ecke Vera Jakowlewna, eine Reißbrettschiene, wie zum Schlag erhoben, in der Hand.

Der Alte ließ die Ohren hängen und präsentierte sein Gefäß. Behutsam glitt der Fisch hinein. Sein goldnes Maul stieß an das Glas. Schweigend wog Sinotschka das Fischfutter ab, schweigend nahm sie das Geld entgegen, und schweigend gab sie zwei Kopeken Wechselgeld heraus, die Loshkin liegenlassen wollte, derentwegen er aber mit rauher Stimme zurückgepfiffen wurde, bis er sie nahm und die Ohren endgültig hängenließ.

Als Loshkin auf die Straße trat und ein Sonnenstrahl das Glas mit dem Goldfisch traf, flog ein noch hellerer Strahl zurück, warf blinkende Tupfer an die Fensterscheiben der Häuser, die Fenster sprangen auf, die Leute steckten ihre Köpfe heraus und fragten, was geschehen sei. Das Fischlein schlug mit dem Schwanz, Wasserspritzer flogen auf den Bürgersteig und glitzerten nicht minder. Scharf bremste ein Autobus, der Fahrer sah heraus und schrie: »Opa, was haben wir denn da?«

Mit der Fischfuttertüte kratzte Loshkin sich das glattrasierte, knittrige Kinn und sagte gravitätisch: »Nur für Kenner.«

Loshkin trottete heimwärts, verwirrt vom Gefühl der Peinlichkeit, das sein ungehobeltes Betragen in dem Laden verursacht hatte, das aber nach und nach verschwand, denn hinter ihm gingen Leute, die erregte Worte der Bewunderung und des Entzükkens über den goldenen Schönling im Glase wechselten.

»Wieder was angeschleppt?« fragte Loshkins Gattin aus der

Küche, ohne zu bemerken, wie hell das Zimmer erstrahlte. »'nen halben Liter, was?«

»Aber klares Wasser«, sagte der Alte. »Diesen halben Liter wünschte ich dir auch.«

»Schwindle nicht«, sagte die Alte, ohne sich umzudrehen. »Du hast doch unterwegs getankt.«

»Wieso das?«

»Weil du so kariert quasselst.«

Der Alte wollte keinen Streit. Er rückte die Kakteen auf dem Fensterbrett zurecht, zwinkerte den Kanarienvögeln zu, die, als sie das Glas erblickten, ein verdutztes Tirili anstimmten, langte sich das Reserveaquarium und trug's zum Wasserhahn in die Küche.

»Rück ein Stück«, bat er seine Gattin. »Ich brauch' Wasser.«

Da sah die Gattin, daß ihr Gemahl nicht trunken war, und nachdem sie die Hände an der Schürze getrocknet hatte, warf sie einen Blick ins Zimmer.

»Meine Herren!« sagte sie. »Ein Goldfisch hat uns noch gefehlt!«

Die Gattin beugte sich über das Konservenglas, und der Fisch streckte ihr sein spitzes Maul entgegen, klappte es auf und sagte leise: »Könnt ihr mich nicht freilassen, Genossen, in den Fluß?«

»Wie bitte?« fragte die Gattin.

»Du mußt deinen Mann bearbeiten«, sagte der Fisch nahezu flüsternd. »Sonst läßt er mich niemals frei.«

»Wie bitte?« fragte die Gattin.

»Was redest du da?« wunderte sich der Alte, der mit dem vollen Aquarium ins Zimmer kam.

»Ich weiß nicht«, sagte die Frau. »Ich weiß nicht . . .«

»Hübsches Tier, nicht wahr?« sagte Loshkin.

»Tja, ich weiß nicht«, wiederholte die Frau, sinnierte ein wenig und fügte hinzu: »Du solltest ihn freilassen. Sonst passiert was.«

»Bist du übergeschnappt? Der kostet im staatlichen Handel zwei Rubel vierzig.«

»So?« fragte die Frau. »Gibt's das schon?«

»Ja, aber er geht schlecht. Die Leute haben keine Ahnung. Zu teuer, denken sie. Als wenn's ein Preis wär', zwei vierzig, für so ein Prachtstück.«

»Mischa«, sagte die Gattin, »ich spendier' dir drei Rubel. Sogar vier und ein Freßchen dazu. Aber laß ihn frei. Ich hab' solche Angst.«

»Verrücktes Weibsstück«, wütete der Alte. »Gleich setzen wir ihn ins Aquarium.«

»Laß ihn frei.«

»Ich denk' nicht dran. Auf den hab' ich ein Leben lang gewartet. Mit Moskau korrespondiert. Zwei Rubel vierzig bezahlt.«

»Wie du willst«, sagte die Alte unter Tränen und lief in die Küche.

Da gingen dem Fisch die Nerven durch. »Bleib hier!« schrie er gellend. »Wenn ihr mich freilaßt, erfüll' ich euch drei Wünsche.«

Der Alte besaß ein robustes, nüchternes Naturell. Doch bei diesen Worten fiel ihm das Aquarium aus der Hand, zersprang und setzte ihn bis zum Knöchel unter Wasser.

»Wir wollen nichts von dir!« antwortete die Alte aus der Küche. »Nichts, hörst du! Mach dich in deinen Fluß. Du bringst nur Ärger.«

»N-nein«, sagte der Alte ganz langsam. »Wie denn? Du hast gesprochen?«

»Na ja«, antwortete der Fisch. »Und mein Wort gilt.«

»Aber wie geht denn das?« fragte der Alte, sein nasses Hosenbein wringend. »Fische sprechen doch nicht.«

»Ich bin ein Hybrid«, antwortete der Fisch. »Eine lange Geschichte.«

»Isotope?« fragte der Alte.

»Die auch.«

»Schmeiß ihn raus«, beharrte die Alte.

»Warte. Wir stellen ihn gleich mal auf die Probe. Also dann: Mach das Aquarium wieder ganz, mach, daß es auf dem Fensterbrett steht und der Fußboden trocken ist.«

»Läßt du mich auch frei?«

»Ja, Ehrenwort«, sagte der Alte. »Schaffst du drei Wünsche?«

»Drei Wünsche.«

»Dann mach das Aquarium ganz. Wenn's klappt, lauf' ich in den Laden und hol noch ein Dutzend von der Sorte. Oder bist du vielleicht der einzige, der spricht?«

»Nein, alle«, gestand der Fisch.

»Also dann.«

Augenblicklich ging eine Trübung der Luft im Zimmer los und ein Geräusch, wie wenn ein großer Vogel vorüberschwirrt, und dann erschien auf dem Fensterbrett das unversehrte, mit Wasser gefüllte Aquarium.

»In Ordnung«, sagte der Alte, »das geht so.«

»Zwei Wünsche noch«, sagte der Fisch.

»Dies Aquarium ist mir zu klein. Ob ich mir ein neues wünsche? Hundert Liter, mit Wasserpflanzen, he?«

»Halt, stopp!« sagte die Alte. »Erst probier die andern aus. Die bleiben auch im kleinen Aquarium am Leben. Aquarien zu beschaffen ist für ihn ein Klacks. Viel nötiger brauchen wir ein neues Haus mit Vorgarten.«

»Das ist ein Wort«, sagte der Alte, »hol Geld aus dem Schrank, bring den Eimer. Und laß ihn nicht aus den Augen, wenn ich nicht da bin.«

»Soll ich nun ein großes Aquarium besorgen oder nicht?« fragte der Fisch ohne sonderlichen Optimismus.

»Bild dir nichts ein!« tobte der Alte. »Ganz schön ausgekocht. Du wirst im Kollektiv arbeiten. Ich hab' 'ne Menge Wünsche, auch wenn ich schon alt bin.«

Xenia Udalowa, die Nachbarin von oben, war zu den Loshkins heruntergekommen. Die Tür hatte offengestanden, warum also nicht hineingehen? Unbemerkt hatte sie das Gespräch mit angehört.

Xenia Udalowa, Mutter zweier Kinder, Ehefrau des Chefs vom Baukontor, zeichnete sich durch einen gesunden Verstand aus und war so leicht nicht kleinzukriegen. So still, wie sie gekommen war, so still ging sie auch wieder, lief auf den Hof hinaus, wo Korneli Udalow, ihr Gemahl, unter der Blätter werfenden Linde dem Samstagsdomino frönte, und rief mit Stentorstimme: »Zu mir, Korneli!«

»Verzeih«, sagte Korneli zu seinem Kompagnon. »Ich werd' gerufen.«

»Na klar«, sagte der Kompagnon, »aber mach schnell.«

»Sofort!«

Xenia Udalowa hielt ihrem Gatten ein verschmiertes Konservenglas mit der Aufschrift »Auberginen« nebst einem Fünfrubelschein hin und flüsterte heftig: »So schnell du kannst in die Zoohandlung, und zwei Goldfische geholt!«

»Was soll ich holen?« fragte, gehorsam das Glas entgegennehmend, Korneli.

»Gold-fi-sche. Schöne große.«

»Warum das?«

»Frag nicht so dumm. Lauf, so schnell die Beine wollen, und niemandem ein Sterbenswort. Und kein Wasser verschüttet. Na, mach schon! Ich halt sie derweil auf.«

»Wen denn?«

»Die Loshkins.«

»Xanotschka, ich versteh' rein gar nichts«, sagte Korneli, und seine Knopfnase stand augenblicklich unter Schweiß.

»Später, später!« Xenia hatte Schritte im Hausflur vernommen und war hinweggefegt.

»Wohin?« fragte Sascha Grubin, der Nachbar. »Soll ich mitkommen, mein Lieber?«

»Ja«, antwortete Udalow, immer noch in höchster Verwirrung. »Zur Zoohandlung. Goldfische kaufen.«

»Ist denn das die Möglichkeit!« sagte Pogosjan, der dritte Mann beim Domino. »Das hat sich deine Xenia ja noch nie erlaubt. Wenn die wenigstens zu braten wären.«

»Vielleicht sind sie es«, sagte Udalow schon ruhiger. »Los, komm.«

Sie verließen den Hof, und die Spieler lachten belustigt, denn sie kannten ihren Korneli und seine Xenia.

Die Schritte der beiden Freunde waren noch nicht in der Gasse verhallt, als sich Xenia Udalowa wieder in der Haustür zeigte. Rückwärts trat sie heraus, der breite Rücken schwankte unter einem starken Druck. Loshkin schleppte einen Eimer Wasser, und die Alte half ihm, Xenia wegzuschieben.

»Und wohin so eilig des Wegs, liebe Nachbarn?« schmetterte und gurrte Xenia fröhlich.

»Platz da«, beharrte der Alte. »Ich geh' Wasser holen.«

»Was denn für Wasser, wenn es zu Hause eine Wasserleitung gibt?«

»Platz«, schrie der Alte, »ich geh' nach Kwaß.«

»Mit vollem Eimer? Und ich wollt mir Salz ausleihen.«

»Dann hol dir's, aber laß mich durch.«

»Wollt ihr etwa in die Zoohandlung?« fragte Xenia heimtükkisch.

»Und wennschon«, antwortete die Alte. »Deshalb hast du noch lange kein Recht, uns aufzuhalten.«

»Woher weißt du das überhaupt?« empörte sich der Alte. »Gelauscht, was?«

»Was gibt's da zu lauschen?«

Der Alte machte sich los, fast hätte er dabei die Xenia umgeworfen, und stürzte in Richtung Tor.

»Oi-joi«, sagte Pogosjan. »Der ist auch den Goldfischen hinterher. Warum eigentlich?«

»Wir sind bisher ohne ausgekommen«, antwortete Katz, »und werden auch weiter ohne auskommen, misch die Steine.«

»Oi-joi«, sagte Pogosjan. »Die Xenia Udalowa ist so ein listiges Weibsstück, daß einem manchmal angst werden kann. Sieh nur, da läuft sie auch. Und die alte Loshkina hinterher. Spielt ohne mich. Ich werd' mal lieber durch die Stadt spazieren.«

»Valentin«, sagte Frau Katz aus dem zweiten Stock. »Valentin, hast du Geld? Geh doch mal schnell in die Zoohandlung und sieh nach, was es dort gibt. Womöglich ist schon alles ausverkauft.«

Binnen zwei Minuten rannte das ganze Haus, an die dreißig, vierzig Mann, die Puschkinstraße runter, zur Zoohandlung, mit Gläsern, Bierflaschen, Plastbeuteln oder einfach aus Neugier.

Als die ersten den Laden erreicht hatten, stand hinter der Tür mit der Inschrift »Goldfische eingetroffen« eine Riesenschlange.

Groß-Guslar ist keine Großstadt, und das Leben darin geht seinen gewohnten Gang. Es braucht aber nur etwas Ungewöhnliches zu geschehen, schon eilt eine Welle von Erregung durch die Stadt. Ganz wie in einem Ameisenhaufen, wo Nachrichten in Sekundenschnelle durch alle Gänge befördert werden, weil die Ameisen hierin einen sechsten Sinn besitzen. Und dieser war's, der unzähligen Neugierigen Anlaß gab, nach Goldfischen zu laufen. Er entschied auch im Zweifelsfalle, ob der Einkauf getätigt wurde oder nicht. Warum eigentlich, das begriffen allerdings Udalow und Grubin keineswegs. Keuchend hielt Udalow Sinotschka fünf Rubel hin und sagte: »Zwei Goldfische, und einwickeln bitte.«

»Sie auch, Korneli Iwanowitsch?« wunderte sich Sinotschka. »Möchten Sie ein Männchen und Weibchen?«

»Sinotschka, verkauf ihnen die Fische nicht«, sagte der Invalide Erik hinterm Aquarium, der noch immer nicht die Kraft aufbrachte, den Laden zu verlassen.

»Junger Mann«, polterte Grubin. »Nur die Ehrerbietung gegenüber Ihrer heldenhaften Vergangenheit verbietet mir eine Antwort. Sinotschka, hier ins Glas, bitte.«

Tränen standen Sinotschka in den Augen. Sie nahm den Kescher und tauchte ihn ins Aquarium. Nach allen Seiten stoben die Fische davon.

»Die haben auch Verstand«, sagte jemand.

An der Tür entstand Bewegung, der alte Loshkin suchte mit dem Eimer zum Ladentisch vorzudringen.

»Haben Sie sich nicht so mit ihnen«, sagte Udalow. »Wir braten sie sowieso.«

»Gebt sie mir«, schrie Loshkin von der Tür her. »Ich bin ein Liebhaber. Ich brate sie bestimmt nicht!«

Die Stimmen gingen in Lärm unter. Hände mit zerknitterten Rubelscheinen streckten sich Sinotschka entgegen, und in dem Wunsch, das Mädchen vor Meuterei zu schützen, hob Erik seine Krücke, stieß gegen den Boden und schrie: »Ruhe! Würden Sie bitte Ordnung halten!«

Es trat Stille ein. Und in dieser Stille hörten alle, wie ein Fisch, den Kopf aus dem Aquarium reckend, sagte: »Uns braten ist heller Wahnsinn. Das wäre so, als wollte man Hühner abschlachten, die goldene Eier legen. Wir werden uns beschweren.«

Stille beherrschte den Raum.

Ein zweiter Fisch gesellte sich zum ersten und sagte: »Wir brauchen Garantien.«

»Und was für Garantien?« fragte Grubin mit dünner Stimme.

»Drei Wünsche pro Nase. Basta. Und in die Freiheit.«

Eine Pause trat ein. Dann langsame Bewegung in Richtung Ladentisch, denn die Neugier ist eine starke Triebkraft, und der Wunsch, sprechende Fische zu sehen, zog die Leute an wie ein Magnet.

In fünf Minuten war alles passiert. Im leeren Laden stand auf leerem Ladentisch das leere Aquarium. Das Wasser schwabbte noch darin. Sinotschka weinte still beim Geldzählen. Erik stand immer noch in der Ecke und rieb sich mit der gesunden Hand die lädierte Seite. Dann bückte er sich, hob den geringfügig in Mitleidenschaft gezogenen Blumenstrauß auf und legte ihn auf den Ladentisch.

»Nicht ärgern, Sinotschka«, sagte Erik. »Vielleicht schicken sie im nächsten Quartal wieder welche. Schande nur, daß ich keine abbekommen habe. Die hätt' ich Ihnen vermacht.«

»Das ist es nicht«, sagte Sinotschka. »Da ist so eine Gier in den Leuten. Richtig peinlich. Und der alte Loshkin, der brüllt, ich brauch' zehn Stück, und überhaupt . . .«

»Es ist sehr schade, daß ich keine für Sie bekommen habe«, sagte Erik. »Auf Wiedersehen!«

Er ging. Vera Jakowlewna, die gewartet hatte, bis keiner mehr im Laden war, kam mit einem Palecher Kästchen in der Hand zu Sinotschka. Darin hatten gerade eben zwei Fische Platz gefunden.

»Ich hab' doch welche genommen«, sagte sie. »Ich dachte, eh' ich steh' und wart', bis die Massen sich verlaufen und nichts übrigbleibt! Du bist jedenfalls nicht auf die Idee gekommen, zwei, drei Stück zurückzulegen.«

»Ach wo«, sagte Sinotschka. »Ich bin sehr froh, daß Sie's getan haben. Und ich hab' nichts gemerkt. So ein Rummel. Es ging immer nur: Geld her, Fische raus.«

»Einer gehört dir«, sagte Vera Jakowlewna. »Das Geld gibst du mir am Zahltag.«

»Nicht doch«, sagte Sinotschka, »das kann ich doch nicht annehmen.«

»Dann schenk' ich ihn dir. Zum Geburtstag. Und spiel nicht gleich verrückt. Wer wird sein Glück ausschlagen? Du hast doch nicht mal einen Pelz, wo der Winter vor der Tür steht.«

»Nein, nein, auf gar keinen Fall!« sagte Sinotschka und fing bitterlich an zu weinen.

»Was denn, was denn?« sagte der eine Fisch im Kästchen. »Es bekommt ohnehin niemand mehr als drei Bitten erfüllt. Und wenn er hundert Fische hätte. Du brauchst einen Pelz. Wird gemacht. Was möchtest du, Nerz oder Persianer?«

»Na, großartig!« sagte Vera Jakowlewna. »Wo ist der Kescher? Wir setzen ihn zu dir. Ich bin sehr froh.«

»Aber nicht doch«, widersetzte sich Sinotschka.

Zur Tür sah eine fremde Frau herein und fragte: »Sind noch Fische?«

»Die sind alle«, sagte Vera Jakowlewna und schlug den Deckel des Kästchens zu. »Das wird ja noch einen Ansturm geben. Schließen wir? Ist doch egal heute.«

»Ich muß einen Bericht schreiben, an den Bezirk und die Handelszentrale«, sagte Sinotschka. »Ich hab' ziemliche Angst, daß die Lieferung ein Versehen ist.«

»Den schreibst du zu Hause. Komm!«

Sinotschka gehorchte. Sie nahm das Schild von der Tür, schloß ab und steckte das Bargeld weg. Vera Jakowlewna holte ein zweites Palecher Kästchen und brachte Sinotschkas Fisch darin unter. Die Verkäuferinnen verließen den Laden durch die Hintertür.

»Weißt du noch, wer Fische gekauft hat?« fragte Vera Jakowlewna.

»Kaum. Na, zuerst, noch vor dem ganzen Trara, war da der Loshkin. Und ein Zirkel junger Naturforscher aus der Oberschule. Dann wieder Loshkin. Und Sawitsch. Und dieser Lange vom Gesundheitsamt und Udalow und Grubin. Pro Nase ein Stück. Aber die anderen, erinnerst du dich an die?«

»Ich fürchte«, sagte daraufhin Vera Jakowlewna, »daß es zum Rätseln zu spät ist, das Resultat wird sich bald zeigen.«

»Wie meinst du das?«

»Was glaubst du, welche Wünsche kommen?«

»Ich weiß nicht. Verschiedene. Na, vielleicht Geld.«

»Geld nicht. Nur begrenzte Summen«, sagte der eine Fisch aus dem Kästchen. Seine Stimme klang dumpf und drang nur mühsam durch den lackierten Deckel.

»Oi!« schrie Sinotchka.

Sie bogen in eine Gasse, die morgens noch staubig und uneben gewesen war. Nun war sie mit blankem Beton bedeckt, der die ganze Straßenbreite einnahm, nur anstelle der Gossen liefen beiderseits akkurate Bürgersteige. Die Zäune in der Gasse waren in einem augenfreundlichen Grün gestrichen, und in den Gärten dufteten Pelargonien.

»Nichts von Bedeutung«, sagte Vera Jakowlewna, moralisch zu jedem Wunder gerüstet. »Sicher hat da einer vom Rat der Stadt einen Fisch erstanden. Und gleich den Jahresplan für Umweltgestaltung erfüllt.«

»Was soll das werden . . .«, sagte Sinotschka, behutsam den Bürgersteig betretend.

»Ich denke so«, antwortete Vera Jakowlewna und ging mit Soldatenschritten über den Asphalt. »Ich denke so, man müßte eine Einzelwohnung haben. Übrigens, du, Fisch, nicht so schnell, ich lass' mir's durch den Kopf gehn . . .«

Zu Hause nahm Sinotschka ein großes Glas, ließ den Fisch hineinplumpsen und trug ihn in die Küche, um Wasser nachzufüllen.

»Gleich kriegst du frisches Wasser«, sagte sie. »Halt noch ein Minütchen aus.«

Sinotschka öffnete den Hahn, und das kühle Naß stürzte ins Glas.

»Halt!« schrie der Fisch. »Halt, bist du verrückt! Willst du mich umbringen? Dreh den Wasserhahn zu. Nimm mich auf der Stelle raus! Oi-joi-joi!«

Sinotschka erschrak, ergriff den Fisch und preßte ihn in der Faust . . .

In der Küche verbreiteten sich Wellen scharfen Wodkadunstes.

»Was ist das?« staunte Sinotschka.

»Wasser!« flüsterte der Fisch. »Wasser . . . ich sterbe . . .«

Sinotschka jagte durch die Küche und fand den Teekessel. Zum Glück war Wasser drin. Der Fisch kam wieder zu sich. Ein Bächlein Wodka rann noch immer aus dem Wasserhahn und vernebelte die Küche. »Wo kommt der Wodka her?« staunte Sinotschka.

»Köpfchen, Köpfchen!« sagte der Fisch. »Irgendein Idiot wollte die Probe aufs Exempel machen und hat sich Wodka in die Wasserleitung gewünscht. Offenbar ist er an einen jungen, unerfahrenen Fisch geraten. Ich hätte den Wunsch verweigert. Kategorisch. Das ist kein Wunsch, sondern gefährlicher, verwirrender Unfug.«

»Und wo kriegen wir jetzt Wasser her?«

»Ich schätze, der Wodkafluß wird bald versiegen. Jemand wird den Wunsch umkehren.«

»Und wenn nicht?«

»Mensch, das ist doch eine Schweinerei! Der Wodka gelangt in die Kanalisation und von dort womöglich in die Wasserbekken, dabei kann alles Getier zum Teufel gehen. Also, Sinotschka, ich hab' eine persönliche Bitte. Wünsch dir den Wodka zu Wasser. Ich denk' mir für dich auch einen Modellpelz aus.«

»Einen Modellpelz brauch' ich nicht«, sagte Sinotschka. »Wozu? Gern hätt' ich einen Lammfellmantel. Einen bulgarischen. Meine Tante in Wologda hat so einen.«

»Das heißt, wir verausgaben gleich zwei Wünsche, nicht wahr?«

»Ja«, sagte Sinotschka, und es tat ihr ein bißchen leid, daß nur noch ein Wunsch übrig war.

Der Pelz materialisierte sich an der Stuhllehne. Er war von einem zarten, warmen Hellbraun und mit einem weißen Fellkrägelchen geschmückt.

»Verzeih, aber ich hab' ihn mit Nerz gefüttert«, sagte der Fisch. »Es macht Spaß, einem guten Menschen zu Diensten zu stehen. Machen wir gleich den dritten Wunsch oder später?«

»Können wir nicht ein bißchen warten?« bat Sinotschka. »Ich möchte überlegen.«

»Tu das, iß erst mal Mittag. Und mir streust du Krümel hin. Ich bin ja auch Fleisch und Blut.«

»Verzeihen Sie, um Himmels willen«, sagte Sinotschka. »Das hab' ich ganz vergessen.«

Udalow und Loshkin betraten das Haus gemeinsam. Grubin verweilte im Hof, um seine Eindrücke mit den Nachbarn auszutauschen. Udalow und Loshkin stiegen die Treppe hoch. Udalow sagte voller Vorwurf: »Ihr wolltet wohl die Sache geheimhalten?«

Loshkin gab keine Antwort.

»Damit ihr allein in der ganzen Stadt lebt wie Rockefeller? Ist ja furchtbar peinlich!«

»Und deine Frau hat spioniert«, sagte Loshkin scharf und huschte durch die Tür, hinter der bereits, das Ohr angelegt, seine Gattin stand.

Udalow wollte etwas Verletzendes antworten, aber auch seine Frau kam gelaufen, riß ihm das Glas aus der Hand und entrüstete sich: »Wieso nur einer? Ich hab' dir doch das Geld für zwei gegeben.«

»Den zweiten hat Grubin«, antwortete Udalow.

»Hättest du ihn nur genommen«, schmollte Xenia. »Du hast doch Kinder. Und er ist Junggeselle.«

»Na ja doch«, sagte Udalow. »Hast du an drei Wünschen nicht genug?«

»Wir hätten sechs haben können. Die Loshkins haben jedenfalls sechs.«

»Keine Sorge, Bürgerin«, sagte der Goldfisch. »Drei Wünsche gibt es ohnehin nur, egal wieviel Fische.«

»Pro Person?«

»Pro Person, pro Familie oder pro Kollektiv.«

»Dann ist Loshkin also umsonst nach dem zweiten Fisch gelaufen?«

»Ja«, sagte der Fisch. »Könntet ihr euch nicht beeilen mit dem Wünschen? Und mich im guten freilassen?«

»Wirst warten können«, sagte Xenia entschlossen. »Und du, Korneli, wasch dir die Hände und komm zum Mittag. Es ist alles kalt geworden.«

Korneli fügte sich, wenn auch nicht frei von der Furcht, seine Frau könne in seiner Abwesenheit allerlei Unsinn anstellen. Am Waschbecken erwartete Udalow eine freudige Überraschung. Wodka in der Wasserleitung.

Udalow machte kein Aufhebens davon, wusch sich, wenngleich die Augen brannten, trank dann aus den Händen zur Genüge und ließ noch einen Kochtopf vollaufen.

»Bist du verschütt' gegangen?« rief ungeduldig seine Frau aus dem Zimmer.

»Gleich«, sagte Udalow mit nun schon ein wenig schwerer Zunge.

In die Küche trat, das Handtuch über der Schulter, Loshkin. Er zog durch die Nase hoch, und seine Wolfsblicke packten den Wodkatopf. Udalow preßte den Topf an den Leib und ging rasch ins Zimmer.

Xenia begriff sofort, goß den Wodka in leere Flaschen und verkorkte sie.

»Was für ein Mensch! Ein Staatsgenie!« pries Udalow den Unbekannten. »Der ganzen Stadt zur Freude. Der Loshkin wird Bauklötzer staunen und mich im Verdacht haben.«

»Wenn er es nun selbst war?«

»Niemals! Der Egoist!«

»Und wenn er nun die entsprechenden Stellen informiert, daß du das Wasser in der Stadt vergiftest, dann werden sie dir nicht den Kopf kraulen.«

»Sollen sie's beweisen. Ich war's ja nicht, sondern der Goldfisch.«

Im Hof erscholl Gesang.

»Na da«, sagte Udalow, »hörst du? Die Bande nutzt die Gelegenheit.«

Loshkin war unterdessen beim Waschen, er staunte, spuckte, bis ihm ein Licht aufging, dann rannte er zu seiner Frau, um Rat zu halten, aber als sie mit Gefäßen kam, lief — im Ergebnis von Sinotschkas Wunschtätigkeit — anstelle von Wodka schon wieder Wasser. Die Alte schalt über Loshkins Schwerfälligkeit, und sie begann zu überlegen, was sie aus den fünf Wünschen machen würden, zwei vom ersten und drei vom zweiten.

Grubin erledigte seinen Herzenswunsch auf der Stelle, im Hof. »Ich wünsche mir von dir, Goldfisch«, sagte er in Gegenwart zahlloser Zeugen, »den brasilianischen Papagei Ara, der die menschliche Rede zu fassen vermag.«

»Kunststück«, sagte der Fisch. »Die menschliche Rede beherrsche ich selbst.«

»Einverstanden«, sagte Grubin, stellte das Glas mit dem Fisch auf die Bank, zog einen Kamm aus der Tasche und frisierte sich, in Erwartung des feierlichen Augenblicks, die dichten widerspenstigen Wirbel. »Worauf wartest du?«

»Einen Moment«, sagte der Goldfisch. »Von Brasilien ist es ein weiter Weg . . . Drei, vier, fünf . . .«

Der kolossale, farbenprächtige, stolze Papagei Ara hockte zu Grubins Häupten auf einem Ast am Baum und blickte, den Kopf ein wenig seitwärts geneigt, über die versammelten Hofbewohner hin. Grubin warf sich in die Brust und sagte: »Tschieptschiep, komm her, mein Vögelchen!«

Der Papagei überlegte noch, ob er sich zu Grubins ausgestreckter Hand herablassen solle oder nicht, da betraten, einander in den Armen liegend und laute Lieder schmetternd, Pogosjan und Katz, nun auch im Besitz von Goldfischen, den Hof. Wie sich später herausgestellt hat, waren sie es, die, unabhängig voneinander, das gesamte Trinkwasser der Stadt zu Wodka gemacht hatten und nun kamen, der Menschheit den Beginn einer neuen Ära zu verkünden.

»Caramba!« sagte der Papagei, hob schwer ab von seinem Ast und flog über das Dach hinaus. Dort oben kreiste er, Krähen verscheuchend, umher, und seine Schwingen schillerten in allen Regenbogenfarben.

»Caramba!« schrie er abermals und nahm Kurs auf West, ins heimatliche Brasilien.

»Zurück mit ihm!« brüllte Grubin. »Augenblicklich zurück mit ihm!«

»Ist das dein zweiter Wunsch?« fragte voller Arglist der Fisch.

»Der erste, du hast ihn ja nicht erfüllt!«

»Hattest du nicht einen Papagei bestellt, Genosse Grubin?«

»Hatte ich, doch wo ist er, Goldfisch?«

»Davongeflogen.«

»Das sag' ich doch.«

»Aber er war da.«

»Und ist davongeflogen. Warum war er nicht im Käfig?«

»Weil du, Genosse Grubin, keinen bestellt hast.«

Grubin besann sich. Im Grunde war er für Gerechtigkeit. Der Fisch hatte recht. Einen Käfig hatte er nicht bestellt.

»Na, schön«, sagte er. Einen Papagei wollte er gar zu gern. »Also dann einen Ara im Käfig.«

So verausgabte Grubin seinen zweiten Wunsch und ging, den Käfig in der einen Hand, das Glas mit dem Fisch in der andern, auf das Haus zu. Und da betrat den Hof der Invalide Erik.

Erik hatte die ganze Stadt abgeklappert. Auf der Suche nach einem Fisch für Sinotschka.

»Guten Tag«, sagte er. »Hat nicht jemand einen Fisch übrig?«

Grubin duckte sich und ging mit seiner Bürde still zur Tür. Er hatte nur noch einen Wunsch und eine Unmenge Bedürfnisse. Pogosjan half Katz zur Tür zurück. Auch ihre Wünsche waren teilweise bereits verbraucht. Udalows und Loshkins Fenster schlugen zu.

»Nicht für mich!« rief Erik ins Leere.

Niemand gab Antwort.

Erik zupfte den leeren Ärmel zurecht und humpelte vom Hof.

»Wir müssen uns gründlich überlegen, was wir erbitten wollen«, sagte um diese Zeit Xenia Udalowa zu ihrem Mann.

»Ich brauch' ein Fahrrad«, sagte ihr Sohn Maximka.

»Mund halten!« antwortete Xenia. »Geh spielen. Unsere Wünsche kriegen wir auch ohne dich zustande.«

»Macht mal bißchen fix«, sagte der Goldfisch. »Heut abend möchten wir schon im Fluß sein. Bis zum Kälteeinbruch müssen wir in die Sargassosee.«

»Guck dir das an«, sagte Udalow. »Die zieht's auch heimwärts.«

»Wir müssen laichen«, erklärte der Fisch.

»Ich will ein Fahrrad«, schrie Maximka vom Hof.

»Nun tut ihm schon den Gefallen, der Junge will wirklich ein Fahrrad«, sagte der Fisch.

»Ja, wirklich?« sagte Udalow.

»Das halt ich nicht aus«, entrüstete sich Xenia. »Alle reden rein, stören, wollen was . . .«

Grubin setzte den Käfig mit dem Papagei auf den Tisch und schwelgte im Anblick des Vogels.

»Eine Pracht bist du«, sagte er zu ihm.

Der Papagei gab keine Antwort.

»Was denn, kann er etwa nicht?« fragte Grubin.

»Nein«, antwortete der Fisch.

»Nanu, er hat doch gerade noch ›Caramba‹ gesagt.«

»Das war der andere, der zahme, aus einer wohlhabenden brasilianischen Familie. Der zweite mußte aus der Wildnis her.«

»Und was ist da zu machen?«

»Wenn du willst, sprich deinen dritten Wunsch aus. Ich bring' es ihm im Handumdrehen bei.«

»Ja?« Grubin sinnierte ein wenig. »Ach nein, ich besorg' das lieber selbst.«

»Du magst recht haben«, sagte der Fisch, »und was nun? Willst du ein Elektronenmikroskop?«

Der erste Wunsch des Biologiezirkels der Ersten Oberschule als kollektiven Besitzers eines Goldfischs war ein Tierpark im Hinterhof der Schule mit Tigerjungen, einem Walroß und einer Unmenge von Karnickeln. Der zweite Wunsch war eine Woche ohne Schularbeiten. Beim dritten Wunch gab es Unstimmigkeiten und Spektakel, die sich fast bis gegen Abend hinzogen.

Provisor Sawitsch war, bevor er zu Hause ankam, im Geiste eine Unzahl von Varianten durchgegangen. Dicht vorm Tor holte ihn ein Unbekannter mit großer flacher Schiebermütze ein.

»Hör mal«, sagte der Mann zu ihm. »Willst du zehntausend?«

»Wieso?« fragte Sawitsch.

»Für den Fisch. Ich hab' keinen abbekommen. Hab' Obst verkauft auf dem Basar und kam zu spät, verstehst du?«

»Und wozu brauchen Sie den Fisch?«

»Geht dich nichts an. Willst du Geld? Heute noch per Telegraf.«

»Nun sagen Sie mir schon, was Sie mit dem Fisch wollen«, wiederholte Sawitsch. »Ich kann mir doch durch ihn auch Geld besorgen.«

»Nein«, sagte der Mann mit Schiebermütze. »Viel nicht.«

»Er hat recht«, sagte der Fisch. »Viel Geld kann ich nicht machen.«

»Fünfzehntausend«, sagte der Mann mit Schiebermütze und streckt seine Hand nach dem Konservenglas mit dem Fisch aus. »Mehr gibt keiner.«

»Nein«, sagte Sawitsch fest.

Der Mann folgte ihm mit ausgestreckter Hand und legte einen Tausender nach dem andern zu. Als er bei zwanzigtausend angelangt war, wurde Sawitsch ernstlich böse.

»Frechheit«, sagte er. »Ich geh' friedlich meines Weges, tu' keinem was zuleide und werde plötzlich mit zweifelhaften Geschäften überfahren. Der Fisch kostet zwei Rubel vierzig.«

»Also zwei Rubel«, jubilierte der Mann mit Schiebermütze. »Und zwanzigtausend dazu. Einundzwanzigtausend!«

»Nun sagen Sie doch bloß, wozu?«

Der Mann mit Schiebermütze setzte seine Lippen an Sawitschs Ohr und sagte: »Ich will mir einen Wolga kaufen.«

»Immer kaufen Sie, wenn Sie so viel Geld haben.«

»Kein regulärer Verdienst«, gestand der Mann mit Schiebermütze. »Und wenn der Finanzinspektor kommt, könnt' ich ihm den Fisch zeigen — da, bitte sehr. Nur müssen Sie mir eine Quittung geben, mit Unterschrift, daß ich zwei Rubel bezahlt hab'.«

»Scheren Sie sich fort, Sie Gauner, aber auf der Stelle!« entrüstete sich Sawitsch.

»Warum denn so grob? Dreiundzwanzigtausend zahl' ich. Ein schönes Geld. An den Bettelstab komm' ich.«

»Verjag ihn«, sagte der Fisch. »Er ist mir zuwider.«

»Sehen Sie«, sagte Sawitsch.

»Vierundzwanzigtausend!«

»Also los!« sagte Sawitsch. »Dieser Mensch soll auf der Stelle verschwinden. Und zwar spurlos. Ich geh' kaputt.«

»Soll ich?« fragte der Fisch.

»Sofort!«

Und der Mann wurde von einer Windhose ergriffen und entführt. Einzig und allein die Schiebermütze lag noch auf dem Pflaster.

»Danke«, sagte Sawitsch zu dem Fisch. »Sie haben keine Ahnung, wie der mich genervt hat. Jetzt gehen wir zu mir nach Hause und erfüllen in Ehren die restlichen Wünsche.«

An jenem Tag ereigneten sich in der Stadt noch viele Wunder. Einige gingen in den Besitz von Privatpersonen und Familien ein, andere wurden Gemeingut von ganz Groß-Guslar. Hierzu zählt der Kindertierpark, heute eine Sehenswürdigkeit der Stadt, und die Geschichte mit dem Wodka in der Wasserleitung, die gepflasterte Gasse und das rätselhafte Auftauchen einer Unmenge von französischen Parfüms im Warenhaus sowie der Lastwagen voller Steinpilze, der vor Senkins Haus gesehen wurde, drei überraschende Hochzeiten und so weiter und so fort . . .

Gegen Abend, als die Fische in den Fluß mußten, war die Mehrzahl der Wünsche erfüllt.

Über die Puschkinstraße, flußabwärts, strömten die Massen, Fischbesitzer und Flaneure. Die Udalows schritten vollzählig einher. Vorneweg Maximka, auf dem Fahrrad. Dahinter der Rest der Familie. Xenia preßte noch den Lappen in der Hand, mit dem sie den neuen »Becker«-Flügel poliert hatte. Dann kam Grubin. In der Hand nicht nur das Glas mit dem Fisch, sondern auch die Erfüllung seines Traums, den Papageienkäfig. Es kamen die

Loshkins. Der Alte im neuen Cheviot. Acht weitere, nicht weniger befriedigende Anzüge hingen im Schrank.

Es folgten, eng umschlungen, Pogosjan und Katz, gemeinsam eine Flasche in der Hand. Sinotschka kam, Sawitsch kam, alle kamen. Am Ufer blieben sie stehen.

»Momentchen«, sagte einer der Goldfische. »Wir danken euch, Bewohner dieser wunderbaren Stadt. Eure Wünsche waren teilweise übereilt, aber von erfreulicher Vielfalt.«

»Nicht alle«, protestierte der Fisch aus dem Glas von Pogosjan und Katz.

»Nein«, pflichtete der erste Fisch bei. »Morgen mögen sich viele von euch die Haare raufen, weil sie sich keine goldenen Berge gewünscht haben. Wir aber sagen euch: Niemand soll enttäuscht sein. Das wünschen wir uns, die Fische. Ist das klar?«

»Ja« antworteten die Bewohner der Stadt.

»Trrottel«, sagte der Arapapagei, der seine Begabung für die menschliche Rede unter Beweis gestellt hatte und schon einige Wörter beherrschte.

»Jetzt könnt ihr uns ins Wasser lassen«, sagte ein Fisch.

»Halt!« ertönte ein Schrei.

Alles wandte den Kopf und stand starr vor Entsetzen. Denn das Schauspiel, das sich dem Auge bot, hatte etwas Außerordentliches und Tragisches.

Zum Ufer kam ein Mensch gelaufen, einer mit zehn Beinen und einer Unzahl von Armen, und mit diesen Armen winkte er zugleich.

»Erik!« rief jemand, als er näher kam. »Erik!« wiederholten die Leute und machten Platz.

»Was ist mit mir passiert?« schrie Erik.

»Wer war das? Wie kommt das?«

Sein Gesicht war rein, ohne eine Spur von Verbrennungen.

»Ich lauf' durch die Stadt, such einen Fisch«, fuhr der fürchterliche Erik fort und fuchtelte mit seinen zwanzig Händen, unter denen nur eine linke und sonst lauter rechte waren. »Dann leg' ich mich hin, um zu ruhen, wach auf, und da seh' ich die Bescherung.«

»Oi!« sagte Sinotschka. »Ich bin schuld. Ich hab' gewünscht, daß dem Erik ein neuer Arm wächst und ein neues Bein und daß das Gesicht ausheilt. Ich hab' es gut gemeint.«

»Ich bin schuld«, sagte Loshkin. »Ich dachte, wozu einen Menschen kränken, und hab' ihm einen Arm gewünscht.«

»Ich auch«, sagte Grubin.

»Ich auch«, sagte Sawitsch.

Insgesamt bekannten sich achtzehn Leute schuldig. Jemand kicherte nervös in der eingetretenen Stille. Und Sawitsch fragte seinen Fisch: »Könnt ihr uns nicht helfen?«

»Leider nicht«, antwortete der Fisch. »Alle Wünsche sind vergeben. Er muß nach Moskau, die überflüssigen Extremitäten wegoperieren lassen.«

»Na, so eine Geschichte«, sagte Grubin. »Also, wenn's sein muß, nehmt den verdammten Papagei zurück.«

»Trrottel«, sagte der Papagei.

»Das hilft nicht«, sagte der Fisch. »Die Wünsche können nicht rückgängig gemacht werden.«

In diesem Augenblick betraten die jungen Naturforscher die Szene. »Wer möchte einen Wunsch?« fragte einer von ihnen. »Zwei haben wir genutzt, und über den dritten können wir uns nicht einigen.«

Da erblickten die Kinder Erik und erschraken.

»Keine Bange, Kinder«, sagte der Goldfisch. »Wenn ihr nichts dagegen habt, geben wir dem Feuerwehrmann Erik seine menschliche Gestalt zurück«.

»Ja, bitte«, sagten die jungen Naturforscher.

»Und ihr, Einwohner von Groß-Guslar?«

»Ja, bitte«, antworteten die Leute.

Schon trübte sich die Luft, und Erik hatte seine gesunden Glieder wieder. Immerhin war er ein durchaus attraktiver junger Mann.

»Hoppla!« sagten die Fische unisono, sprangen aus den Konservengläsern, Aquarien und übrigen Geschirren und schossen, goldenen Blitzen gleich, in den Fluß. Und waren verschwunden. Sie hatten große Eile, in die Sargassosee zu kommen, um zu laichen.

## Gegenliebe

Sich unter Aljona Wischnjaks Fenster zu verstecken, war Mischa Stendal peinlich, aber er konnte nichts dagegen machen. Der Mond war bereits lautlos über Groß-Guslar aufgegangen, er stahl sich durch Wolkenschleier, warf sie wie eine Schleppe hinter sich und trat in silberner Blöße vor die Welt. Hunde bellten.

Drüben, jenseits des Zaunes, atmete gleichmäßig Antarktika, die bösartige Hündin von Aljonas Tante. Antarktika bellte nicht. Sie versuchte, ihre Schnauze durch den Staketenzaun zu stecken und Mischa in die Hand zu beißen.

Das Fenster warf einen aufreizend orangeroten Schein auf die Sträucher. Er rührte vom Lampenschirm her, der tief über dem Tisch hing. Die Tante saß mit dem Rücken zum Fenster und trank Tee. Aljona las. Beim Umblättern strich sie eine in die Stirn fallende Haarsträhne zurecht, und Mischa bewunderte ihre Geste und die Farbe der Strähne. Einmal schaute Aljona sinnend zum Fenster, und Mischa schien es, als träfen sich ihre Blicke. Seine Knie wurden watteweich, und er suchte Halt am Zaun. Er konnte gerade noch die Hand zurückziehen, Antarktika schnappte ins Leere.

Die Tante bewegte den Kopf. Anscheinend sagte sie etwas zu Aljona. Aljona fuhr mit der Hand über die Buchseite, damit das Buch nicht zuklappte, stand auf und ging zur Tür. Mischa wich einen Schritt zurück. Die Tür fiel ins Schloß. Aljona trat auf die Vortreppe und klapperte mit dem Henkel des Eimers. Antarktika schlug an und war in drei Sätzen an der Treppe. Im Jaulen des Hundes unterschied Mischa Verleumdung und Beschwerde. Doch Aljona verstand nicht. Sie sagte: »Kommst du mit zur Pumpe?«

Mischa blickte auf Aljonas Umrisse und fühlte sich durch die Ketten eines leidenschaftlichen Gefühls an sie gefesselt. Seine Stimmung hatte den kritischen Punkt erreicht, er war entschlossen, vorzutreten und seine Liebe zu gestehen. Nur der bissige Hund, vor dem es kein Entkommen gab, verhinderte das.

Während Mischa gedankenverloren dastand, ging Aljona zur Gartenpforte, schob den Riegel beiseite, und ihr Schatten zeichnete sich im Viereck des orangeroten Lichtes ab. Antarktika wartete nicht, bis die Pforte aufging, sondern sprang auf die Straße. Der Sprung erreichte Stendal. Die Hündin packte ihn am Ärmel und zerrte ihn zu Aljona. Das Tier knurrte zwischen zusammengebissenen Zähnen. Mischa leistete Widerstand. Ajona sagte, als sie sah, wen Antarktika anbrachte: »Sie, Mischa? Ich habe einen fürchterlichen Schreck bekommen. Was machen Sie hier so spät?«

Mischa fand es unangebracht, sich mit dem Köter zu bolzen. Er antwortete, streckte dabei die Hand weit vor, damit der Hund nicht das Jackett zerriß: »Ich bin gerade vorbeigekommen.«

Der Hund knurrte noch lauter, als hätte er Mischa bei der Lüge ertappt.

»Wo wollten Sie denn hin?« fragte Aljona.

»Ins Nachbarhaus. Ich gehe bloß spazieren.«

»Laß ihn los, Anka«, sagte Aljona zu dem Hund. «Er geht bloß spazieren.«

Aljona lief zur Pumpe. Der Hund gab Mischa nicht frei, sondern zog ihn hinter seinem Frauchen her. Da beschloß Mischa, das Gespräch fortzusetzen.

»Ich wollte Sie sehen«, sagte er. »Ich bin unter Ihren Fenstern stehengeblieben.«

»Sie sind frech«, meinte Aljona. »Sie haben mich gestern abend schon mit Ihren Blicken irritiert.«

»Entschuldigen Sie«, sagte Mischa. »Das war nicht meine Absicht. Ich konnte die Augen nicht abwenden.«

»Ich habe Ihnen keinerlei Avancen gemacht«, sagte Aljona. Sie hing den Eimer an die Pumpe und machte sich daran, Wasser zu pumpen.

»Gestatten Sie, ich helfe Ihnen«, erbot sich Mischa, den Hund vergessend.

»Wie Sie wollen«, sagte Aljona und richtete sich auf, um Mischa Platz zu machen. Mischa pumpte, und der Hund, der unverdrossen an seinem Arm hing, behinderte ihn, so daß er Wasser und Hund ziehen mußte. Aljona blickte zum Mond.

»Würden Sie gern dort sein?« fragte sie.

»Sagen Sie bitte dem Hund, er soll mich loslassen.«

»Ach, wie ulkig! Anka, wie oft soll ich dir denn ein und dasselbe sagen? Er hört nicht auf mich. Muß ich Sie eben ablösen.«

»Der Eimer ist schon längst voll«, sagte Mischa. »Ich pumpe nur, damit Sie nicht nach Hause gehen.«

»Komischer Kauz!« meinte Aljona. »Gute Nacht. Und laufen Sie mir bitte nicht nach. Wenn meine Tante das erfährt, bringt sie es fertig, daß Sie Ihre Stellung verlieren.«

»Lächerlich. Daran denke ich nicht.«

Sie gingen zurück zur Pforte. In der einen Hand trug Mischa den Eimer, an der anderen klammerte der Hund.

»Noch mal, gute Nacht«, sagte Aljona. »Und denken Sie daran, daß Anka zwar eine Promenadenmischung ist, aber scharf. Nächstes Mal faßt sie Sie noch an der Gurgel.«

»Ohne Sie bin ich traurig«, erwiderte Stendal.

Der Hund ließ Mischa frei und raste durch die Pforte.

Mischa wartete, bis Aljona in der Tür verschwunden war, dann ging er. Er beschloß, sofort zur Glumuschka zu gehen.

Die Glumuschka wohnte jenseits des Sägewerkes, am Rande des alten Holzschlages, in einem Haus, das vor der Revolution dem Förster gehört hatte. Im Laufe der Jahre war der Förster dem Wald gefolgt. In dem Haus wechselten die Wirtsleute so lange, bis es der Laune des Schicksals überlassen wurde, und da zog die Glumuschka ein. Woher sie gekommen war, was sie früher getan hatte, wußte niemand. Schon das zweite Jahr wohnte sie in der Bruchbude, ernährte sich bescheiden; in die Kirche, auf den Friedhof ging sie nicht. Sie sammelte die Flaschen, die nach den Sonnabendpicknicks im Wald zurückgelassen wurden, und verkaufte sie beim Altstoffhändler auf dem Basar.

Anfangs schenkte niemand der Glumuschka Beachtung. Einmal war eine Frau von der Sozialfürsorge zu ihr gekommen, um sich nach der Rente zu erkundigen, aber es gab keine Voraussetzungen für eine Rente, und die Glumuschka sagte, sie bekäme monatlich Überweisungen aus Wologda von ihrer Nichte, was nicht der Wahrheit entsprach. Die Glumuschka streifte gern durch den Wald, weit, fast bis nach Konopatowka, ja sogar bis hinter die Sidorowsümpfe. Sie sammelte Kräuter und Pilze. Einmal heilte sie die Kuh der Milowidows, die der Tierarzt schon abgeschrieben hatte. Einige Zeit danach kam sie ins Büro des Sägewerkes und sagte dem Wächter, daß in der Nacht der Versuch unternommen würde, Bretter auf einem Lastwagen fortzuschaffen. Der Wächter glaubte es nicht, war aber trotzdem etwas aufgeregt und schlief nicht. Er paßte den Anderthalbtonner mit dem Holz ab. Dafür wurde ihm Dank gesagt. Von der Glumuschka erzählte er seiner Frau, und die fragte Glumuschka eines Tages, als sie ihr unterwegs begegnete, ob ihre Tochter einen Jungen oder ein Mädchen zur Welt bringen würde. Die Glumuschka bat um zwei Tage Geduld für die Antwort und sagte dann, daß es ein Sohn würde. Den Jungen nannten sie Jura, und die Frau des Wächters brachte der Glumuschka eine Mandel Eier.

So gedieh ihr Ruhm. Der Ruhm war unstet und unsicher, denn mit der Zahl der Anhänger von Glumuschkas Begabung nahm auch die der Feinde zu, der Neider und Skeptiker. Besonders stark wurde der Widerspruch, als die Glumuschka Gerüchten zufolge eine zugereiste Frau, die in Archangelsk einen Bräutigam hatte, zur Ehe mit Stolypin bewegt hatte. Stolypin, Kraftfahrer im

Sägewerk, bestritt, von Glumuschka einen Zaubertrunk bekommen zu haben, und je mehr er es bestritt, um so weniger wurde ihm geglaubt. Die junge Frau war verrückt nach ihm.

Zur Glumuschka kamen Mädchen aus dem Kaufhaus, Schüler der zehnten Klasse und vereinzelte alte Weiblein und Hausfrauen gelaufen. Unter dem Schutz der Nacht klopften die Männer an ihr Fenster. Glumuschka brachte die Stadt Groß-Guslar mit ihren Zauberkünsten durcheinander, aber sie auf frischer Tat zu ertappen, gelang keinem. Als zwei Aktivisten aus dem Atheistenzirkel zu der Alten kamen und von Glumuschka gegen Bezahlung ein Mittel verlangten, um den Ortsgeistlichen loszuwerden, gab sie ihnen zur Antwort: »Ihr müht euch umsonst. Ich bin keine Zauberin und schon gar keine Wahrsagerin. Peinlich sogar, so ein Ansinnen von äußerlich kultivierten Menschen. Geht, sonst melde ich euch an eurer Arbeitsstelle.«

Die Aktivisten mußten abziehen.

Mischa Stendal war natürlich skeptisch gegenüber den Erzählungen über die Fähigkeiten der Alten. Er wandte sich sogar an einen Redakteur der Stadtzeitung mit dem Vorschlag, entlarvendes Material über die Scharlatanin zusammenzutragen, doch der Redakteur reckte sein schönes, mächtiges Haupt über den Tisch und riet davon ab. Er erklärte, die Alte stelle keinerlei soziale Gefahr dar und die Zeitung dürfe sich nicht auf das Niveau von Weibergeschwätz hinabbegeben. Von Neugier gepackt, stellte Mischa freundschaftliche Verhöre bei seinen Bekannten an und traf sich sogar mit einer Frau in mittleren Jahren, die beteuerte, daß die Glumuschka sie mit ihrem Mann ausgesöhnt hätte. Die Frau arbeitete als Bibliothekarin an der Binnenschiffereifachschule und stand wahrlich nicht im Verdacht, übermäßig abergläubisch zu sein.

Glumuschka geriet in Vergessenheit. Sie wich in die Tiefe des Bewußtseins zurück. Und wahrscheinlich hätte sich Mischa Stendal, der literarische Mitarbeiter der Zeitung, nicht so bald an sie erinnert, wäre nicht Aljona Wischnjak, Meister des Sports im Tennis, Finalkämpferin bei den Unionsmeisterschaften im Frauendoppel, eine Blondine mit braunen Augen, in die Stendal sich sehr schnell und hoffnungslos verliebt hatte, zur Tante zu Besuch gekommen. Stendal war unsportlich. Weil er sich seiner weißen Haut und seines weichen weißen Bauches schämte, ging er nicht einmal gern zum Strand. Außerdem trug er eine Brille und sah aus wie der junge Gribojedow.

Mischa machte ein paar Versuche, sich Aljona Wischnjak zu nähern, las sogar ein Buch über Tennis und abonnierte die Zeitschrift »Tennis«. Mischa interviewte Aljona, das Interview kam aber nicht in die Zeitung, weil sich gerade die Heumahd und die Zeit des Jätens näherte und auch die Fußballweltmeisterschaften bevorstanden. Mischa stellte Aljona auf der Straße nach, in der Öffentlichkeit, er aß schlecht und brachte offenkundige Fakten in seinen Korrespondenzen durcheinander.

Mischa, ein intelligenter Bursche, Absolvent der Leningrader Universität, bar jedes jenseitigen Gedankens, schrieb mit schlechten Versen ein dickes Heft voll, magerte ab, geriet in Verzweiflung und beschloß schließlich, zur Glumuschka zu gehen, obgleich er wußte, wie peinlich und unlogisch das war. Aber einmal kommt eben im Leben der Augenblick, da alle vernünftigen Überlegungen zerstieben. Bei Mischa waren sie zerstoben.

Ein letztes Mal drehte er sich zu dem orangeroten Fenster um. Er nahm die Brille ab und putzte sie mit einem Tuch, blickte sich nervös um und schlug den Weg zum Sägewerk ein. Er verhielt sich so, als ob er spazierenging, und erwärmte sich an der Erinnerung an Aljonas Gesicht, das vom silbrigen Mondlicht erhellt war. Über ihr Gesicht waren Wolkenschatten gehuscht, die Augen schwarz und abgrundtief. Ihre Zähne hatten geblitzt, als wären sie aus Mondlicht geschaffen.

Direkt am Sägewerk hörte der Asphalt auf, weiter war die Straße uneben, mit tiefen, schon im Frühjahr vom Regen ausgewaschenen Fahrspuren bedeckt. In ihrer Mitte hatte sich Wasser angesammelt, und in jeder Pfütze spiegelte sich der Mond. Die letzten Häuser der Stadt schliefen schon, ihre dunklen Fenster starrten blicklos auf den Wanderer. Die Laternen standen weiter auseinander, und Mischas Schatten wuchs zu unsinniger Länge, verdoppelte sich, kehrte um und schrumpfte zusammen, bis er in die Nähe der nächsten Laterne rückte.

Die Hunde erwachten hinter den Zäunen, kläfften wie besessen und begleiteten Mischa bis zur Grenze ihres Reiches. Ihm war ein wenig unheimlich, doch nicht so sehr vor Einsamkeit als vielmehr vor einer zufälligen Begegnung mit einem Bekannten zu dieser Stunde an diesem Ort.

Hinter den letzten Häusern mußte er zu den Kiefern abbiegen. Der Mond war immer noch nicht untergegangen und der Pfad zu Glumuschkas Haus deutlich zu sehen. Mischa merkte gar nicht, daß er einen Schritt zugelegt hatte. Die letzten Meter vor der kleinen Hütte der Zauberin legte er im Eiltempo zurück, als wollte er einen fahrenden Zug einholen.

Er machte halt.

Er stand im Hohlweg. Glumuschkas Haus war windschief und altersschwach, an einer Ecke eingedrückt. Das Schindeldach, grau vom Alter, flimmerte im Mondschein. Die ungleichmäßigen Stacheln des Zaunes sahen aus wie Speere, zurückgelassen von zu Bett gegangenem Kriegsgefolge. Die Fensterläden waren zu, doch mattes Licht schimmerte hindurch. Die Glumuschka schlief nicht. Ob sie ihn empfing? Vielleicht hatte sie gerade einen Kunden? Mischa stellte sich vor, der Kunde wäre jemand aus der Redaktion. Die Folgen wären schrecklich. Mischa trat von einem Bein aufs andere wie ein Hochspringer, der mit prüfenden Schritten, immer schneller werdend, die Latte angeht. Mischa schwang sich nicht hoch, er tappte auf Zehenspitzen, wollte erst durch einen Spalt des Fensterladens lugen und sich überzeugen, ob die Luft rein war.

Unter dem Fenster wuchs dicht der Ginster. Und Brennesseln. Ohrenbetäubend knackte ein Knüppel, darauf versank Mischa bis zu den Knien in eine unsichtbare Grube. In dieser unbequemen Haltung erstarrte er. Die Tür wurde geöffnet.

»Kommen Sie rein«, sagte eine Stimme. »Wozu unter dem Fenster stehen?«

Mischa befreite sich aus dem Unkraut und kletterte auf die Vortreppe. Er fühlte sich an Leib und Seele zerschlagen. Warum bloß mußte er nachts vor der verdächtigen Hütte rumspionieren? Wer zwang ihn dazu? Das war mehr als peinlich. Dennoch, der Zweck, sein reines Streben zu Aljona Wischnjak, heiligte die Mittel. Hinter der angelehnten Tür war niemand. Nur niedrige, öde Schatten, schwach angeleuchtet von einer Glühlampe an der Decke.

»Treten Sie sich die Füße ab«, sagte die Stimme.

Mischa strich gehorsam die Schuhsohlen an einem Abtreter ab. Da keine weiteren Anordnungen folgten, stieß Mischa die Tür zur guten Stube auf. Die Tür öffnete sich langsam und geräuschlos. Das grelle Licht eines Arztzimmers schlug Mischa entgegen. Er befand sich in einem relativ großen Raum mit makellos weißen Wänden, an denen Bänke standen. Auf den Bänken saßen Menschen, die sich nach dem Neuhinzukommenden umdrehten.

»Guten Abend«, sagte ein Mann mit verbundener Wange. Mischa erkannte in ihm Korneli Udalow, den Chef des Baukontors.

»Welcher Wind hat Sie hierhergeweht? Setzen Sie sich neben mich, hier ist noch Platz. Welche Bestellnummer haben Sie?«

»Ich? Gar keine«, sagte Mischa. »Ich gehe wohl am besten gleich wieder und komme morgen noch einmal vorbei.«

»Das lassen Sie man sein«, sagte Udalow. »Morgen ist keine Sprechstunde. Ich habe drei Tage nach einer Nummer angestanden.«

Udalow öffnete die Hand, auf der mit Kopierstift eine große 28 geschrieben war.

»Setzen Sie sich«, sagte er. »Wenn die Tür offen war, ist auch Sprechstunde. Wir sind nicht mehr viel.«

Da Stendal der letzte und für keinen der Anwesenden ein Konkurrent war, schlossen sich die übrigen Patienten Udalow an.

»Setzen Sie sich!« kam es von den Bänken. »Es geht schnell bei ihr.«

Und Mischa setzte sich auf die äußerste Kante einer Bank.

Im Wartezimmer zählte Mischa sechs Personen. So verschieden wie die Leute waren offensichtlich auch die Gründe, die sie hergeführt hatten. Udalow klagte über Zahnschmerzen.

»Sie auch?« fragte Udalow Mischa.

»Nein«, sagte Mischa.

»Ich habe drei Nächte nicht geschlafen. Bin in die Poliklinik gegangen, die Ärztin sagte, er muß gezogen werden. Da meinte meine Frau: ›Korneli, die Glumuschka kann ihn besprechen. Sie hat auch den Pogosjan aus unserem Hof besprochen. Der Nerv brauchte nicht einmal gezogen zu werden.‹ Und da bin ich hergegangen.«

»Und was ist mit dem da?« fragte Mischa leise.

»Kennen Sie ihn nicht? Er ist vom Meteorologischen Dienst.«

»Vom Meteorologischen Dienst?«

»Warum flüstern Sie?« fragte der Mann gegenüber mit dem tief ins Gesicht gezogenen Hut und im Übergangsmantel mit hochgeschlagenen Kragen. »Bitte kein Gerede.«

»Klarer Fall«, pflichtete Udalow ihm bei. »Wer von uns wird schon aus der Schule plaudern? Wir sitzen alle in einem Boot. Mein Bekannter hat sich bloß für Sie interessiert, und ich sagte ihm, daß Sie vom Meteorologischen Dienst sind. Ich habe nicht einmal Ihren Namen genannt.«

»Ihr Bekannter arbeitet bei der Stadtzeitung und ist möglicherweise im Dienstauftrag hier«, sagte der Mann. »Wir können ihm nicht vertrauen.«

»Von der Zeitung?« fragte ein Dicker mit einem Ziegenbock am Halsband. »Dann verduften Sie lieber gleich. Wir haben keine Lust, in ein Feuilleton zu geraten. Auch ohne Sie gibt es genug Ärger. Ich habe schließlich einen Ruf zu verlieren.«

Der Ziegenbock stoberte mit seinem bärtigen Maul an dem Dicken herum. Sachte hob er die Vorderpfoten, stützte die Hufe auf den Knien des Mannes ab und leckte dem Dicken das Kinn.

»Er soll abhauen«, sagte eine kleine Frau in grauem Tuch, während der Dicke den Ziegenbock zurückstieß.

»Ich komme nicht im Auftrag der Zeitung«, sagte Stendal. »Ehrenwort. Ich bin privat hier.«

Die mit schwarzem Wachstuch verkleidete Tür zur guten Stube ging auf, und ein bärtiger Mann, einen Rucksack auf dem Rücken, trat heraus. Er lächelte glücklich, ohne die Anwesenden zu bemerken.

Der Mann vom Meteorologischen Dienst sprang auf, rannte hin und her, lief zur Tür und fragte: »Darf man eintreten? Oder rufen Sie auf?«

»Nehmen Sie den Hut ab«, gab eine greisenhafte Stimme in der guten Stube zur Antwort. »Und treten Sie ein. Ich kann schließlich nicht bis zum Morgen Sprechstunde abhalten.«

»Wer ist das nun wirklich?« fragte Mischa Udalow noch einmal, sobald im Warteraum Stille eingetreten war.

»Er fabriziert die Wetterberichte«, antwortete Udalow. »Er singt schon Klagelieder. Zehn Fehler in zwei Wochen. Das Klima ist heutzutage nicht mehr wiederzuerkennen. Kein Verlaß, trotz der ganzen Wettersatelliten.«

»Und was hat sie damit zu schaffen?«

»Es heißt, sie verstünde was davon. Sie ist seine letzte Hoffnung. Die Bauern machen ihn ganz mürbe. Sollen sie nun mähen oder noch warten? Was soll er antworten?«

»Merkwürdig«, sagte Mischa.

»Trotzdem«, beharrte Udalow. »Was ist mit Ihnen? Sie haben hoffentlich nicht den Auftrag, sie zu entlarven?«

»Eine Privatsache«, sagte Mischa. »Tut Ihr Zahn sehr weh?«

»Jetzt gerade nicht. Immer wenn ich in die Poliklinik komme, läßt der Schmerz nach.«

»Das sind die Nerven«, sagte der Mann mit dem Ziegenbock. Der Bock zog am Strick, wollte hinaus auf die Straße.

»Zähne. Das ist eine reine Nervenkrankheit«, pflichtete ihm die Frau im grauen Tuch bei. »Magengeschwüre auch.«

»Haben Sie ein Geschwür?« fragte Mischa.

»Nein«, sagte die Frau. »Meine Tochter will heiraten, aber er muß im Herbst zur Armee. Was soll das für eine Familie werden! Sie sind also wirklich nicht von der Zeitung?«

»Im Prinzip schon, doch jetzt nicht«, erklärte Mischa.

»Wenn Sie einen Zaubertrank brauchen, so rate ich Ihnen, äußerst vorsichtig zu sein«, sagte der Mann mit dem Ziegenbock.

»Nein, was denken Sie«, widersprach Mischa und errötete.

»Klarer Fall, er ist nicht von der Zeitung«, sagte ein Mann mit ausgeblichenen Brauen und Wimpern, der bis jetzt geschwiegen hatte. Er trug Jägerstiefel und eine Wattejoppe. »Er ist verliebt. Guck nur, Iwan, er ist verliebt.«

Sein Nachbar, ein Feuerwehrmann, druselte. Er hatte seinen Helm an den Kübel mit einem Gummibaum gelehnt. Er wachte auf und stimmte zu.

»Der hat die Ruhe weg«, sagte der Jäger von dem Feuerwehrmann. »Er ist schon das fünfte Mal hier, hat sich eingewöhnt. Ich kann das nicht.«

»Das fünfte Mal?« Udalow staunte. »Wozu denn?«

»Er hat den Schlauch verlegt«, sagte der Mann in der Wattejacke. »Er verliert immerzu irgendwelche Sachen, die die Feuerwehr braucht.«

»Und sie findet sie wieder?«

»Na klar«, sagte der Mann in der Wattejoppe. »Letztes Mal hat sie ihm drei Feuerlöscher gesucht. Sie ist prima. Eine Seele von Mensch. Mir machen die Wilddiebe zu schaffen. Sie kennen einen Pfad und da möchte ich die Alte um einen Tip bitten. Ich bin vom Fischereischutz.«

Der Meteorologe kam heraus. Mit schnellen Bewegungen rollte er eine Wetterkarte zusammen. »Na, wie steht's?« fragte ihn der Mann in der Wattejacke.

»Ab morgen ohne Niederschläge. Bis zum Wochenende. Was ich gesagt habe!« Dem Meteorologen war der Hut von der Stirn in den Nacken gerutscht, sein Gesicht glänzte von Schweiß. »Segeida hat das Hochdruckgebiet bei den Antillen außer acht gelassen. Dabei habe ich ihm gesagt, daß es an Einfluß gewinnen wird, aber er: ›Ist viel zu weit.‹ Es durfte einfach nicht außer acht gelassen werden!«

Als nächste verschwand die Frau im grauen Tuch hinter der Tür. Kaum hatte sie sich geschlossen, da drangen auch schon Murmeln und schnell lauter werdende einzelne schrille Rufe aus dem Sprechzimmer. Hinter der Tür wurde gestritten und gezankt. Eine Minute später rannte die Frau aus der Tür. Sie hielt das für Glumuschka bestimmte Bündel mit Geschenken an die Brust gepreßt. »Und wagen Sie sich nicht noch mal mit einem so unwürdigen Ansinnen hierher!« rief ihr die Zauberin nach. »Wollen Sie die Menschen um ihr Glück bringen, ja? Das wird Ihnen nicht gelingen.«

»Ich bin die Mutter!« schrie die Frau im Weggehen. »Ich werde mich beschweren!«

»Der nächste bitte«, sagte die Glumuschka.

Mischa gelang es nicht, sie zu erblicken, die Tür öffnete sich nach außen, zu seiner Seite. Nur die zänkische Stimme war zu hören.

»Iwan, du bist dran«, sagte der Mann in der Wattejacke.

»Was hast du verloren?« fragte die Glumuschka, ohne die Tür zu schließen.

»Der Schlauch ist verschwunden. Der Leutnant sagt: ›Sidorenkow, du hast als letzter den Schlauch in der Hand gehabt, such ihn also‹, sagt er.«

»Komm morgen vor halb neun vorbei!« sagte die Glumuschka. »Der nächste.«

»Nun, jetzt bin ich an der Reihe«, meinte der Mann in der Wattejoppe. Der Feuerwehrmann war wieder neben dem Gummibaum eingeschlummert.

Das Unwahrscheinliche der eben gesehenen Szenen lenkte Stendal von den Gedanken an die Geliebte ab. Statt der dunklen kleinen Hütte, des schwarzen Katers auf dem Ofen, des schweren aromatischen Geruches von Mixturen im Wartezimmer mit einem Gummibaum. Und einen Meteorologen und Iwan mit dem Schlauch. Als Stendal sich zur Zauberin auf den Weg gemacht hatte, hatte er sich selbst verachtet und Aljona verflucht, die ihn zu dieser Verzweiflungstat gebracht hatte. Gerade das Prophetische, das Übernatürliche seines Ganges zu der Zauberin floß in seinem Bewußtsein mit seiner unerwiderten Liebe zusammen, für die es keine Erfüllung gab. Hier aber war eine Poliklinik, die sich von der Rayon-Klinik nur durch die Wehwehchen der Patienten unterschied. Zu seinem eigenen Entsetzen wurde Stendal plötzlich bewußt, daß ihm hier geholfen werden konnte, und er wußte schon nicht mehr, ob er eigentlich wollte, daß ihm geholfen werde.

»Und dann sage ich ihr«, drangen die Worte des Dicken mit dem Ziegenbock zu Stendal, »entweder sie liebt mich, oder ich bin gezwungen, mich ans Gericht zu wenden. Eine verfahrene Geschichte.«

»Ja«, sagte Udalow. »Eine verfahrene Geschichte.«

»Ich kriege von ihr einen Zaubertrank.«

»Endlich«, brach es aus Stendal.

»Was ›endlich‹?«

»Ach, ich hab' nur laut gedacht.«

Stendal dachte: Endlich einer, der keinen Schlauch verloren hat, sich nicht für die Wege der Zyklonen interessiert und keine Wilddiebe stellt. Endlich einer, der liebt und auf Gegenliebe hofft.

»Ich kriege also den Zaubertrank und renne sofort hin. Sie erwartet mich schon mit ihren Beschimpfungen. Da taucht mit einemmal das Problem auf, wie ihr den Trank einflößen?«

Der Mann in der Wattejacke trat aus der Tür. Nachdenklich pfiff er ein Lied. Er rüttelte den Feuerwehrmann wach, und sie gingen.

Ihren Platz im Sprechzimmer nahm Udalow ein. Außer Stendal hatte der Dicke keine Zuhörer, und er wandte sich an Mischa mit der Frage: »Soll ich meine Geschichte zu Ende erzählen?«

»Ja, natürlich«, sagte Mischa. »Ich habe das gleiche Problem.«

»Das gleiche?«

»Das gleiche. Ich habe nur den Anfang Ihrer Geschichte nicht gehört. Wenn Sie nichts dagegen haben . . .«

»Natürlich, ich wiederhole es. Zumal Sie genauso ein Pech haben. Geh! Hau ab! Ich kann das nicht leiden!«

Die letzten Worte waren an den Ziegenbock gerichtet, der sich hündisch an die Knie des Dicken schmiegte.

»Also, ich habe eine Nachbarin. Aida. Eine Schreckschraube, wie die Welt keine zweite gesehen hat. Eine alte Jungfer, trocken wie ein Knüppel und so weiter. Ich hasse sie. Mich zum Hassen zu bringen ist dabei nicht so leicht. Zweimal hat sie letzten Monat unseren Zaun kaputtgemacht. Das Spülicht kippt sie nur unter meinem Fenster aus und plagt mich obendrein noch mit Verachtung. Schlange.«

»Sprechen Sie von ihr?« fragte Stendal.

»Gewiß, der Henker soll sie holen. Ich war mir darüber im klaren: noch einen Tag diese Verhöhnungen, und ich lande im Irrenhaus oder zerre sie vors Gericht. Oder ich werde tätlich. Und zu allem noch dieser verfluchte Ziegenbock!«

Der Dicke wies mit dem Finger auf den Ziegenbock. Der streckte jedoch listig den Hals und leckte mit seiner langen, rauhen Zunge zärtlich seinen Zeigefinger.

»Dieser Bock bricht regelmäßig in meinen Garten ein und frißt alle Früchte meiner Freizeitarbeit. Alle. Vor allem die zarten, schwachen Setzlinge der wertvollen Gewächse. Ich also zur Glumuschka. Sie gibt mir den Zaubertrank. Ich komme nach Hause und überlege, wie ich der Nachbarin den Zaubertrank einflöße, sie zwinge, sich menschlich zu verhalten und mit dieser endlosen Zankerei aufzuhören.«

Korneli Udalow trat aus der Tür, in der Hand die Binde, aus der sich zusammengeballte Watte schlängelte.

»Danke, Doktor«, sagte er zu der Zauberin. »Ich hatte Angst, daß er gezogen werden müßte. Ich habe nämlich schon drei Brücken.«

Nach Korneli Udalow trat eine kleine verhutzelte alte Frau in grauem, hausgewebtem Kleid und Latschen ins Wartezimmer. Die Alte hielt sich kerzengerade, und ihre scharfen Augen blitzten hell und zielstrebig. Die grauen Haare waren unter ein himmelblaues Tuch gesteckt.

»Zwei noch?« fragte sie.

»Zwei«, antwortete Mischa fröstelnd, in Erwartung des Bevorstehenden.

»Kommt gleich beide herein. Eure Probleme gleichen sich«, sagte die Glumuschka.

»Ich warte hier auf dich, Mischa«, rief Udalow ihm nach. »Ich hab's nicht eilig. Allein zu gehen ist sowieso langweilig.«

Als erster trat der Ziegenbock in die gute Stube, dann folgte der Dicke. Danach Mischa.

»Setzt euch«, sagte die Alte. »Ich bin heute rechtschaffen müde. Bald wird der Finanzinspektor hier aufkreuzen. Das hat man von seiner Gutmütigkeit.«

Die Zauberin setzte sich an den mit Tinte beschmierten Schreibtisch, in die Tischplatte waren verschiedene Wörter und Muster eingekratzt. Der Dicke nahm gegenüber auf einem Stuhl Platz. Mischa lehnte sich einstweilen an den Ofen.

Die Wohnstube war sauber gefegt und fast leer. Ein abgetretener Läufer lag quer im Zimmer, das Fenster schmückten zwei Geranientöpfe. Am Fenster stand ein kleiner Schrank mit Glastüren, und in dem Schrank standen Dosen, Flaschen mit aufgeklebten Papieretiketten. Am Ofen trockneten Gräser.

»Mein Lieber, Sie waren doch erst hier«, sagte die Glumuschka. »Ist etwas schiefgegangen?«

»Ja, ein bißchen«, gestand der Dicke.

»Erzählen Sie«, gebot die Glumuschka. »Aber kurz und bündig.«

»Ich bin nach Hause gekommen«, sagte der Dicke. »Sie erwartet mich schon. Mit Geschrei, ich hätte ihre Unterwäsche von der Leine geklaut. Ich denke, wie soll ich solch eine Nervenanspannung aushalten, wie ihr den Zaubertrank ins Essen schütteln? Und ich sehe keinen Weg. Sie aber tobt. Bis zum Abend habe ich ein Martyrium durchstanden ...«

»Kürzer«, sagte Glumuschka.

Der Ziegenbock scharrte mit dem Fuß. Ihm mißfiel der Ton der Zauberin.

»Gut, kürzer«, sagte der Dicke. »Als es dunkel wird, schleiche ich zu ihrem Fenster und schütte ihr den Trank in die Teekanne. Die Teekanne steht auf dem Fensterbrett. Dann sehe ich, daß sie sich aufrappelt, Tee zu trinken; sie nimmt den Deckel von der Kanne, schnuppert und sagt laut: ›Das Zeug ist alt, abgestanden, ich muß einen neuen Aufguß machen.‹ Sie gießt den ganzen Zaubertrank in den Spülwassereimer und stellt ihn raus auf die Straße. Bevor ich Maßnahmen ergreifen konnte — ich war völlig verzweifelt —, hat sich dieser Teufel von Ziegenbock, der mich wie die Pest haßte, an den Eimer rangemacht und von dem Dreckwasser gesoffen. Am Morgen stand er schon vor meiner Tür, um mir seine Liebe zu gestehen. Von da an geht er neben mir her, als wäre er an mich gefesselt. Ich habe versucht, mich vor ihm zu verstecken, bin mit dem Bus gefahren, habe mich zu Hause eingeschlossen, er aber springt durchs Fenster. Aida trommelt die Straße zusammen mit ihrem Keifen, und ich ... Mein Gott, was bin ich für ein unglücklicher Mensch!«

»Interessant«, sagte die Alte. »Sie sagen, der Bock liebt Sie?«

»Ist das etwa nicht zu sehen?«

»Er hat einen anderen Metabolismus«, sagte die Zauberin. »Ich weiß nicht recht, wie ich Ihnen helfen soll. Und Sie, junger

Mann, hören auf zu kichern. Das ist gar nicht lächerlich. Der Mann hat Pech gehabt.«

»Ich kichere ja nicht«, sagte Mischa, außerstande, das idiotische Grinsen von seinem Gesicht zu verbannen. »Das ist eine Nervensache.«

»Nein, ich weiß schon, ich bin komisch«, sagte der Dicke mit tränenerstickter Stimme. »Ich wollte die Liebe dieser Frau nicht aus Egoismus, sondern um des lieben Friedens willen und wegen der schwachen Setzlinge in meinem Garten.«

»Für die Setzlinge besteht keine Gefahr mehr. Der Ziegenbock wird Sie nicht mehr kränken.«

»Ach, dieser Ziegenbock!« In der Kehle des Dicken gurgelte es, und er legte den Kopf auf den Schreibtisch.

Mischa dachte: Das Zauberzeug wirkt also! Ich probiere es morgen gleich aus. Das Ganze wird komisch und unheimlich zugleich. Wieder erschien ihm Aljonas Gesicht, wie es beim Mondschein ausgesehen hatte. Ihre Lippen flüsterten etwas Zärtliches. Während Stendal versuchte, sich in der Vision zurechtzufinden, schlich der Dicke mit dem euphorisch springenden Ziegenbock vorüber.

Die Glumuschka wandte sich an Mischa: »In wen haben Sie sich verliebt, junger Mann?«

»In ein Mädchen«, sagte Mischa. »In Aljona. Sie ist hier zu Besuch, wohnt bei ihrer Tante. Entschuldigen Sie bitte, daß ich Sie belästige.«

»Macht nichts, das ist doch meine Pflicht«, sagte die Glumuschka. »Ihre Schulbildung?«

»Leningrader Universität, Philologische Fakultät. Ich arbeite bei der hiesigen Zeitung als literarischer Mitarbeiter.«

»Sehr angenehm. Aber schämen Sie sich nicht, junger Mann, zu einer zurückgebliebenen alten Frau wegen eines Zaubertranks zu gehen? Setzen Sie sich an den Tisch, sonst muß man durch die ganze Stube schreien.«

Mischa setzte sich. Angesichts der greisenhaften, durchdringenden Augen fühlte er sich unsicher wie bei einem Examen oder wie in der Kaderabteilung.

»Sie haben Ähnlichkeit mit dem jungen Gribojedow«, sagte die Alte nachdenklich.

»Das hat man mir schon gesagt«, pflichtete ihr Mischa bei.

»Hat die Leidenschaft Sie unverhofft ergriffen, oder wurde sie durch irgendwelche Ereignisse vorbereitet?«

»Völlig unverhofft«, sagte Stendal. »Ich habe sie gesehen — und aus.«

»Ich möchte Sie warnen«, sagte die Glumuschka. »Gegenliebe, hervorgerufen durch künstliche Mittel, kann mit der Zeit erlöschen, was tragische Folgen hat.«

»Ich verstehe, aber ich kann die Verachtung und Unaufmerksamkeit nicht länger ertragen. Sie waren wahrscheinlich niemals verliebt?«

»Ich? Doch«, antwortete die Glumuschka.

»Entschuldigen Sie, ich wollte Sie nicht kränken.«

»Trotzdem, vielleicht sollten Sie doch zu den herkömmlichen Mitteln greifen«, sagte die Zauberin. »Dem Mädchen Beachtung schenken, sich um sie kümmern, sich selbst als ehrlicher, mutiger Mann zeigen? Dann wird sie Sie bestimmt lieben.«

»Wann?« entgegnete Stendal. »Sie fährt in zehn Tagen zu einem Freundschaftstreffen nach Kaluga. Ich werde sie nie wiedersehen.«

»Wie Sie wollen«, sagte die Glumuschka. »Ich habe Sie gewarnt. Zuerst muß ich Sie einmal fotografieren und eine Blutprobe machen.«

»Nein, keine Formalitäten bitte. Geben Sie mir einen Zaubertrank.«

»Aaach«, seufzte die Alte. »Glauben Sie als kultivierter Mensch wirklich an solch einen Unsinn?«

»Wie sollte ich nicht? Schließlich habe ich die Ergebnisse gesehen.«

»Sie reden dummes Zeug, Stendal. Wollen Sie damit etwa sagen, daß zwei Kilometer von Groß-Guslar eine aktive Zauberin, mit anderen Worten, eine Hexe wohnt?«

»Wie soll man Sie sonst nennen?«

»Wie Sie wollen: Experimentator, Philanthrop, Gast aus einem benachbarten Sternsystem, der von seinem Schiff zurückgelassen wurde, oder Nobelpreisträger für Genetik.«

»Aber Sie bestreiten doch nicht, Glumuschka, daß Sie eine Zauberin sind?«

»Darauf habe ich nie Anspruch erhoben. An die Wand mit Ihnen, ich stelle die Beleuchtung ein. So, ein bißchen weiter nach links. Ich habe auf nichts Anspruch erhoben. Ich habe still gelebt, diese und jene Beobachtung gemacht, im Wald leere Flaschen gesammelt und sie für zwölf Kopeken das Stück verkauft. Alles andere verlief ganz zufällig. Gut, Sie können sich setzen. Zeigen Sie mir die linke Hand, den kleinen Finger. Wo ist der Spiritus geblieben? Wissen Sie nicht, ob die Apotheke Watte bekommen hat? Wo bin ich stehengeblieben? Ach so, alles andere verlief ganz zufällig. Ich begann die Bewohner dieser Stadt zu lieben. Und ich konnte ihnen kleine Gefälligkeiten nicht abschlagen. Da ich doch mehr als sie weiß, mehr kann als sie, imstande bin, ihnen in der Not beizustehen, habe ich etwa das moralische Recht, mich zurückzuhalten? Halten Sie den Finger still. Ich muß Sie noch einmal pieken. Peinlich, ein erwachsener Mann, hoffnungslos verliebt, und hat Angst vor einer einfachen Nadel.«

»Wozu brauchen Sie mein Blut?« fragte Stendal.

Die Zauberin ließ ein paar Tropfen in ein Reagenzglas tropfen, verstopfte das Glas mit Watte, schüttelte es und blickte auf seine Färbung.

»Zweite Gruppe«, sagte sie. »Zweite Gruppe, erhöhte Leukozytose.«

»Ich verstehe kein Wort«, sagte Stendal.

»Ist auch nicht nötig. Die Leute glauben, ich wäre eine zwielichtige Gestalt, eine Hexe vielleicht. Ich habe nichts dagegen gesagt. Ihr Blut brauche ich, um das, was Sie Zaubertrank nennen, anzufertigen. Der Zaubertrank, der Ihre genetischen Charakteristika enthält, wird dem Objekt Ihrer Zuneigung ins Essen getan und gestaltet dessen Nervensystem ein wenig um. Mit anderen Worten, Sie werden so etwas wie eineiige Zwillinge. Nein, das ist keine exakte Formulierung. Sie werden sich ähnlich in der Gesinnung. Sie, das heißt das Mädchen, entwickelt die Sympathie für Sie, die Sie für das Mädchen empfinden. Ich könnte das ausführlicher erläutern, mit Hilfe von Formeln, doch Sie mit Ihrer humanistischen Bildung würden ohnehin nichts davon verstehen. Mein Gott, wie sehne ich mich nach einem intelligenten und gebildeten Menschen! Selbst Ihnen gegenüber fange ich schon an, meine Seele zu öffnen. Nein, es ist Zeit, von hier fortzugehen. Höchste Zeit.«

»Das ist aber doch Zauberei?«

»Da haben wir's. Man erklärt ihm des langen und breiten, und er fängt wieder mit seiner Zauberei an. Das ist keine Zauberei, das ist Chemie. Chemie! Warum so viel Leukozyten? Haben Sie Beschwerden mit den Zähnen?«

»Kaum. Und die Geschichte mit den Dieben im Sägewerk? Oder die Sache mit dem Feuerwehrmann? Und Udalows Zahn? Was ist das, auch Chemie?«

»Sie glauben mir nicht, natürlich, Sie glauben mir nicht. Bei den Feuerwehrleuten war es ein ganz gewöhnlicher Detektor. Er steht auf meinem Ofen. Bei den Dieben nichts weiter als ein Telepathie-Lokator. Er ist allerdings schon entzwei. Ersatzteile gibt es nicht. Alles denkbar einfach, nicht der Rede wert. Allerdings fällt die Arbeit ohne Lokator schwer. Ich habe mir zur Regel gemacht, nur denen zu helfen, deren Ansichten rein und edel sind. In einem bestimmten Maße. Wie kann ich sicher sein, ohne Lokator nicht zu irren?«

»Ich habe die reinsten Absichten.«

»Das möchte ich bezweifeln. Sie möchten einem unschuldigen Mädchen den Kopf verdrehen. Meinetwegen, ich gehe ohnehin weg.«

Die Glumuschka stellte Fläschchen von unterschiedlicher Größe und Form auf den Tisch, mischte dies und das, brachte den Inhalt der Fläschchen zum Zischen und zur Veränderung seiner Farbe.

»Ich würde Sie auffordern, noch einmal zu kommen, wenn ich nicht fürchtete, daß Sie es nicht wagen. Sie genieren sich. Sie haben nicht erwartet, solche Kundschaft bei mir anzutreffen, nicht wahr? Machen Sie sich keine Sorgen. Sie bekommen das Mittel in fünf Minuten.«

Udalow begleitete Mischa fast bis vors Haus, da er sich fürchtete, allein durch die nächtliche Stadt zu gehen. Udalow war sagenhaft geschwätzig, wie einer, der Unannehmlichkeiten aus dem Wege gegangen war.

»Das mit dem Ziegenbock«, sagte er, »ist einfach umwerfend. Solche Liebe von einem stinkenden Tier. Sie hat mir nicht einmal in den Mund gesehen. Nur irgend etwas an die Wange gelegt und gesagt: ›Der Kanal ist gesäubert, spülen Sie den Mund zweimal am Tag mit Sodawasser.‹ Verstehst du, mit Sodawaser, ich vertrage Soda überhaupt nicht. Ich habe eben eine blühende Fantasie.«

Der Mond war untergegangen, die Lampen brannten mit halber Kraft. Als sie an Aljonas Haus vorüberkamen, versuchte Stendal, nicht zu ihren Fenstern hinzusehen. Die Flasche mit dem Zaubertrank preßte er mit seiner schweißigen Hand fest in der Tasche, damit sie nicht zufällig herausfiel oder auslief.

»Ja«, fuhr Udalow derweil fort und blickte Stendal von unten herauf an. »Eine merkwürdige Geschichte, und das in der zweiten Hälfte des zwanzigsten Jahrhunderts. Im Zeitalter der Raketen und Elektronik. Und dicht dabei, wie ein Überbleibsel aus ferner Vergangenheit, eine alte Frau, die Wunder zu vollbringen versteht. Hätte ich es nicht mit eigenen Augen gesehen, niemals hätte ich es geglaubt. Aberglauben einerseits, andererseits noch unerklärbare Erscheinungen der menschlichen Psyche. Die Menschen haben nicht umsonst an Zauberei geglaubt. In der Vergangenheit, unter den Zaren. Auch heute glaubt noch manch einer. Im Zeitalter der Elektronik.«

»Vielleicht hat sie Sie sogar mit Hilfe der Elektronik geheilt«, sagte Mischa.

»Haha, das ist komisch. Mit Hilfe der Elektronik. Hat sie Ihnen einen Zaubertrank gegeben? Ich verstehe. Und den Ziegenbock? Auch mit Hilfe der Elektronik?«

»Was soll das bloß werden?« sagte Stendal.

»Mit Ihnen? Sie wird sich bis über beide Ohren verlieben. Rettungslos. Es gibt schon ein paar Fälle.«

»Ich meine die Alte. Unsere Stadt ist kein Aufenthaltsort für sie.«

»Das nennt sich Dankbarkeit.« Udalow war für die Zauberin gekränkt. »Sie werden ein Feuilleton schreiben?«

»Feuilleton, lächerlich.«

»Aha. Da ist Ihr Haus. Ich wünsche Ihnen Glück in der Liebe.«

Udalow eilte zu seinem Haus, ein paar Ecken weiter. Mit der freien Hand langte Stendal vorsichtig nach dem Schlüssel und steckte ihn langsam in das Schlüsselloch, um nicht die Wirtin, bei der er in Untermiete wohnte, zu wecken.

Die Nacht verbrachte er unruhig. Er wachte häufig auf und quälte sich mit Alpträumen, in denen die Glumuschka ihn zwang, alles mögliche Zeug zu trinken, und ihm mit der Kaderabteilung drohte.

Der Morgen war sonnig und klar, und Stendal betrachtete lange das Fläschchen mit dem Trank, bevor er sich alle Einzelheiten seines nächtlichen Besuches ins Gedächtnis zurückrief.

»Das kann doch nicht wahr sein, ein Fiebertraum, Unsinn«, sagte er laut, schon geneigt, das Fläschchen aus dem Fenster zu werfen. Doch plötzlich schaute er hinaus und erblickte Aljona, die mit der Einkaufstasche in der Hand zum Markt ging. Aljona verströmte solch ein Leuchten, daß Stendal das Fläschchen umklammerte und Hals über Kopf zum Waschbecken stürzte, um so schnell wie möglich die morgendlichen Toilettenformalitäten hinter sich zu bringen und zum Markt nachzulaufen.

Er hatte sie verpaßt, suchte sie verzweifelt in den Straßen, wollte schon zu ihrem Haus rennen und eine Begegnung mit der bösartigen Antarktika wagen, aber da tauchte Aljonas Silhouette hinter dem Schaufenster eines Lebensmittelladens auf. Stendal flog in das Geschäft und wurde wieder schüchtern. Die längste Schlange stand in der Spirituosenabteilung. Stendal stürzte dorthin, zwängte sich in die Schlange und verkroch sich hinter einem großen Mann. Er drängelte sich direkt zum Ladentisch vor. Aljona kaufte inzwischen Käse und Butter und bemerkte Stendal nicht.

»Und Sie, junger Mann, was wünschen Sie«, fragte die Verkäuferin.

»Eine Büchse Mangosaft«, sagte Stendal.

»Den gibt es in der Obstabteilung«, antwortete die Verkäuferin verwundert. »Sehen Sie denn nicht, daß ich alkoholische Getränke, sie mögen verflucht sein, verkaufe.«

»Doch, ich sehe es«, sagte Stendal. »Ich sehe es ausgezeichnet.«

Aljona blickte in seine Richtung, und Stendal hätte sich beinahe hingehockt.

»Irgendein Irrer«, kam es von hinten aus der Schlange.

»Nicht so irre wie Sie«, sagte die Verkäuferin plötzlich gereizt, »denn er möchte ein Naturprodukt trinken.«

Stendal wankte zur Obstabteilung hinüber. Aljona verließ das Geschäft, und ihm gelang es schließlich ohne weitere Komplikationen, den Mangosaft zu kaufen.

Ein Glas stahl Stendal in einem Selbstbedienungsespresso, er verbarg es unter seinem Hemd. In diesem Augenblick kam ihm zu allem Unglück mit freundlichem Morgengruß ein Kollege aus der Leserbriefabteilung seiner Redaktion entgegen. Das Hemd beulte sich auf dem Bauch, und der Kollege begrüßte ihn nicht weiter. Er seufzte mitleidig und drehte sich taktvoll um. Auch das noch, dachte Stendal am Boden zerschmettert und eilte zwischen den Tabletts hin und her lavierend zum Ausgang. Das hat mir gerade noch gefehlt, daß sich auf der Arbeit das Gerücht verbreitet, ich wäre Alkoholiker und ein Langfinger.

Auf der Straße merkte Stendal, alle seine Anstrengungen waren umsonst. Von Aljona keine Spur. Warum sollte sie auch auf ihn warten?

Er stürmte durch die Puschkinstraße, warf einen Blick in die Krasnoarmejskaja-Straße und drückte sich einen Augenblick an das Schaufenster einer Buchhandlung. Aljona schien vom Erdboden verschwunden zu sein.

Da ging Stendal, in einer Hand die Mangosaftbüchse, in der anderen das geklaute Glas, aufs Geratewohl weiter.

Die Füße trugen ihn von selbst in den Stadtpark. Die morgendlichen Alleen waren von Sonnenlicht überflutet und von den Schatten der alten Linden vollgekritzelt, menschenleer. Stendal suchte sich eine Bank unter einem ausladenden Baum. Er setzte sich und war sauer. Alles hatte so herrlich begonnen und war so ruhmlos ausgegangen. Er müßte in den Espresso gehen und das Glas zurückbringen. Auch auf die Gefahr hin, noch einen Kollegen zu treffen.

Quatsch. Warum es eigentlich nicht erst seiner Bestimmung übergeben? Immerhin hatte er Durst.

Stendal holte ein Taschenmesser aus der Tasche und stach zwei Löcher in die Büchse. Er wollte sich gerade mit dem exotischen Saft vollaufen lassen, als er Schritte vernahm.

Er schaute auf.

Aljona Wischnjak trat an die Bank. Sie trug mühelos eine schwere Tasche mit Lebensmitteln und blickte Stendal aus ihren braunen, ruhigen Augen an.

»Sie haben wohl Durst?« fragte sie, und Stendals Hand wollte sich, zusammen mit der Dose, auf dem Rücken verbergen, als wäre sie bei etwas Verbotenem erwischt worden.

»Was denken Sie?«

Aljona überragte Stendal wie eine griechische Göttin, und die Sonnenstrahlen flirrten durch ihr üppiges Haar, vergoldeten den Wangenflaum. Da gewann Stendal seine Fassung zurück. Er fürchtete die schöne Aljona nicht mehr, da sie von heute an aufhören würde, sich über ihn lustig zu machen, ihn von oben herab anzusehen.

»Ich stelle die Tasche hier auf die Bank«, sagte Aljona. »Woher haben Sie denn das Glas? Von zu Hause mitgenommen?«

»Geklaut«, sagte Stendal.

»Wie schlecht«, bemerkte Aljona. »Geben Sie mir etwas vom Saft ab? Mir hängt die Zunge zum Halse heraus.«

»Natürlich«. Stendal war hocherfreut. Die Beute ging von selbst in die Falle. »Ich habe doch auf Sie gewartet.«

»Wirklich?«

Peinliches Schweigen. Aljona kniff die Augen zusammen und blickte zur Sonne, als wollte sie in jedem Augenblick aufstehen und gehen, fände nur keine Kraft, so schön und zart war der Morgen. Stendal hatte den Zaubertrunk vergessen, er blickte das entzückende Profil an und tat keinen Muckser.

»Dann werd' ich mal gehen«, sagte Aljona plötzlich. »Sie haben mich ja vergessen.«

»Warten Sie«, rief Stendal. »Warum? Ich denke doch an Sie.«

»Dann halten Sie auch Ihr Versprechen?«

»Was für ein Versprechen?«

»Hören Sie mal, Stendal. Sie benehmen sich merkwürdig. Ich möchte trinken, Sie aber halten die Büchse in der Hand, als täte Ihnen ein Schluck vom allergewöhnlichsten Mangosaft für mich leid.«

»Ach nein«, sagte Stendal und hielt die Büchse schräg. Ein gelber dicker Strahl floß am Glas vorbei. Aljona streckte die Hand aus und half Stendal. Ihre Hand war warm.

Da fiel Stendal der Zaubertrunk ein. Er hätte ihn in das Glas tun müssen. So, daß Aljona nichts bemerkte.

»Halt, es reicht«, sagte Aljona. »Es reicht für mich. Sonst bleibt für Sie nichts mehr.«

»Gleich«, sagte Stendal, stellte die Büchse mit dem Saft auf die Bank und zog die Hand mit dem Glas von Aljona fort. Mit der freien Hand versuchte er, in seiner Tasche das Fläschchen zu öffnen.

Als Aljona die ungeschickte Bewegung sah, lachte sie lauthals, und im Park klang es wie Silberglöckchen.

»Gucken Sie!« sagte Stendal und blickte über ihre Schulter nach oben. »Schnell!«

Aljona drehte sich um. Stendal ergriff das Fläschchen und entleerte es über dem Glas.

»Was ist los?« Aljona sah Stendal wieder an.

Das Fläschchen flog schon in hohem Bogen über die Lehne der Bank. Stendal hielt den Atem an.

»So eine komische Taube«, sagte er. »Schon weg.«

Nachdem Aljona getrunken hatte, gab sie Stendal das Glas. Er goß erneut Saft in das Glas und trank, ohne Aljona aus den Augen zu lassen. Der Saft kleckerte auf das Hemd, Stendal bemerkte es nicht einmal. Er beeilte sich, fürchtete, Aljona könnte gehen, ärgerlich werden, so daß das Mittel, an das Stendal jetzt schon nicht mehr recht glaubte, keine Wirkung hätte.

»Es reicht«, sagte Aljona. »Da kommen Leute. Sie sind ein Prachtkerl, Mischa. Haben Sie bloß keine Angst vor mir. Ich bin gar nicht so zu Ihnen, wie Sie denken.«

Es geht los, dachte Stendal mit flatterndem Herzen.

»In meiner Seele bin ich sehr schüchtern. Ich habe meinen ganzen Mut zusammengenommen, um Ihnen das zu sagen. Gestern, als Sie fort waren, habe ich Ihnen einen Brief geschrieben. Sind Sie auch nicht ärgerlich?«

»Gestern?« fragte Mischa dümmlich.

»Was wundert Sie daran?«

»Gestern«, wiederholte Mischa blöde.

»Ich dachte plötzlich . . . Geben Sie mir noch etwas Saft. Ich benehme mich wie ein kleines Mädchen.«

Aljona trank den Saft aus und stellte das Glas auf die Bank.

Stendal machte eine Bewegung, die Büchse fiel auf die Erde, und der Rest Saft floß aus.

»Nehmen Sie«, sagte Aljona und reichte Mischa einen blauen Umschlag.

Sie ergriff ihre Tasche und eilte fort. Mischa riß den Umschlag auf.

»Mischa, entschuldigen Sie, daß ich Sie belästige. Wahrschenlich bin ich dumm und zu offenherzig. Solche Sachen schreibt man einem fast unbekannten Mann eigentlich nicht. Als ich Sie zum ersten Mal sah, klug und dem jungen Gribojedow ähnlich, merkte ich gleich, daß ich schon lange ausgerechnet Sie zu sehen gewünscht habe. Seien Sie nicht böse, weil ich grob und sogar frech zu Ihnen war. Es war mir aber so peinlich, ich hatte richtige Angst, Sie könnten meine wahren Gefühle erraten.«

Mischa überlief es heiß und kalt, er zitterte vor Glück und Scham. Ich blinder Hammel! Spatzen und andere Vögel hatten sich zu seinen Füßen eingefunden und naschten von dem auslaufenden Saft. Mischa sagte sich mit einemmal: Und wenn Plus plus Plus plötzlich Minus ergibt? Sie sich nach dem Genuß des Saftes sozusagen entliebt?

Er sprang auf und rannte durch die Allee, um Aljona einzuholen und alles zu gestehen. Er rannte so schnell, daß die Leute auf der Straße beiseite sprangen und ihn mit lauten Flüchen bedachten. Die bereits in Mischa verliebten Vögel flogen hinter ihm her und versuchten, sich auf seine Schultern zu setzen, um ihm ihre Gefühle zu gestehen.

Erst vor ihrem Haus erreichte er Aljona an der Pumpe.

Sie standen lange dort, und der Hund Antarktika tobte hinter dem Zaun. Er war nicht nur auf Mischa sauer, sondern auch auf die von Saft und Liebe verrückt gewordenen Vögel. Mischa redete und redete. Aljona sah ihn mit ihren guten braunen Augen an. Sie hatte vergessen, wie schwer die Tasche in ihrer Hand war.

Abends überredete Mischa Aljona, mit ihm einen Spaziergang am Sägewerk zu machen. Wie einen Mörder zog es ihn zum Tatort. Obwohl Aljona von Stendals nächtlichem Ausflug zu der Zauberin wußte, war sie nicht gekränkt, sie lachte und neckte Mischa, daß er, der ja ebenfalls von dem Zaubertrank gekostet hatte, sich selbst mehr lieben würde als alle anderen, eingeschlossen Aljona. Mischa bestritt diese Möglichkeit und kämpfte verzweifelt gegen den Narzißmus. Die Eigenliebe zeigte sich aber schon, sie nahm von Minute zu Minute zu und zwang ihn, sein angenehmes Gesicht im Spiegel zu betrachten.

»Macht nichts«, sagte Aljona. »Jedenfalls werden Sie jetzt nicht mehr so schüchtern sein wie früher. Das wird Ihnen im Leben helfen.«

»In unserem Leben«, korrigierte Stendal.

Sie bogen in den Wald hinterm Sägewerk ein. Wieder schien der Mond, und Aljonas Gesicht war doppelt so schön und rätselhaft.

»Da ist die kleine Hütte«, sagte Stendal. »Wahrscheinlich wartet dort wieder eine Schlange. Ich müßte mich bei der Glumuschka bedanken.«

»Wofür?« Aljona wunderte sich.

»Für alles, für die Güte. Sie hätten ja weiter achtlos an mir vorübergehen können.«

»Taugenichts«, sagte Aljona ohne Boshaftigkeit. »Sie wollten meine Gefühle stehlen und mich mit einem Zaubergift einlullen.«

Nein, sie war ganz und gar nicht ärgerlich. Es schmeichelte ihr sogar, daß der junge Journalist ihretwegen zu einer Zauberin gegangen war.

»Es ist ja kein Licht zu sehen«, sagte Stendal. »Hat sie etwa keine Sprechstunde?«

Sie standen am Rande des Feldes, im Schatten der Kiefern.

Die Tür der Hütte öffnete sich lautlos, die Glumuschka im gleichen Kleid wie am Vortag und mit Kopftuch trat heraus und lief schnell nach rechts zum Flüßchen. Stendal wollte den Mund

aufmachen, um die Alte anzurufen, doch Aljona stieß ihn mit dem Ellenbogen.

»Schweig«, flüsterte sie.

Die Zauberin blieb am Ufer stehen, holte unter dem Hemd einen schwarzen Gegenstand hervor, und ein greller Lichtstrahl stieg zum Himmel auf.

»Eine merkwürdige Oma«, flüsterte Aljona.

Eine Minute verging, eine zweite. Am Himmel blitzte etwas, und eine riesige fliegende Untertasse glitt sanft nach unten. Sie hing über der Erde. Aus einer Luke wurde eine sich windende Strickleiter geworfen.

Die Glumuschka warf das Kleid ab, das Tüchlein und die Perücke und verwandelte sich in ein graziles Geschöpf, genauso wie die Wesen, die sich über die Strickleiter zur Erde herabließen.

»Endlich!« sagte die Glumuschka.

Die Ankömmlinge antworteten in irgendeinem Kauderwelsch, trieben sie zur Eile an, sich in das Schiff zu begeben.

»Nein«, sagte die Glumuschka und wies in Richtung des kleinen Hauses.

Die zweibeinigen Geschöpfe rannten dorthin und halfen der Glumuschka, einige Kisten und Bündel zum Schiff zu bringen.

»Danke«, sagte einer der Ankömmlinge zur Glumuschka. Ihre Sprache ähnelte keiner irdischen Sprache, doch Aljona und Mischa verstanden sie ausgezeichnet, die Worte klangen in ihnen. »Danke. Obwohl Sie unter erschwerten Bedingungen allein auf einem fremden Planeten leben mußten, haben Sie nicht die Interessen der Wissenschaft vergessen und innerhalb von zwei Jahren unschätzbares ethnographisches Material zusammengetragen. Ich hoffe, Sie haben sich niemandem zu erkennen gegeben, keinem Ihre übermenschlichen Fähigkeiten und Kenntnisse offenbart.«

Glumuschka antwortete nicht sofort. Dann sagte sie mit fester Stimme: »Nein, Kapitän.«

Das Schiff entfernte sich zu seinem Heimatplaneten genauso lautlos, wie es gekommen war. Aljona nahm Mischa bei der Hand, und sie gingen zurück in die Stadt.